विश्वप्रसिद्ध
लोकप्रिय कहानियाँ

विश्वप्रसिद्ध लोकप्रिय कहानियाँ

अनुवाद

श्री तिलक

आमुख

राजेंद्र राव

प्र

प्रभात प्रकाशन

प्रकाशक
प्रभात प्रकाशन प्रा. लि.
4/19 आसफ अली रोड, नई दिल्ली-110002
फोन : 011-23289777 • हेल्पलाइन नं. : 7827007777
इ-मेल : prabhatbooks@gmail.com ❖ वेब ठिकाना : www.prabhatbooks.com

संस्करण
2025

पेपरबैक मूल्य
तीन सौ पचास रुपए

मुद्रक
आर-टेक ऑफसेट प्रिंटर्स, दिल्ली

★

VISHWAPRASIDDHA LOKPRIYA KAHANIYAN
Translated by Shri Tilak

Published by **PRABHAT PRAKASHAN PVT. LTD.**
4/19 Asaf Ali Road, New Delhi-110002

ISBN 978-93-5266-349-1

₹ 350.00 (PB)

उन हिंदी–प्रेमियों को,
जिन्हें उर्दू, अंग्रेजी और अन्य
भाषाओं से एलर्जी है।

उस्तादों की बेमिसाल किस्सागोई

आप देखते होंगे कि जीवन निर्बाध गति से चलता रहता है और चारों ओर घटित होती रहती हैं आधी-अधूरी कहानियाँ, प्रतिदिन, प्रतिक्षण। इन्हें हम घटनाओं के रूप में ही जानते हैं, जब तक कोई कुशल कथाकार उन्हें पुनर्सृजित करके, कल्पना के रंग-रोगन से सजाकर कहानी के रूप में न ढाल दे।

यों तो कथावाचन-प्रवणता भारतीय संस्कृति का अभिन्न अंग रहा है, परंतु यथार्थपरक पाश्चात्य कथाशिल्प का गहन प्रभाव आधुनिक भारतीय साहित्य पर पड़ा है। एक ओर जहाँ कथा सरित्सागर, पंचतंत्र और जातक-कथाओं की परंपरा धरोहर में मिली है, वहीं अरबी-फारसी किस्सागोई के भी हम मुरीद हुए हैं। अंग्रेजी, रूसी और कुछ अन्य यूरोपियन भाषाओं के समाजोन्मुख यथार्थवाद का अनुसरण भी भारतीय भाषाओं के कथा-साहित्य में हुआ है।

दुनिया के जाने-माने कथाकारों (मास्टर्स) की विश्वविश्रुत कहानियों को चुनकर वरिष्ठ साहित्य-मर्मज्ञ श्री तिलक ने उन्हें सहज-सरल और आम बोलचाल की भाषा में इस संकलन में प्रस्तुत किया है। विश्व वाङ्मय से बारह श्रेष्ठ कथा-लेखकों की प्रतिनिधि रचनाओं के इस नायाब चयन में लियो टालस्टॉय, एंटन चैखव, पुश्किन, बाल्जक, मोपांसा, जॉन कोलियर और ओ. हेनरी आदि दिग्गज किस्सागो अपनी अनोखी विशिष्टताओं, विलक्षण शिल्प और मनमोहक शैली के साथ हिंदी के पाठकों के समक्ष उपस्थित हैं।

आशा है इस स्वर्णिम कथा-मंजूषा का साहित्य-जगत् में उत्साहपूर्ण स्वागत होगा और इसे हाथो-हाथ लिया जाएगा।

—राजेंद्र राव

दो हरफी

जैसी हर बच्चे की होती है, बचपन से ही किस्से-कहानियों में मेरी दिलचस्पी रही है। लोककथाओं, दंतकथाओं, धार्मिक आख्यानों, बोध व तत्त्व-कथाओं से लेकर किस्सा तोता-मैना और सिंहासन-बत्तीसी के परे भी रुचि का यह दायरा लगातार बढ़ता ही गया है।

इस दिलचस्पी ने जब एक जुनून की शक्ल अख्तियार कर ली तो कुदरतन उर्दू और अंग्रेजी के माध्यम से अरबी, फारसी, फ्रेंच, रूसी और चीनी कथा-साहित्य के लिए भी एक जबर्दस्त ललक पैदा हुई।

पहले एशियाई लेखक सम्मेलन में देश-विदेश के साहित्यकारों के साहित्यिक और विशेष रूप से आनुवादिक अवदान से मेरे मन में भी यह आया कि श्रेष्ठ कथा-साहित्य को, चाहे वह जिस भाषा का हो, हिंदी में आना चाहिए।

जहाँ तक मैं समझता हूँ, अनुवाद की कठिनाई यह है कि यदि वह सुंदर होता है तो संभवतः मूल के अनुरूप नहीं होता और यदि वह मूल का पिछलग्गू होता है तो पाठक को रुचिकर नहीं होता। इन दोनों के बीच संतुलन और सामंजस्य बनाए रखकर मैंने समय-समय पर कुछ अनुवाद किए, जिनका हिंदी-जगत् में अच्छा स्वागत हुआ। इनमें कथ्य और शिल्प तो मूल रचनाकार का था, लेकिन बोली-बानी रोजमर्रा की और आम आदमी की।

इसी से उत्साहित होकर प्रस्तुत संग्रह एक विनम्र प्रयास है, कुछ विश्वविख्यात कहानियों को हिंदी के पटल पर लाने का।

—श्री तिलक

अनुक्रम

प्रायश्चित्त

लियो एन. टालस्टाय

सन् 1828 में तुला प्रांत में जनमे लियो टॉल्स्टोय एक सुप्रसिद्ध उपन्यासकार, लघु-कथाकार, निबंधकार, नाटककार एवं दार्शनिक थे। कजान यूनिवर्सिटी से शिक्षा प्राप्त कर 1851 में कौकशस में आर्टिलरी रेजिमेंट में कार्यरत होने तक एक सुखद जीवन-यापन। एक लेखक के रूप में अपने कथा संग्रह 'द सेबास्टोपोल स्केचेस' (1855-56) से प्रसिद्धि प्राप्त की। सेंट पीटर्सबर्ग तथा विदेश में कुछ समय रहने के बाद विवाह किया, जिससे उन्हें तेरह बच्चे हुए। वोल्गा स्टेप्स में अपनी अपार संपत्ति की देख-रेख तथा अपने दो सर्वश्रेष्ठ उपन्यासों 'वॉर ऐंड पीस' और 'एना कैरेनिना' का लेखन किया। उनकी कृति 'अ कन्फेशन' ने उन्हे एक आध्यात्मिक संकट की स्थिति में लाकर खड़ा कर दिया और वे 1901 में रूसी धर्मसभा द्वारा बहिष्कृत कर दिए गए। 1910 में अस्तापोवो रेलवे स्टेशन पर अचानक हुई दुर्घटना में निधन।

वाल्डीमोर नगर में ईवान नाम का एक तरुण सौदागर रहता था। उसकी अपनी दो दुकानें और एक मकान था। ईवान खूबसूरत था। वैसे ही सुंदर व घुँघराले थे उसके बाल। तबीयत से बहुत हँसोड़ और गाने का बहुत शौकीन था वह। युवावस्था में उसे पीने का भी चस्का लग गया था। जब वह ज्यादा पी जाता था तो उपद्रव करने लगता। किंतु शादी के बाद उसने शराबखोरी छोड़ दी—गाहे-बगाहे पी ली तो पी ली।

एक साल गरमियों में जिनजी के मेले जाते समय जब उसने अपने परिजनों से विदा ली तो पत्नी ने उससे कहा, "आज मत जाइए, आपके बारे में मैंने बुरा सपना देखा है।"

ईवान हँसकर बोला, "तुम्हें शायद डर है कि मेले में पहुँचकर मैं शराब पीऊँगा।"

पत्नी ने उत्तर दिया, "पता नहीं, मुझे डर क्यों लग रहा है। मैं तो इतना ही जानती हूँ कि मैंने बुरा सपना देखा है। सपने में मैंने देखा कि आप कस्बे से लौट आए हैं और जब आपने टोपी उतारी तो मुझे आपके सारे बाल सफेद दिखाई दिए।"

ईवान हँसा—"यह तो सौभाग्यसूचक है," उसने कहा, "देख लेना, सारा माल न बेच आऊँ और तुम्हारे लिए कोई उपहार न लाऊँ।"

अस्तु उसने स्वजनों से विदा ली और शीघ्र रवाना हो गया।

जब उसने आधा सफर तय कर लिया तो एक परिचित सौदागर से उसकी भेंट हुई और रातभर को वे एक सराय में ठहर गए। साथ-साथ ही उन्होंने चाय पी और पास-पास के अपने कमरों में सोने चले गए।

ईवान देर तक सोते रहने का आदी न था। ठंडे-ठंडे में सफर शुरू करने की इच्छा से उसने भोर होने से पहले ही गाड़ीवान को जगा दिया और घोड़े जोतने को कहा।

तब वह सराय के भटियारे के पास गया, जो पिछवाड़े की एक झोंपड़ी में रहता था। किराए के पैसे चुकाए और यात्रा आरंभ की।

पचीस मील तय करने पर घोड़ों को दाना-पानी देने के लिए वह रुक गया। ईवान क्षण भर सराय के दरवाजे पर रुका, फिर दहलीज में दाखिल हुआ। चाय के लिए कहकर उसने 'गुयटार' बाजा निकाल लिया और उसे बजाने लगा।

सहसा घंटियाँ टुनटुनाती एक घोड़ागाड़ी आ पहुँची और उसमें से एक अफसर और उसके पीछे-पीछे कुछ सिपाही उतर पड़े। ईवान के करीब आकर उसने पूछताछ शुरू की। पूछा कौन हो, कहाँ से आए हो? ईवान ने उसे उत्तर दिया और पूछा, "चाय तो न पीजिएगा?" किंतु वह अफसर तो प्रश्न-पर-प्रश्न करता गया और पूछने लगा, "पिछली रात तुमने कहाँ गुजारी? अकेले थे या तुम्हारे साथ और भी कोई सौदागर था? क्या आज सबेरे भी तुमने उसे देखा था? दिन निकलने से पहले ही तुम सराय से क्यों चल पड़े?"

ईवान को आश्चर्य हुआ कि आखिर ये सारे सवाल उससे क्यों पूछे जा रहे हैं? किंतु उसने जैसा था, बता दिया। कहा, "आखिरकार किसलिए आप मुझसे ऐसी जिरह कर रहे हैं, जैसे मैं कोई चोर-डाकू हूँ? मैं अपने निजी काम से सफर कर रहा हूँ और इसलिए मुझसे सवाल करने की कोई जरूरत नहीं है।"

तब उस अफसर ने सिपाहियों को आवाज दी। बोला, "मैं हूँ इस जिले का

पुलिस अफसर। सवाल तुमसे इसलिए करता हूँ कि जिस सौदागर के साथ तुमने रात गुजारी थी, उसकी लाश मिली है और गला कटा हुआ है। लिहाजा यह जरूरी है कि तुम्हारे सामान की तलाशी ली जाए।''

फिर वे लोग उस मकान के अंदर गए। सिपाहियों और पुलिस अफसर ने ईवान का माल-असबाव खोलकर तलाशी ली। सहसा एक थैले में से चाकू निकालकर पुलिस अफसर चिल्लाया, ''यह किसका है ?''

ईवान ने उस पर दृष्टि डाली। अपने थैले से बरामद हुए रक्तरंजित चाकू को देखकर वह भयभीत हो गया।

ईवान ने सफाई देने की चेष्टा की, किंतु वह मुश्किल से लड़खड़ाते हुए कह सका, ''मैं···नहीं जानता···मेरा नहीं है।''

पुलिस अफसर बोला, ''आज सबेरे सौदागर अपने बिस्तर में मरा मिला है और उसका गला कटा हुआ है। सिर्फ तुम्हीं वह व्यक्ति हो सकते हो, जिसने यह दुष्कृत्य किया है। घर अंदर से बंद था और दूसरा कोई वहाँ था नहीं। यह रहा खून से सना चाकू, जो तुम्हारे थैले से बरामद हुआ है। तुम्हारा चेहरा और तौर-तरीका तुम्हें धोखा दे रहा है। सच-सच बता दो, कैसे तुमने हत्या की और कितना रुपया चुराया है ?''

ईवान ने सौगंध खाकर बताया कि उसने यह सब नहीं किया; यह कि उसके पास अपने आठ हजार रूबल के अतिरिक्त कुछ नहीं है और यह कि चाकू उसका नहीं है। किंतु ईवान की आवाज में कंपन था, चेहरा पीला पड़ चुका था। डर से वह काँप रहा था, जैसे वही अपराधी हो।

पुलिस अफसर ने सिपाहियों को आदेश दिया कि ईवान को बाँधकर गाड़ी में डाल दिया जाए। जब उन्होंने पैर बाँधकर उसे गाड़ी में डाल दिया तो उसने हाथों को मिलाकर 'क्रॉस' बनाया (मनौती की) और रोने लगा। माल-असबाव और रुपया उससे से लिया गया और उसे सबसे करीब के कस्बे में भेजकर कैद कर लिया गया। वाल्डीमोर में उसके चाल-चलन के बारे में जाँच-पड़ताल की गई। वहाँ के सौदागरों और दूसरे शहरियों ने बताया कि पहले वह शराब पीता और वक्त बरबाद करता था, लेकिन वह था भला आदमी। फिर मुकदमा चला : ईवान पर रयाजन के एक सौदागर की हत्या और उसके बीस हजार रूबल लूट लेने का अभियोग लगाया गया।

ईवान की पत्नी बड़ी मुसीबत में पड़ गई। उसकी समझ में नहीं आ रहा था कि आखिर किस बात को माने। छोटे-छोटे बच्चे थे उसके—एक तो निरा दुधमुँहा था। उन सबको साथ लेकर वह उस कस्बे में गई, जहाँ कि उसका पति कैद था। पहले

तो उसे ईवान से मिलने की इजाजत ही नहीं मिली; किंतु बाद को बड़ी मिन्नतें करने पर उसे अधिकारियों की अनुमति मिल गई और उसे ईवान तक पहुँचा दिया गया।

अपने पति को कैदियों के कपड़े पहने, जंजीरों से बँधा हुआ और दूसरे अपराधियों के साथ देखकर वह गिर पड़ी और बहुत देर तक उसकी चेतना नहीं लौटी। तब उसने बच्चों को अपने करीब बुलाया और पति के पास आकर बैठ गई। घरबार के बारे में उसने ईवान को बताया और पूछा कि आखिर यह सब हुआ कैसे? ईवान ने उसे सब बताया।

"अब हम क्या कर सकते हैं?" पत्नी ने प्रश्न किया।

"जार को एक दरख्वास्त देकर यह प्रार्थना करनी चाहिए कि वे एक बेगुनाह को न मरने दें।"

पत्नी ने उसे बताया कि जार के पास एक प्रार्थना-पत्र भेजा था, लेकिन वह स्वीकार नहीं हुआ।

ईवान निरुत्तर हो गया और नीची निगाह किए बैठा रहा।

तब उसकी पत्नी ने कहा, "मेरा यह सपना कि आपके बाल सफेद हो गए हैं, बेमानी नहीं था। याद है आपको? उस दिन आपको रवाना नहीं होना था।" ईवान के बालों में उँगलियाँ डालते हुए वह बोली, "प्रियवर, सच-सच बताना, क्या वाकई तुमने यह नहीं किया?"

"तो तुम्हें भी मुझ पर संदेह है!" ईवान ने कहा, और हाथों में मुँह छिपाकर रोने लगा। तब एक सिपाही यह कहने आया कि ईवान की पत्नी और बच्चे चले जाएँ, और ईवान ने अपने परिजनों से अंतिम विदाई ली।

उनके चले जाने पर ईवान ने इन बातों को स्मरण किया—और जब उसे यह खयाल आया कि पत्नी ने भी उस पर संदेह किया है, तब वह सोचने लगा, 'लगता है, केवल ईश्वर ही सत्य को जान सकता है; उसी से प्रार्थना करनी चाहिए, क्योंकि केवल वही ऐसा है, जिससे दया की आशा कर सकते हैं।'

और ईवान ने फिर कोई दरख्वास्त नहीं लिखी; सारी आशाएँ छोड़ दीं और केवल परमेश्वर की आराधना की।

ईवान को कोड़ों की सजा दी गई और खानों में काम करने के लिए भेज दिया गया। वहीं उस पर गठीले कोड़े बरसाए गए। कोड़ों के घाव जब भर गए, तब उसे दूसरे सजायावों के साथ साइबेरिया पहुँचा दिया गया।

छब्बीस साल तक ईवान साइबेरिया में एक कैदी की भाँति रहा। बाल बर्फ जैसे सफेद हो गए—और भूरे रंग की लंबी-पतली दाढ़ी उग आई। खुशी उससे

विदा ले गई, कमर झुक गई। धीमे-धीमे चलता; हौले-हौले बोलता। हँसता कभी नहीं, किंतु ईश्वर-प्रार्थना प्राय: करता रहता।

जेल में उसने बूट-जूते बनाना सीख लिया और इस तरह थोड़े से पैसे कमाकर 'संतों के जीवन चरित्र' नामक पुस्तक खरीद ली। जेल में जब काफी रोशनी रहती थी, तब वह उसे पढ़ता। रविवार को जेल के गिरजाघर में वह इसके बाद पढ़ता और पद्यांशों को अन्य कैदियों के साथ मिलकर गाता, क्योंकि उसका कंठ अब भी बड़ा मधुर था।

जेल अधिकारी उसकी विनम्रता के कारण उसे चाहते और साथी कैदी उसका सम्मान करते; वे उसे 'बाबा' या 'संत' कहते। अब वे जेल अधिकारियों से किसी बात के लिए आवेदन करते तो ईवान को अपना प्रवक्ता बना लेते। जब कैदियों में आपसी झगड़े-फसाद होते तो वे अपना मामला सुलझाने और फैसला कराने के लिए ईवान के पास आते।

घर से ईवान को कोई समाचार नहीं मिला और उसे यह भी नहीं मालूम था कि आज उसके बीबी-बच्चे जिंदा भी हैं ?

एक दिन जेल में कैदियों का एक नया गिरोह आया। शाम के समय पुराने कैदी आकर नवागतों के इर्दगिर्द आकर जमा हो गए और उनसे पूछने लगे कि वे किस गाँव या किस कस्बे से आए हैं; किस जुर्म में सजायाब हुए हैं ? अन्य पुराने कैदियों के साथ ईवान भी नवागंतुकों के निकट नीची निगाह किए उनकी बातें सुन रहा था।

एक नया कैदी, जो कद में लंबा और देखनेम में साठ साला लगता था, जिसकी भूरी दाढ़ी बड़ी सफाई से कटी-छँटी थी—औरों को अपनी गिरफ्तारी का कारण बता रहा था।

"तो मित्रो," उसने कहा, "मैंने महज स्लेजगाड़ी में जुता हुआ एक घोड़ा खोल लिया था। गिरफ्तार करके मुझ पर चोरी का अभियोग लगाया गया। मैंने कहा कि जरा जल्दी से घर पहुँचने के लिए खोला था और फिर उसे छोड़ दिया। गाड़ीवान, चूँकि मेरा दोस्त था—मैंने सोचा यह ठीक है।

"मेरी बात उन्होंने नहीं मानी। बोले, 'तुमने इसे चुराया है।' लेकिन कहाँ और कैसे चुराया, ये वे नहीं बता सके। वास्तव में, मैंने सिर्फ एक दफा अपराध किया था, और इनसाफन बहुत पहले मुझे यहाँ आ जाना चाहिए था—पर उस बार मैं हाथ नहीं आया। अब मुझे यहाँ अकारण भेजा गया है...उँह, लेकिन यह झूठ है, जो मैं आपको बता रहा हूँ, पहले भी एक बार यहाँ आया था, मगर मैं यहाँ अधिक समय तक नहीं रहा।"

''आप हैं कहाँ के?'' एक ने प्रश्न किया।

''वाल्डीमोर का। मेरा परिवार वहीं का है। मेरा नाम है मकर और वे मुझे सिमोनिख के नाम से भी पुकारते हैं।''

ईवान ने सिर उठाया और बोला, ''ये बताओ सिमोनिख, क्या तुम्हें वाल्डीमोर के ईवान-सौदागर परिवार के बारे में भी कुछ मालूम है? क्या वे लोग अभी जीवित हैं?''

''जानता हूँ, जी हाँ! जानता हूँ। वे लोग मालदार हैं, गोकि उनका बाप है साइबेरिया में। हमारी ही तरह पापी लगता है! रहे काका आप, सो बताइए, यहाँ कैसे आए?''

ईवान अपनी बदनसीबी के बारे में कुछ नहीं कहना चाहता था। उसने सिर्फ एक आह भरी और कहने लगा, ''अपने पापों के लिए, मैं छब्बीस साल से कैदखाने में पड़ा हूँ।''

''कौन से पाप?'' मकर सिमोनिख ने प्रश्न किया।

''तो, तो मैं इसी लायक था।'' किंतु ईवान ने इतना ही कहा। वह इससे अधिक कुछ न कहता, किंतु उसके साथियों ने नवागंतुकों को यह बताया कि ईवान यहाँ साइबेरिया में कैसे आया, किस तरह किसी ने एक सौदागर की हत्या की थी और अपने चाकू को ईवान के सामान में छुपा दिया था, जिसके कारण ईवान को अनुचित दंड दिया गया।

मकर ने जब यह सुना तो ईवान पर दृष्टि डाली। अपने घुटने पर हाथ मारते हुए उसने आश्चर्य से कहा, ''अच्छा, ताज्जुब है! वास्तव में आश्चर्य है! लेकिन आप कितने बुड्ढे हो गए, दादा!''

दूसरों ने पूछा कि आखिर उसे इतना आश्चर्य क्यों हुआ; और पहले उसने ईवान को कहाँ देखा था। किंतु मकर ने इसका कोई उत्तर नहीं दिया। वह केवल यही बोला, ''यह सचमुच आश्चर्य की बात है कि हम लोग यहाँ मिल गए।''

इन शब्दों को सुन ईवान आश्चर्य से सोचने लगा कि शायद, यह इसे मालूम हो कि सौदागर की हत्या किसने की थी; अस्तु उसने कहा, ''मकर, शायद तुमने उस बारे में कुछ सुना हो, या यह भी हो सकता है कि तुमने पहले कभी देखा हो?''

''मैं बिना सुने कैसे रह सकता था? दुनिया भर में अफवाह फैली है। किंतु इसे तो बहुत दिन हुए। मैं तो भूल भी गया।''

''शायद तुमने यह भी सुना हो कि सौदागर की हत्या किसने की थी?'' ईवान ने प्रश्न किया।

मकर ने हँसकर उत्तर दिया, "वही होगा, जिसके थैले में चाकू बरामद हुआ था! अगर किसी और ने चाकू छुपाया हो तो जैसी कि कहावत है, 'जब तक न पकड़ा जाए, तब तक चोर नहीं।' थैले में अन्य कोई चाकू कैसे छुपा सकता था, जबकि थैला आपके सिरहाने रखा था? ऐसा होता तो आप जाग न जाते।"

ईवान ने जब इन शब्दों को सुना, तो उसे यह विश्वास हो गया कि हो-न-हो यही वह व्यक्ति है, जिसने सौदागर की हत्या की है। ईवान वहाँ से उठकर चला गया। सारी रात वह लेटा जागता रहा। वह अत्यंत दुःखी हुआ और अनेक प्रकार के चित्र उसके मस्तिष्क में उभरे—पत्नी का वह चित्र, जबकि मेले जाते समय ईवान ने उससे विदा ली थी—उसके मस्तिष्क में घूम गया। उसे लगा, जैसे वह वहीं मौजूद हो। पत्नी का चेहरा और उसकी आँखें उठ गईं, ईवान ने उसे हँसते-बोलते सुना। जब उसने अपने बच्चों को देखा—नन्हे-मुन्ने जैसे कि उसके जाते समय थे।—एक छोटा सा चोंगा पहने—दूसरा माँ की छाती से चिपका हुआ। और जब ईवान को अपना विगत रूप याद आया—युवा और प्रसन्नता से भरपूर। उसे स्मरण हो आया, किस तरह वह गिरफ्तारी से पहिले सराय की ड्योढ़ी में बैठा बाजा बजा रहा था— कितना आजाद और बेफिक्र था वह!

उसके कल्पना-चक्षुओं के समक्ष विगत के अनेक दृश्य घूम गए। वह जगह जहाँ उस पर कोड़े बरसाए गए थे—जल्लाद और वे लोग जो उसके इर्द-गिर्द खड़े थे। जंजीरें, सजायाब कैदी, जेल जीवन के पूरे छब्बीस वर्ष और असमय का बुढ़ापा! इन कल्पनाओं से वह इतना क्षुब्ध हो उठा कि आत्मघात करने को उद्यत हो गया।

"और यह सब उस दुष्ट की करतूत है!" ईवान ने सोचा! मकर के प्रति उसकी क्रोधाग्नि इतनी प्रबल हो गई कि उसे प्रतिशोध की इंच्छा हुई—इसके लिए चाहे वह मर-मिट ही क्यों न जाए। सारी रात वह ईश-प्रार्थना करता रहा, किंतु उसे शांति न मिली। दिन में न तो वह मकर की ओर गया और न उसने उस ओर देखा ही।

इस तरह एक पखवारा बीत गया। ईवान रात को सो नहीं पाता था। उसकी अवस्था इतनी दयनीय हो गई कि वह सोच ही नहीं पाता था कि आखिर करे क्या?

एक रात, जब वह जेल में चहलकदमी कर रहा था, उसे एक बड़े 'ताख' से, जिसमें कैदी सोया करते थे—कुछ मिट्टी गिरती दीख पड़ी। इसे देखने के लिए वह रुक गया। सहसा मकर उस आले में से निकल आया और उसने भयभीत हो ईवान पर दृष्टि डाली। ईवान ने उस पर बिना दृष्टि डाले ही आगे बढ़ने का प्रयत्न किया। किंतु मकर ने उसका हाथ पकड़ लिया और कहा कि मैंने दीवार के नीचे एक बहुत बड़ा छेद कर लिया है। इससे निकलनेवाली मिट्टी को, वह अपने बड़े-

बड़े जूतों में भरकर, रोज उस सड़क पर डालकर छुटकारा लेता था। सड़क—जिस पर होकर कैदी काम के लिए जाते हैं।

"बस आप जरा चुपचाप रहिए। आप भी छुटकारा पा सकेंगे। अगर बड़बड़ाए तो वे हंटरों के मारे मेरी जान निकाल डालेंगे, लेकिन याद रखना, उससे पहले मैं तुम्हें ढेर कर दूँगा।"

ईवान अपने शत्रु को देखकर क्रोध से काँप उठा। अपना हाथ झटकते हुए कहा, "मुझे भागने की ख्वाहिश नहीं है और तुम्हें भी मुझे मार डालने की कोई जरूरत नहीं। तुमने तो बहुत पहले ही मेरा खात्मा कर दिया था। रही तुम्हारी कलई खोलने की—यह मैं करूँ या न करूँ—जैसी ईश्वर की मरजी।"

अगले दिन जब कैदी काम पर ले जाए जा रहे थे, रक्षक सैनिकों ने यह देखा कि किसी कैदी ने अपने जूते में मिट्टी भरकर फैलाई है। जेल की तलाशी ली गई और सूराख बरामद हो गया। जेल-प्रशासक आया और उसने तमाम कैदियों से इस बारे में पूछताछ की। पर उन सबने इस बारे में अनभिज्ञता प्रकट की। जो जानते भी थे, उन्होंने मकर का भेद खोला नहीं, क्योंकि वे जानते थे कि उसपर इतने कोड़े पड़ेंगे कि मृतप्राय हो जाएगा। तब प्रशासक ईवान की ओर घूम पड़ा, क्योंकि उसे यह ठीक-ठाक समझता था। बोला, "यह सूराख किसने किया था?"

मकर यों ही खड़ा रहा, जैसे उससे कोई संबंध ही न हो। वह ईवान की ओर उतना नहीं देख रहा था, जितना कि प्रशासक की ओर। ईवान के होंठ और हाथ काँप उठे और काफी देर तक वह एक शब्द भी न बोल सका। उसने सोचा, "मैं उसकी आड़ क्यों बनूँ, जिसने मेरा जीवन नष्ट कर दिया? जो तमाचे मुझ पर पड़े हैं, क्यों न उसे उनका मूल्य चुकाने दूँ। किंतु यदि मैं बताए देता हूँ, तो वह मारते-मारते उसकी जान निकाल देंगे; और यह भी संभव है कि मैं उसपर गलती से संदेह कर रहा होऊँ। और फिर इससे मेरा क्या भला होगा?"

"अच्छा बुढ़ऊ," प्रशासक ने दोबारा कहा, "सच-सच बता दो, दीवार के नीचे कौन खोदता रहा है?"

ईवान ने क्षणभर को मकर पर दृष्टि डाली और कहने लगा, "कह नहीं सकता श्रीमान! भगवान् की यह इच्छा नहीं है कि मैं कुछ कहूँ। मेरा आप जो चाहें करें। मैं आपके हाथों में हूँ।"

प्रशासक ने कितना ही प्रयत्न किया, किंतु मकर ने इससे अधिक कुछ न कहा। अस्तु उसे मामला छोड़ देना पड़ा।

उस रात जब ईवान ने अपने बिस्तर पर पड़कर ऊँघना शुरू ही किया था कि

कोई धीमे से आकर उसके बिछौने पर बैठ गया।

"मुझसे अब और क्या चाहते हो?" ईवान ने प्रश्न किया, "यहाँ किसलिए आए हो?"

मकर खामोश था। अतएव ईवान उठकर बैठ गया और बोला, "बोलो! क्या चाहते हो?...चले जाओ यहाँ से, नहीं तो प्रहरी को बुलाता हूँ।"

मकर ईवान की ओर झुक गया और धीमे से फुसफुसाया, "ईवान! मुझे क्षमा कर दो।"

"किसलिए?" ईवान ने प्रश्न किया।

"मैं ही था, जिसने सौदागर की हत्या की और चाकू को आपके सामान में छुपा दिया। मैं आपको भी मारना चाहता था, लेकिन बाहर मुझे शोर सुनाई पड़ा। इसीलिए चाकू मैंने आपके थैले में छुपा दिया और खुद खिड़की के रास्ते बच निकला।"

ईवान चुप था। समझ में नहीं आ रहा था, क्या कहे। मकर बिस्तर से खिसक आया और धरती पर झुक गया। "ईवान!" उसने कहा, "क्षमा कर दो! ईश्वर के लिए मुझे माफ कर दो। मैं इकबाल कर लूँगा कि मैंने ही सौदागर का खून किया था। तुम छोड़ दिए जाओगे; तुम घर जा सकोगे।"

"तुम्हारे लिए बातें बनाना आसान है," ईवान ने कहा, "लेकिन तुम्हारे कारण मुझे इधर छब्बीस साल से यातनाएँ भोगनी पड़ी हैं। अब मैं कहाँ जाऊँगा? मेरी बीवी मर चुकी है; बच्चे मुझे भूल गए होंगे। कोई जगह नहीं है—जहाँ, मैं जा सकूँ।"

मकर वहाँ से उठा नहीं, किंतु फर्श पर अपना सिर पटकने लगा, "ईवान! मुझे माफ कर दो।" वह चिल्लाया। जो गठीले कोड़े उन्होंने मुझ पर बरसाए थे, उन्हें सहना उतना कठिन नहीं था, जितना कि अब तुम्हें देखना—फिर भी तुमने मुझ पर दया की और बताया नहीं। यीशु प्रभु के लिए मुझे क्षमा कर दो। मैं अभागा हूँ।" और उसने फफक-फफककर रोना शुरू किया।

ईवान ने जब उसे फफकते देखा तो वह भी रोने लगा। "ईश्वर तुम्हें क्षमा कर देगा।" उसने कहा, "संभव है, मैं तुमसे सौ गुना बुरा होऊँ।" यह कहते-कहते उसका हृदय हलका हो गया। घर की चाह उससे विदा हो गई। अब उसे जेल छोड़ने की कोई इच्छा न रही, लेकिन वह जीवन के अंतिम क्षणों की प्रतीक्षा करने लगा।

जो कुछ ईवान ने कहा था, उसके बावजूद मकर ने अपराध स्वीकार कर लिया। किंतु जब ईवान की रिहाई का हुकुम आया, तब वह मर चुका था।

□

उथल-पुथल

ऐंटन चेखव

29 जनवरी, 1860 को जनमे ऐंटन चेखव एक सुप्रसिद्ध रूसी लेखक व नाटककार थे। इन्हें विश्व के महान् लघु-कथा लेखकों में जाना जाता है। हेनरिक इब्सेन और अगस्त स्ट्रिंडबर्ग के साथ-साथ चैखव को भी थिएटर की दुनिया में मॉडर्निज्म के मौलिक सिद्धांतों की नींव रखने का श्रेय जाता है। एक कुशल नाटककार के रूप में उन्होंने चार क्लासिक नाटकों की रचना की तथा उनकी लघु कथाएँ विश्व के समीक्षकों और आलोचकों में बहुत सम्मान के साथ सराही जाती हैं। चैखव पेशे से डॉक्टर थे। अतः अपने लेखनकाल में भी अधिकतर समय उन्होंने चिकित्सा को ही दिया।

विशेष कृतियाँ : द लेडी विद द डॉग, द बेट, द डेथ ऑफ अ क्लर्क, वार्ड न. 6, आदि।

सम्मान व पुरस्कार : पुश्किन प्राइज तथा लुसिल लॉर्टेल अवार्ड।

युवती मशेनका ने हाल ही में एक गुरुकुल में विद्याध्ययन समाप्त किया था। कुशकिनों के परिवार में एक मालकिन के बच्चों को पढ़ाती-लिखाती और उनकी देखभाल करती थी। उस दिन जब वह घूमघामकर लौटी तो उसने समूचे परिवार को एक भयंकर आपत्ति से ग्रस्त देखा। दरबान, जिसने उसके प्रवेश के लिए दरवाजा खोला था—बड़ा उत्तेजित और केकड़े की तरह सुर्ख नजर आ रहा था। सीढ़ियों के ऊपर से जोर-जोर की आवाजें सुनाई दे रही थीं।

लगता है, मालकिन को दौरा आ गया या फिर मालिक से उनका झगड़ा हो

गया। मशेनका ने अनुमान लगाया।

आँगन और दहलीज में उसे घर की नौकरानियाँ मिलीं। उनमें से एक रो रही थी। तभी मशेनका ने स्वयं घर के मालिक निकोले को अपने कमरे से निकलकर भागते हुए देखा। नाटे कद का निकोले यद्यपि बुड्ढा नहीं था, पर तो भी उसका सिर गंजा और मुँह एकदम भारी सा होकर लटक गया था। मशेनका पर बिना दृष्टि डाले ही वह वहाँ से गुजर गया और बाँहें उछालकर लगा चिल्लाने—

"ओफ कितनी भयंकर है। कैसी युक्तिशून्य! कितनी मूर्ख, अशिष्ट और घिनौनी!"

मशेनका अपने कमरे में चली गई और वहाँ जीवन में पहली बार दैवयोग से उसे वे सभी अनुभूतियाँ हुईं, जो पराश्रितों को प्राय: होती रहती हैं—उन पराधीनों को जो समृद्ध और शक्तिशालियों का अन्न खाते हैं और अपने मन की बात नहीं कह पाते।

उसके कमरे में तलाशी जारी थी। घर की मोटी-ताजी, चौड़े कंधोंवाली मालकिन देखने में भद्दी लगती थी। धुँधली-धुँधली सी मसों, सुर्ख हाथों, शक्ल-सूरत और चाल-ढाल से बावरचिन जैसी लगती थी। नंगे सिर खड़ी-खड़ी वह मशेनका के थैले में सुई-धागा, बटन, कागज के टुकड़े, ऊन का गोला और दूसरी चीजें वापस डाल रही थी।

स्पष्ट है, मशेनका के आगमन ने उन्हें आश्चर्य में डुबो दिया, क्योंकि जब घूमकर उन्होंने उस लड़की का पीला और आश्चर्यचकित चेहरा देखा तो वे कुछ ठिठक गईं।

"माफ करना, मैं···ये संयोगवश लौट गया था, मुझसे···मेरी आस्तीन फँस गई थी, इसमें···"

इसके अतिरिक्त कुछ और भी कहती हुई मालकिन अपना नीचा-नीचा घाघरा फरफराती कमरे से बाहर हो गई। मशेनका ने आश्चर्यचकित हो कमरे में इधर-उधर दृष्टि दौड़ाई। इस बारे में वह कुछ भी न समझ-सोच सकी। कंधे उचकाते हुए उसने संदेह सा व्यक्त किया। घबराहट से वह काँप उठी।

मालकिन उसके बटुवे में आखिर ढूँढ़ क्या रही थीं? अगर वास्तव में उसमें उनकी आस्तीन उलझने से सारा सामान बिखर गया था तो मालिक किसलिए इतने उत्तेजित हो, उसके कमरे से निकले थे। मेज की दराज क्योंकर बाहर खींची गई थी। गोलक जिसमें उसने दस रूसी सिक्के और कुछ पुराने टिकट रख छोड़े थे, किसलिए खोली गई? इसे उन्होंने खोल तो लिया था, पर बंद करना उन्हें न आया, गोकि ताले से भी काफी छेड़छाड़ की थी। अलमारी की किताबें, मेज पर रखे

सामान, बिस्तर—सभी पर तलाशी के चिह्न मौजूद थे। मलमल वाली टोकरी में भी। मलमल को यत्नपूर्वक तह किया गया था, किंतु वह तह ऐसी न थी, जैसी कि मशेनका जाते वक्त छोड़ गई थी।

इस तरह तलाशी तो बड़ी जोरदार हुई, लेकिन इसका कारण क्या था? किसलिए हुई थी? आखिर हुआ तो हुआ क्या?

मशेनका को परेशान दरबान स्मरण हो आया, रोती हुई नौकरानी और घर में चल रहा उत्पात भी; क्या इन तमाम बातों का ताल्लुक उसके कमरे में हाल ही में हुई तलाशी से नहीं था? क्या किसी भयंकर मामले में उसका भी हाथ तो न था? मशेनका पीली पड़ती गई और एक कंपन का अनुभव कर मलमलवाली टोकरी का सहारा ले पड़ रही।

उसी समय कमरे में एक नौकरानी दाखिल हुई।

"लिजा, तुम्हें नहीं मालूम, वे मेरे कमरे को क्यों खलोल रहे थे?" मशेनका ने प्रश्न किया।

"मालकिन का एक पिन गुम हो गया है—दो हजार का है।" लिजा बोली।

"ठीक है, लेकिन वे मेरे कमरे में क्या तलाश कर रहे थे?"

"वे तो हरेक की तलाशी ले रहे हैं, मिस साहब। मेरे भी तो सारे सामान की तलाशी ली है उन्होंने। बिल्कुल नंगा करके, हमारी जामा तलाशी ली है। ईश्वर जानता है, मिस साहब, मैं उनके श्रृंगारदान के पास गई तक नहीं, पिन छूना तो अलग रहा। यही बात मैं थाने में भी कहूँगी।"

"लेकिन यहाँ उन्होंने क्यों तलाशी ली है?" मशेनका को अब भी ताज्जुब हो रहा था।

"बताया तो, एक साड़ी पिन चोरी हो गया है। मालकिन हर जगह स्वयं अपने हाथों से ढूँढ़ कर रही हैं। उन्होंने ही खुद मिहायती दरबान तक की तलाशी ली है। बड़े शर्म की बात है! मालिक बस टुकुर-टुकुर देखते और मुरगियों की तरह ताकते रहे। लेकिन आपको इस तरह काँपने की जरूरत नहीं है, मिस साहब। यहाँ उन्हें कुछ भी नहीं मिला। आपको काहे का डर, जब आपने पिन लिया ही नहीं।"

"लेकिन लिजा, यह है बहुत बुरी बात, बड़ी अपमानजनक", मशेनका सक्रोध बोली, "ये है बड़ी कमीनी हरकत, नीचतापूर्ण।" आखिर मालकिन को मुझ पर शक करने और मेरी चीजों को खखोलने का क्या हक है?"

"आप अजनबी लोगों के साथ रह रही हैं, मिस साहब," लिजा ने लंबी साँस लेते हुए कहा, "गोकि आप एक युवा महिला हैं, पर तो भी आप हैं···कहना चाहिए

एक मुलाजिम···आपका यहाँ रहना, ऐसा तो है नहीं, जैसा माता-पिता के साथ।''

मशेनका पलंग पर जा पड़ी और फूट-फूटकर रोने लगी। जीवन में कभी उसने ऐसा दुर्व्यवहार न सुना था और न कभी ऐसी बेइज्जती! वह सुशिक्षित थी, सुसभ्य थी और थी एक अध्यापक की बेटी। उस पर चोरी का संदेह किया गया था।'' और एक सड़क चलते राहगीर की तरह उसकी तलाशी ली गई थी। वह इससे अधिक बेइज्जती की कल्पना भी नहीं कर सकती थी। अब और क्या होगा, इस विचार ने उसकी खीझ को और भी कठोर और भयंकर बना दिया।

अनेक प्रकार के बेतुके विचार मशेनका के मस्तिष्क में उभरे। यदि वे उस पर चोरी का संदेह कर सकते हैं, तो नंगा करके जमा तलाशी ले सकते हैं, गिरफ्तार करा सकते हैं। सिपाहियों की गिरफ्त में, बाजार की गलियों में फिराकर कैदखाने में डाल सकते हैं—ठंडी अंधकोठरी में, चूहों और घुनों से भरी कोठरी में, ठीक वैसी ही काल कोठरी में, जिसमें राजकुमार तर्कनोव कैद किया गया था। कौन करेगा उसकी तरफदारी? माता-पिता दूर के प्रदेश में रहते हैं; उस तक आने के लिए उनके पास पैसा नहीं है। राजधानी में वह उतना ही एकाकी थी, जैसे किसी रेगिस्तान में, न मित्र थे न स्वजन; उसके साथ वे जो चाहें कर सकते हैं।

''मैं तमाम वकीलों और अदालतों के दरवाजे.खटखटाऊँगी,'' मशेनका काँपती हुई लगी सोचने, 'मैं उन्हें साफ-साफ बताऊँगी···कसम खाऊँगी, उन्हें विश्वास हो जाएगा कि मैं चोर नहीं हो सकती।'

उसे खयाल आया कि उसकी टोकरी में चादर से दबी हुई कुछ मिठाइयाँ रखी थीं, जिन्हें वह अपनी स्कूली आदतों के अनुसार, खाना खाते समय जेब में रखकर कमरे में ले आई थी। मशेनका को बड़ी गरमी महसूस हुई और इस पर शर्म भी कि उसका छोटा सा भेद भी मालकिन को मालूम हो गया। इस तमाम भय, लज्जा और खीझ से मशेनका को हृदय का दौरा पड़ने लगा; कनपटियों, हृदय और नीचे पेट तक में जोर-जोर की धड़कन होने लगी।

''खाना तैयार है!'' नौकर ने बुलावा दिया।

''जाऊँ कि न जाऊँ ?''

मशेनका ने बालों को सँवारा, चेहरे को भीगे तौलिए से पोंछा और रसोईघर में चली गई। वहाँ सब पहले ही खाना शुरू कर चुके थे। मेज के एक सिरे पर बैठी थी घर की मालकिन, गंभीरता से मुँह फुलाए—मूर्खों जैसा चेहरा लिये, दूसरे पर थे—गृहस्वामी निकोले। अगल-बगल बच्चे और मेहमान जमे हुए थे।

दो नौकर दस्ताने और स्वालांटेल कोट पहने प्लेटें ला रहे थे। सभी को मालूम

था कि घर में गड़बड़ फैली हुई है और यह कि मालकिन बेहद परेशान हैं। सब लोग चुप्पी साधे बैठे थे। खाने की चबर-चबर और प्लेटों पर चम्मचों की खनखनाहट के अलावा कुछ भी सुनाई नहीं दे रहा था। तब घर की मालकिन ने स्वयं ही बोलना शुरू किया, "खाने को तीसरी चीज क्या है?" बड़ी खिन्नता से उन्होंने नौकर से मरी सी आवाज में प्रश्न किया।

"रूसी स्टर्जन।" नौकर ने उत्तर दिया।

"इसके लिए मैंने कहा था," घर के मालिक निकोले ने तपाक से कहा, "मैं चाहता था मछली। तुम्हें अच्छी नहीं लगती तो मना कर दो। मैंने तो यों ही कह दिया था।"

मालकिन को असल में वे चीजें अच्छी नहीं लगती थीं, जिनके लिए वे स्वयं न कहतीं। और अब उनकी आँखों में आँसू भर आए थे।

"आप अपने को परेशान न करें", उनके पारिवारिक डॉक्टर ने बड़ी मृदुता से कहा, "मालकिन की बाँह छूते हुए और वैसी ही मधुर मुसकराहट के साथ हमें वैसे ही कहना चाहिए, कमजोर हैं। अच्छा हो पिन को भूल जाएँ। स्वास्थ्य का मूल्य दो हजार रूबल से भी अधिक है।"

"अफसोस मुझे दो हजार का नहीं," देवीजी ने उत्तर दिया, "बात ही ऐसी है, जिससे मुझे बेहद घृणा हो रही है। घर में चोरों को बसाकर उनके साथ मेरा निर्वाह नहीं हो सकता। मुझे इसका मलाल नहीं, मुझे किसी बात का मलाल नहीं है। लेकिन मेरी चोरी है—परले दरजे की एहसान फरामोशी। इस तरह चुकाते हैं वे मेरी रहमदिली का मूल्य।"

सभी ने अपनी प्लेटों पर दृष्टि डाली, किंतु मालकिन की बात समाप्त होते ही मशेनका को लगा, जैसे हरेक उसे घूर रहा है। उसे लगा, जैसे उसका गला रुँध रहा है, वह रोने लगी और उसने होंठों पर रूमाल रख लिया।

"माफ कीजिए," वह बड़बड़ाई, "मैं क्या करूँ? मेरा सिर दुःख रहा है। मैं चली जाऊँगी।" और मशेनका उठ खड़ी हुई। कुरसी को एक तरफ घसीटती वह पहले से भी अधिक दुविधाग्रस्त हो, कमरे से बाहर हो गई।

"हद हो गई।" निकोले ने भौंहें चढ़ाते हुए कहा, "आखिर इसका कमरा खखोलने की क्या जरूरत थी? कैसी बेतुकी बात हुई?"

यह मैं नहीं कहती कि पिन उसने लिया है, मालकिन बोलीं, "लेकिन तुम उसका जिम्मा कैसे ले सकते हो? सच पूछते हो तो मुझे इन पढ़े-लिखे भिखमंगों पर ज्यादा विश्वास नहीं है।"

''यह वास्तव में अनुचित था, फेनिया, क्षमा करना फेनिया, कानून की दृष्टि से तुम्हें तलाशी लेने का कोई हक नहीं था।''

''तुम्हारे कानूनों के बारे में मैं कुछ नहीं जानती। जो मैं जानती हूँ, वह यह है कि मेरा पिन खोया है। और मैं उसे तलाश करूँगी।''

प्लेट पर काँटे की आवाज हुई और मालकिन की आँखें गुस्से से चमक उठीं। बोली, ''आप खाइए खाना, इन बातों में दखलंदाजी मत कीजिए, जिनसे आपका सरोकार नहीं है।''

निकोले ने बड़ी नम्रता से आँखें नीची कर लीं और एक आह भरी। इसी बीच मशेनका अपने कमरे में जाकर पलंग पर गिर पड़ी। अब उसे न भय था न लज्जा, पर हाँ, उसकी बड़ी तीव्र इच्छा हो रही थी कि जाकर इस कठोर, गुस्ताख, मूढ़, किंतु समृद्ध स्त्री के गाल पर तमाचा रसीद करे।

चारपाई पर पड़ी-पड़ी वह तकिए पर प्रश्वास छोड़ रही थी और एक दिवास्वप्न देख रही थी। कितना अच्छा हो, यदि वह जाकर सबसे कीमती पिन खरीद सके और उसे इस झगड़ालू स्त्री के मुँह पर दे मारे। काश, ईश्वरेच्छा से वह कुलटा तबाह होकर भीख माँगती फिरे, गरीबी और पराधीनता के सभी कष्ट और ग्लानियाँ भोगे और तब मशेनका, जिसे उसने बेइज्जत किया है, उसे भीख दे! काश कि मशेनका के पास बहुत सा पैसा हो जाए, वह मोटर खरीद सके और उसे वह जोर-शोर से चलाती हुई इस औरत की खिड़की के पास से निकले, ताकि इस औरत के मन में भी जलन होने लगे।

किंतु यह सब तो दिवास्वप्न था। वास्तव में एक ही काम शेष था और वह यह कि जितना भी जल्दी हो सके, वह यहाँ से चली जाए—यहाँ घंटे भर भी न ठहरे। यह सही है, इस जगह को छोड़कर साधनविहीन माता-पिता के पास जाना बड़ा भयावह था, किंतु और उपाय भी क्या था?

मशेनका को न मालकिन की शक्ल देखना सह्य था और न उसका अपना छोटा सा कमरा ही; उसे लग रहा था, जैसे यहाँ उसका दम घुटा जा रहा है—वह अत्यंत दयनीय और अभागी है। वह मालकिन से—मालकिन, जो अपनी काल्पनिक कुलीनता और बीमारी के बोझ से दबी जा रही है—इतना असंतुष्ट थी कि संसार की प्रत्येक वस्तु उसे नीरस और आकर्षण-विहीन लग रही थी, केवल इसलिए कि उस संसार में मालकिन भी रह रही थी।

यही सोचते-सोचते मशेनका चारपाई छोड़कर उठ खड़ी हुई और अपना बिस्तर-बोरिया समेटने लगी।

"क्या मैं आ सकता हूँ ?" मालिक निकोले ने दरवाजे से ही पूछा। बिना किसी तरह का शोर मचाए वह दरवाजे तक आया था और दबी हुई कोमल सी आवाज में उसने पूछा, "क्या मैं··· ?"

"आइए।"

वह आया और दरवाजे के निकट शांतिपूर्वक खड़ा रहा। उसकी आँखों में धुँधलापन था और छोटी सी रक्तिम नाक पर चमक। भोजन के बाद वह मदिरा पिया करता था और यह तथ्य उसकी चाल में ढीले-ढाले मांसल हाथों से स्पष्ट परिलक्षित हो रहा था।

"यह क्या है ?" टोकरी की ओर संकेत करते हुए उसने प्रश्न किया।

"अपना बिस्तर-बोरिया समेट रही हूँ। क्षमा कीजिए, निकोले साहब, क्योंकि मैं आपके मकान में नहीं रह सकती। इस तलाशी से मैंने अपने आप को बहुत ही लज्जित अनुभव किया है।"

"यह मैं समझता हूँ, गलती कर रही हो तो सिर्फ यह कि जा रही हो। तुम्हें जाना क्यों चाहिए ? उन्होंने तुम्हारी चीजें टटोली हैं और तुम···लेकिन इससे तुम्हारा क्या बनता-बिगड़ता है ? इससे तुम्हारी कुछ हानि न होगी।"

मशेनका खामोशी से अपना सामान बाँधती रही। निकोले ने अपनी मूँछ सहलाई, जैसे वह विस्मृत हो सोच रहा हो कि अब और आगे क्या कहूँ। फिर उसने खुशामदाना स्वर में कहना शुरू किया, "मैं समझता हूँ, मगर तुम्हें भी तो सोचना चाहिए। जानती हो कि वह जल्दी उत्तेजित हो जाती है, आगा-पीछा सोचती नहीं, कम-से-कम तुम्हें ऐसा कठोर निष्कर्ष न निकालना चाहिए।"

मशेनका फिर भी न बोली।

"अगर तुम्हें बहुत क्लेश हुआ है," निकोले कहता गया, "अगर तुम चाहो तो मैं माफी माँगने को तैयार हूँ। मैं तुमसे माफी माँगता हूँ।"

मशेनका ने कोई उत्तर नहीं दिया, पर वह अपने संदूक पर और भी झुक गई। हारा-थका अस्थिर चित्त, निकोले अपने परिवार में एकदम महत्त्वहीन था। उसकी स्थिति आश्रित नौकरों की भाँति ही दयनीय थी। यहाँ तक कि नौकर-चाकर भी उसकी बात न पूछते थे। अतएव उसकी क्षमायाचना कोई माने नहीं रखती थी।

"उहूँ! बोलती क्यों नहीं ? क्या तुम्हारे लिए इतना काफी नहीं है ? यदि ऐसी बात है तो पत्नी की बजाय मैं माफी माँग लूँगा। अपनी पत्नी की तरफ से, एक भले आदमी की तरह, मैं यह स्वीकार करता हूँ कि उसका व्यवहार असंगत था।" और निकोले कमरे में इधर-उधर टहलने लगा।

"तुम चाहती हो कि यह बात मेरे हृदय में टीस पैदा करती रहे। मेरी आत्मा मुझे संतप्त करती रहे।" निकोले ने चहलकदमी करते-करते कहा।

"मैं जानती हूँ, निकोले साहब, इसमें आपका दोष नहीं है," बड़ी-बड़ी आँखों से उसके पूरे चेहरे पर दृष्टि डालती हुई मशेनका बोली, "आप चिंतित क्यों होते हैं?"

"नहीं तो···लेकिन फिर भी, तुम नहीं जाओ। मैं प्रार्थना करता हूँ।"

मशेनका ने सिर हिलाया। निकोले खिड़की के पास खड़ा हो गया और उँगली के पोर से खिड़की का शीशा बजाने लगा।

"इस तरह की गलतफहमियाँ मेरे लिए यातना हैं," उसने कहा, "आखिर क्यों तुम चाहती हो कि मैं नाक रगड़ूँ या फिर क्या चाहती हो? तुम्हारे स्वाभिमान को ठेस लगी है और यहाँ तुम रो रही हो—जाने के लिए सामान बाँध रही हो, लेकिन मेरा भी तो स्वाभिमान है और तुम उसे बख्शना नहीं चाहतीं। या तुम मुझसे वह बात सुनना चाहती हो, जिसे मैं ईश्वर के दरबार में भी स्वीकार न करूँगा? चाहती हो? सुनो, तुम चाहती हो कि मैं तुमसे वह बात कहूँ, जो मैं मृत्युशय्या पर, पादरी से भी न कहूँगा?"

मशेनका ने कोई उत्तर नहीं दिया।

"मैंने लिया है अपनी पत्नी का पिन," निकोले ने बड़े सपाट शब्दों में कहा, "क्या इतना काफी है? तसल्ली हो गई तुम्हें? हाँ, मैंने लिया था उसे···लेकिन तुम्हारी विवेक-बुद्धि पर मुझे भरोसा है। भगवान् के लिए किसी से आधी बात भी न कहना—एक शब्द भी नहीं।"

मशेनका आश्चर्यचकित और भयभीत हो सामान पैक करती रही। वह अपनी चीजों को बड़ी लापरवाही से घसीटती थी, तह करती और जैसे-तैसे संदूक और टोकरी में ठूँसती जाती थी। अब निकोले की इस निष्कपट और स्पष्ट स्वीकृति के बाद वह एक मिनट भी वहाँ न रह सकती थी। वह यह भी नहीं समझ सकती थी कि आखिर इतने दिन वह कैसे उस घर में रह सकी।

"और इसमें ताज्जुब करने की कोई बात नहीं, निकोले क्षणभर रुककर कहता गया, "यह तो हर रोज की कहानी है। मुझे रुपए की जरूरत होती है और वह मुझे एक कौड़ी नहीं देती। तुम्हें मालूम है, मेरे पिता के पैसे से यह घर खरीदा गया था, और हर दूसरी चीज भी। यह सभी कुछ मेरा है और पिन था मेरी माँ का और···यह सब मेरा है। उसने इसे ले लिया, हर चीज अपने कब्जे में कर ली, तुम यह मानोगी

कि मैं उससे मुकदमेबाजी नहीं कर सकता, मेरी दिली ख्वाहिश और प्रार्थना है कि तुम इसे नजरअंदाज कर दो, यहीं रुकी रहो। वास्तविक परिस्थितियों को जान लेना क्षमा प्रदान करने के समान है। बोलो रुकोगी ?''

''नहीं।'' मशेनका ने दृढ़तापूर्वक कहा और वह काँपने लगी, ''मुझे अकेला छोड़ दो। आपसे प्रार्थना करती हूँ।''

''अच्छा तो फिर ईश्वर तुम्हारी रक्षा करे।'' निकोले ने संदूक के निकट रखे हुए स्टूल पर बैठते हुए आह भरी और कहने लगा, ''मैं यह मानता हूँ कि मुझे वे लोग अच्छे लगते हैं, जो अब भी खीज, तिरस्कार आदि अनुभव कर सकते हैं। मैं हमेशा-हमेशा के लिए यहाँ बैठकर तुम्हारे कुपित चेहरे को देख सकता हूँ, तो तुम रुकोगी नहीं, फिर ? मैं समझ गया···यही होना है, हाँ यही, बिल्कुल यही ! यह ठीक है तुम्हारे लिए, लेकिन मेरे लिए··· हा···आ इस तहखाने से मैं एक कदम भी बाहर नहीं रख सकता ! मैं अपनी किसी रियासत में चला जाऊँगा। लेकिन वहाँ भी मेरी पत्नी के कुछ-न-कुछ गुरगे मौजूद हैं···कारिंदे, विशेषज्ञ; नाश हो उनका ! जायदाद रहन रखकर फिर रहन रख देते हैं, मछलियाँ मत पकड़ो, घास से दूर रहो, पेड़ मत तोड़ो।''

''निकोले !'' बैठक से उसकी पत्नी की आवाज आई, ''अननिया, बुला मालिक को।''

''तो फिर रुकोगी नहीं ?'' निकोले ने जल्दी उठकर दरवाजे की तरफ जाते हुए पूछा, ''रुकने को रुक भी सकती हो। वास्तव में शाम को आकर तुमसे बात कर सकता हूँ ? रुकोगी ! अगर तुम जाओगी तो इस घर में इनसानी चेहरा एक भी न रह जाएगा। ओफ कैसी भयंकर बात है !''

निकोले के उतरे हुए चेहरे ने याचना की, किंतु मशेनका ने सिर हिला दिया और हाथ हिलाकर वह बाहर हो गया।

आधे घंटे बाद वह भी अपनी राह पर थी।

□

गोली का निशान

अलेग्जेंडर पुश्किन

सन् 1799 में मॉस्को, रूस में जनमे अलेग्जेंडर पुश्किन एक महान् कवी और आधुनिक रूसी साहित्य के संस्थापक के रूप में जाने जाते हैं। टारस्कोए सेलो लिसयम से शिक्षा प्राप्त की। वे एक कुशल नाटककार एवं उपन्यासकार भी थे। उनकी पहली कविता पंद्रह वर्ष की उम्र में प्रकाशित हुई तथा अपनी स्नातक की पढ़ाई पूरी करने तक वे साहित्य-जगत् में एक जाने-माने व्यक्तित्व के स्वामी बन चुके थे। टार की राजनीतिक पुलिस की कड़ी निगरानी और प्रकाशन की इजाजत न होने के बावजूद उन्होंने अपना सबसे प्रसिद्ध नाटक 'बोरिस गोडुनोव' लिखा।

अन्य कृतियाँ : द कैप्टेन्स डॉटर, डुबरोस्की, द जिप्सीस, पोलटाव; नाटक : अ फीस्ट इन टाइम ऑफ प्लेग, मोजार्ट ऐंड सालिएरी, बोरिस गोडुनोव आदि।

हम लोगों को एम नामक एक कस्बे में ठहराया गया था। फौजी लोगों का जीवन तो सर्वविदित है ही : सबेरे परेड और घुड़सवारी; कर्नल के साथ या फिर रेस्तराँ में भोजन; शाम को शराब और ताश। इस कस्बे में न कोई ऐसा घर था, जहाँ हर कोई जा सके और न कोई ऐसी लड़की, जिसकी उम्र शादी के योग्य हो। हम लोग एक–दूसरे के कमरों में मिला करते थे, जहाँ वरदियाँ पहने आदमी–ही–आदमी दिखाई देते थे।

केवल एक ही नागरिक को हमारे सैनिक–समाज में स्थान मिल सका था। उसकी उम्र थी पैंतीस के आसपास; इसलिए हम लोग इसे बुजुर्ग मानते थे। अनुभवी होने के कारण वह हम लोगों से विशेष लाभान्वित हो सकता था। उसकी रूठने–

बिगड़ने की आदत, कठोर स्वभाव और वाणी की कटुता ने हमारे अविकसित मस्तिष्कों पर बड़ा गहरा प्रभाव डाला। उसकी उपस्थिति भी कुछ रहस्यमय थी।

देखने में वह रूसी मालूम होता था, गोकि उसका नाम था विदेशी। इससे पहले वह जर्मन सेना के घुड़सवार दस्ते में भी काम कर चुका था—और बड़ी खूबी से। यह कोई न जानता था कि आखिर किस कारण उसे सेना से अवकाश प्राप्त करने की लालसा हुई और क्यों वह इस नाचीज से कस्बे में आ बसा, जहाँ उसका खर्च ज्यादा होता और जीवनयापन गरीबी का।

हमेशा ही वह पैदल आता था। बराबर काले रंग का भद्दा सा ओवरकोट पहने रहता, किंतु खानपान में हमारे दस्ते के अफसरों का सदैव स्वागत करता। यह सही है कि उसके भोजन में कभी दो या तीन से ज्यादा प्लेटें न होती थीं—वह भी एक अवकाश प्राप्त सैनिक द्वारा तैयार की हुईं। किंतु मदिरा उसके यहाँ पानी की तरह बहती थी।

यह किसी को न मालूम था कि उसकी अपनी परिस्थितियाँ क्या हैं, या कि उसकी आमदनी क्या है ? और इस विषय में पूछने का किसी को साहस भी न होता। पुस्तकों का भी उसके पास अच्छा-खासा संग्रह था, जिनमें ज्यादातर ग्रंथ सैन्य-विषयक थे अथवा उपन्यास। खुशी से वह हमें पढ़ने के लिए दे देता, किंतु वापस माँगने का कभी नाम भी न लेता। साथ ही, एक बार पुस्तकें भिजवाने पर वह स्वयं कभी न लौटाता।

उसका विशेष मनोरंजन था—पिस्तौल की निशानेबाजी। अपने कमरे की दीवारों को उसने छलनी कर रखा था। उनमें ऐसे छेद हो गए थे, जैसे शहद के छत्ते में होते हैं। उसकी छोटी सी कुटिया में पिस्तौलों का एक बड़ा संग्रह ही केवलमात्र विलास-सामग्री थी। अपने प्रिय शस्त्र में जितनी सिद्धता उसने प्राप्त कर ली थी, उस पर आसानी से विश्वास नहीं किया जा सकता। अगर कहीं उसने किसी की घुड़सवारी की टोपी में लगी कलंगी पर निशाना लगाने की बात कही होती तो हमारे दस्ते में एक भी आदमी ऐसा न निकला, जो अपने मस्तक को गोली के सामने करने में हिचकिचाता।

हमारी बातचीत का रुख प्राय: द्वंद्वयुद्ध की ओर घूम जाता। सिल्वियो (आगे मैं उसे इसी नाम से संबोधित करूँगा) उसमें कभी न पड़ता। यह पूछने पर कि क्या उसने भी कभी द्वंद्व लड़ा है, उसने बड़ी रुखाई से स्वीकारात्मक उत्तर दिया; किंतु सविस्तार उसने कुछ भी न बताया और यह स्पष्ट हो गया कि इस प्रकार के प्रश्न उसके लिए अरुचिकर हैं।

हमने सोचा कि उसके मस्तिष्क में अपनी प्रलयंकर कुशलता के किसी शिकार की दुःखद स्मृति छाई हुई है। उस पर किसी तरह की बुजदिली का संदेह भी हमारे मस्तिष्क में न आया। कुछ लोग होते हैं, जिनकी मुद्रा मात्र ऐसे संदेहों को दूर रखने के लिए पर्याप्त होती है। लेकिन एक आकस्मिक घटना ने हम सभी को आश्चर्यचकित कर दिया।

एक दिन करीब दस अफसरों ने सिल्वियो के साथ भोजन किया। पूर्ववत् ही उन्होंने मदिरापान किया—कहने का मतलब यह कि खूब जमकर पी। भोजन के उपरांत हमने अपने मेजवान से 'फरों' (ताश के एक जुए) की नाल इकट्ठी करने को कहा। बहुत देर तक तो वह मना करता रहा, क्योंकि वह खुद मुश्किल से ही कभी खेलता था। किंतु अंत में उसने ताश मँगाने के लिए ऑर्डर दिया। सोने के करीब पचास सिक्के निकालकर उसने मेज पर रख दिए और ताश बाँटने लगा।

खेलते समय एकदम खामोशी बनाए रखना उसका नियम था। न वह बहस करता और न कभी सफाई देने के पचड़े में पड़ता। अगर कहीं 'पुंटर' जोड़ने-घटाने को बैठता तो वह तुरंत या जो उसके पैसे अदा कर देता या फिर उसका बकाया लिख लेता। हम उसकी इस आदत से परिचित थे और सदैव ही उसे अपने ढंग से काम करने देते थे; लेकिन उस मौके पर हममें एक और भी अफसर था, जो हाल ही में तबादला होकर हमारे दस्ते में आया था।

गलती से खेल के दौरान इस अफसर ने जरूरत से एक 'पॉइंट' ज्यादा बना लिया। सिल्वियो ने खड़िया निकालकर अपने रिवाज के मुताबिक सही हिसाब अंकित कर दिया। अफसर ने यह सोचकर कि सिल्वियो ने ऐसा करने में गलती की है, तफसील से कैफियत पूछना शुरू किया। सिल्वियो खामोशी से ताश बाँटता रहा। अफसर ने बेसब्र होकर ब्रश उठाया—और जिसे वह भूल समझा था, पोंछ डाला। सिल्वियो ने खड़िया उठाई और पुनः अंकों को सही कर दिया। अफसर ने शराब, खेल और सहकर्मियों की हँसी से उत्तेजित हो, यह समझा कि उसे अत्यधिक बेहज्जत किया है। क्रोधावेश में उसने मेज पर रखा पीतल का शमादान उठाकर सिल्वियो की ओर फेंका। सिल्वियो मुश्किल से बाल-बाल बच सका। हम लोग भी बड़े दुःखी हुए।

गुस्से से तमतमाया सिल्वियो उठा और आँखें तरेरते हुए बोला, ''प्रिय महानुभावो लौट जाने की कृपा कीजिए और ईश्वर को धन्यवाद दीजिए कि यह सब मेरे ही घर पर हुआ।''

हममें से किसी को यह संदेह न रह गया कि इसका परिणाम क्या होगा

और हमने अपने इस नए साथी को पहले ही से मृतक मान लिया। अफसर ने यह कहते हुए कि वह अपने असम्मान का उत्तर वैसे ही देने को प्रस्तुत है, जैसे नाल्ची चाहे—अपना दाँव वापस ले लिया। कई मिनट तक खेल चलता रहा; किंतु यह सोचकर कि हमारा मेजवान सिल्वियो अत्यधिक थकान के कारण खेल को जबरदस्ती नहीं चला सकता, हम लोगों ने एक-एक करके अपने दाँव वापस ले लिये। दस्ते में शीघ्र ही एक स्थान रिक्त हो जाने की संभावना पर थोड़ा सा विचार-विनिमय कर हम लोग अपने-अपने क्वार्टरों में चले गए।

अगले दिन घुड़सवारी के स्कूल में नए लेफ्टिनेंट के आने से पहले हम लोग आपस में एक-दूसरे से यह पूछताछ कर ही रहे थे कि बेचारा आया लेफ्टिनेंट अभी जिंदा भी है ? यही प्रश्न हमने उससे भी किया; और उसने बताया कि अभी तक सिल्वियो की ओर से उसे कोई संदेश नहीं मिला। इसपर हमें आश्चर्य हुआ!

हम लोग सिल्वियो के घर गए और उसे सहन में, दरवाजे पर चिपके हुए 'इक्के' के ताश पर गोली दागते पाया। पूर्ववत् ही उसने हमारा स्वागत किया; किंतु पिछली शाम को हुई घटना के संबंध में उसने एक शब्द भी नहीं कहा। तीन दिन बीत गए और लेफ्टिनेंट अब तक जीवित था। हमने साश्चर्य एक-दूसरे से पूछा, "क्या ऐसा भी संभव हो सकता है कि सिल्वियो न लड़े ?"

सिल्वियो नहीं लड़ा। वह एक झूठे बहाने से ही संतुष्ट हो गया और उसने लेफ्टिनेंट से संधि कर ली। इसने उसे हमारे सभी युवा साथियों की दृष्टि में बहुत काफी गिरा दिया। साहस का अभाव ही एक ऐसी बात है, जिसे नवयुवक क्षमा नहीं कर पाते, क्योंकि वे वीरता को ही मानवीय गुणों में सर्वोपरि समझते हैं। और वीरता, उनकी दृष्टि में हर संभव दोष को ढक लेती है। किंतु धीरे-धीरे लोग सबकुछ भूल गए और सिल्वियो का प्रभाव पुनः पहले जैसा बन गया।

केवल मैं ही एक ऐसा बचा, जिसका व्यवहार पहले जैसा न हो पाया। स्वभाव से कुछ भावुक होने के नाते दूसरे लोगों की अपेक्षा मेरा स्नेह उस व्यक्ति के प्रति कुछ अधिक था, जिसका जीवन ही एक पहेली था; जो मुझे किसी रहस्यमय कहानी का नायक जान पड़ता था। वह भी मुझे चाहता था; कम-से-कम मुझसे बात करते समय वह अपनी व्यंग्यात्मक शैली को छोड़ बड़ी सीधी-सीधी जुबान में और अच्छे ढंग से विविध विषयों पर बातचीत करता था।

किंतु इस दुर्भाग्यपूर्ण साँझ के बाद यह विचार कि उसके सम्मान को बट्टा लग गया है; और यह कि उसने अपनी गलती से उस दाग को बने रहने दिया है—मेरे मस्तिष्क में सदैव बना रहता। इसी बाधा के कारण मेरा व्यवहार पहले जैसा न हो

पाया। उसकी तरफ देखते हुए भी मुझे लज्जा अनुभव होती।

सिल्वियो इतना चतुर और ऐसा अनुभवी था कि यह बात उसकी दृष्टि से छिप नहीं सकती थी; और वह इसके कारण को ताड़ गया। इससे उसे परेशानी भी हुई; अंत में मुझे भी एक-दो बार ऐसा अनुभव हुआ, जैसे वह मुझे सफाई देना चाहता हो, किंतु मैंने उन अवसरों को टाल दिया और सिल्वियो ने भी प्रयत्न करना छोड़ दिया। इसके बाद केवल सहकर्मियों के बीच ही उससे भेंट हुई—और इस तरह हमारी गुप्त बातचीत का क्रम समाप्त हो गया।

राजधानी की चहलकदमी में रहनेवाले उन बहुत से अनुभवों से शून्य ही रहते हैं, जो देहात या छोटे कस्बों में रहनेवालों को प्रायः हुआ करते हैं, उदाहरण के लिए डाक की प्रतीक्षा। मंगल और शुक्र को हमारे दस्ते के कार्यालय में अफसरों की भीड़ लग जाती थी—कुछ रुपए की, कुछ पत्रों की और दूसरे समाचार-पत्रों की प्रतीक्षा में। ये 'पैकेट' प्रायः वहीं खुलते थे और खबरें एक से दूसरे तक पहुँच जाती थीं। इस तरह कार्यालय का दृश्य अत्यंत ही सजीव होता था। सिल्वियो अपने पत्रों को हमारे दस्ते के पते पर मँगाया करता था, इसलिए उन्हें लेने के लिए वह प्रायः वहाँ मौजूद रहता।

एक दिन उसे एक पत्र मिला, जिसकी सील-मुहर तोड़ते समय उसके चेहरे से व्यग्रता परिलक्षित हो रही थी। पत्र पढ़ते ही उसकी आँखें चमक उठीं। अपनी-अपनी डाक पढ़ने में व्यस्त अफसरों ने इस पर कुछ ध्यान न दिया।

"सज्जनो," सिल्वियो बोला, "परिस्थितिवश मेरा तत्काल रवाना होना आवश्यक है; रात को मैं चला जाऊँगा। मुझे आशा है, मेरे साथ अंतिम बार भोजन करने से आप मना न करेंगे।"

"मैं तुम्हारी भी प्रतीक्षा करूँगा।" मेरी ओर घूमते हुए उसने कहा, "आना अवश्य!" यह कहकर वह शीघ्रता से चला गया; और सिल्वियो के यहाँ मिलने की बात तय करके हम लोग भी अपने-अपने क्वार्टरों में चले गए।

निश्चित समय पर मैं सिल्वियो के यहाँ पहुँच गया और लगभग पूरे दस्ते को मैंने वहीं पाया। सिल्वियो का सारा साज-सामान बँधा तैयार था; शेष कुछ भी न था—गोलियों से छलनी हुई दीवार के अतिरिक्त। हम लोग मेज के निकट बैठ गए। मेजवान अत्यंत हँसने-हँसाने के 'मूड' में था; और इस तरह शीघ्र ही बाकी लोग भी उसकी हँसी-खुशी में साझेदार बन गए।

प्रतिक्षण बोतलें खुल रही थीं—गिलासों में झाग निरंतर उमड़ रहा था। पूरे उछाह और आत्मीयता से मित्र को विदाई देते हुए हमने मंगलकामना की। भोज

समाप्त होते-होते संध्या ढल चुकी थी। सबसे विदा लेकर सिल्वियो ने मुझे रोक लिया—ठीक उस समय, जबकि मैं स्वयं भी विदा लेने को था।

"तुमसे बात करना चाहता हूँ।" उसने धीरे से कहा और मैं वहीं ठहर गया।

मेहमान लोग जा चुके थे और सिर्फ हम दोनों ही वहाँ रह गए थे। आमने-सामने बैठते हुए हमने खामोशी से अपने 'पाइप' जलाए। सिल्वियो काफी परेशान दिखाई दे रहा था—पिछली हँसी-खुशी का नामोनिशान शेष न था। चेहरे के गहरे पीलेपन, आँखों की चमक और मुँह से धुएँ का भारी कश छोड़ते हुए वह देखने में दैत्य जैसा लग रहा था।

कई मिनट बीत गए और तब सिल्वियो नीरवता भंग करते हुए बोला, "शायद हम लोग अब कभी न मिल पाएँ," उसने कहा, "लेकिन विदा होने से पूर्व मैं तुमसे कुछ स्पष्ट करना चाहूँगा। तुमने शायद यह अनुभव किया हो कि मैं दूसरे लोगों की राय की बहुत कम परवाह करता हूँ, लेकिन मैं तुम्हें चाहता हूँ, और ऐसा अनुभव करता हूँ कि तुम्हारे दिमाग पर कोई गलत छाप छोड़ जाना मेरे लिए पीड़ादायक होगा।"

कुछ रुककर वह अपना पाइप भरने लगा। मैं भी फर्श पर दृष्टि जमाए गुम-सुम बैठा रहा।

"तुम्हें इस बात पर आश्चर्य हुआ होगा", उसने कहना शुरू किया, "कि मैंने उस मदहोश आर को द्वंद्व के लिए नहीं ललकारा। इसके साथ तुम यह भी मानते हो कि चूँकि मुझे हथियार अपनाने का अवसर था, इसलिए उसका जीवन मेरे हाथ में था, जबकि मेरे लिए ऐसा कोई बड़ा खतरा न था। अपनी इस सहनशीलता को मैं उदारता बता सकता था; लेकिन मैं झूठ नहीं बोलूँगा। यदि अपने जीवन को रंचमात्र खतरे में डाले बिना ही मैं आर को ठीक कर सकता तो मैं उसे हरगिज माफ न करता।"

मैंने आश्चर्य से सिल्वियो पर दृष्टि डाली। इस तरह की स्पष्टोक्ति ने मुझे पूर्णत: आश्चर्य में डाल दिया। और सिल्वियो कहता गया—"वास्तव में बात यही है—अपने को मृत्यु के सामने करने का मुझे कोई अधिकार नहीं है। छह वर्ष हुए, मेरे मुँह पर एक तमाचा पड़ा था; और मेरा शत्रु अभी तक जीवित है।"

मेरा औत्सुक्य बड़े जोरों से जाग उठा।

"तुम उससे लड़े नहीं?" मैंने प्रश्न किया, "शायद परिस्थितियों ने तुम्हें अलग कर दिया।"

"लड़ा तो था," सिल्वियो ने उत्तर दिया, "और यह रही हमारे द्वंद्व की यादगार।"

सिल्वियो उठा और उसने डिब्बे में से एक टोपी निकाली। टोपी—जिस पर लाल पट्टी और सुनहरा झब्बा लगा था। (फ्रेंच में इसे बोनेस द पोलिस कहते हैं); टोपी उसने पहन ली—माथे से लगभग एक इंच की ऊँचाई पर टोपी से एक गोली पार हो चुकी थी।

"तुम्हें मालूम है," सिल्वियो ने कहना शुरू किया, "कि मैंने जर्मन घुड़सवारी के एक दस्ते में काम किया है। मेरा चरित्र भी तुम्हें अच्छी तरह मालूम है। नेतृत्व करने की मेरी आदत है। युवावस्था से मुझ पर यही धुन सवार रही है। हमारे जमाने में व्यसनों का शुमार 'फैशन' में होता था; और सेना में मैं था सबसे बुद्धिमान। अपने-अपने पियक्कड़पन की हम लोग शेखी बघारते थे। मैं मशहूर पियक्कड़ बी से भी, जिसकी प्रशंसा में 'डीडी' ने गीत गाए हैं, बढ़ा-चढ़ा था। हमारे दस्ते में द्वंद्व भी प्रायः होते रहते थे; और उन सब में मैं प्रथम या द्वितीय रहता। सहकर्मी मुझे एक तरह से पूजते थे; किंतु दस्ते के सेनानायक—जो लगातार बदलते रहते थे, मुझे एक अनिवार्य बुराई समझते थे।

"यों मैं शांतिपूर्वक या कहना चाहिए उछाहपूर्वक अपनी कीर्ति से आनंदित हो रहा था—तभी एक संभ्रांत कुल्का, एक नवयुवक हमारे दस्ते में आया। नाम उसका न बताऊँगा। जीवन में वैसे भाग्यशाली से फिर कभी भेंट न हुई। अपने लिए जरा यौवन-चातुर्य, सौंदर्य-असीम प्रसन्नता-निर्भीकता, वीरता-ख्याति-असंख्य धन आदि सभी की कल्पना करो और तब अनुमान लगाओ कि उसका हम सब पर अनिवार्यतः कैसा प्रभाव पड़ेगा।

"मेरी महत्ता हिल गई। मेरी धवल-कीर्ति की चकाचौंध से प्रभावित हो उसने मुझसे मित्रता करनी चाही; किंतु मैंने उसका कोई खास स्वागत न किया और वह भी रंचमात्र दुःखी हुए बिना मुझसे अलग रहा आया। मुझे उससे घृणा होने लगी। दस्ते और नारी समाज में उसकी सफलता ने मुझे बिल्कुल निराशा के अंक में डाल दिया।

"मैं उससे झगड़ा मोल लेने की फिराक में रहता। मेरी व्यंगोक्तियों का उसने व्यंगोक्तियों से उत्तर दिया और वे मुझे अपनी से अधिक स्वाभाविक और तीक्ष्ण प्रतीत हुईं। वे निश्चित रूप से अधिक मनोरंजक भी थीं, क्योंकि वह मजाक करता था और मैं खिसियाता था।

"अंत में एक पोलैंडवासी रईस द्वारा आयोजित 'बॉल नृत्य' के अवसर पर महिलाओं का चित्त उसकी ओर आकृष्ट देख, विशेषकर गृहस्वामिनी, जिससे मेरा कुछ संबंध चल रहा था, मैंने धीरे से उस नवयुवक के कान में एक असम्मान सूचक बात कह दी। उसने उत्तेजित हो मेरे मुँह पर एक थप्पड़ रसीद कर दिया।

हमने अपनी–अपनी तलवारें खींच लीं; स्त्रियाँ मूर्च्छित हो गईं, हमें अलग कर दिया गया; और फिर उसी रात हम लोग द्वंद्व लड़ने निकल पड़े।

''भोर हो रहा था और मैं अपने तीन सहयोगियों सहित निश्चित स्थान पर खड़ा था। बड़ी व्यग्रता से अपने प्रतिद्वंद्वी की प्रतीक्षा कर रहा था। बसंतकालीन सूर्य आकाश में चढ़ता जा रहा था। धूप पहले से काफी तेज हो चली थी। और वह मुझे आता हुआ दिखाई दिया। पूरी वरदी और तलवार धारण किए वह एक सहयोगी सहित पैदल चला आ रहा था। हम उससे मिलने के लिए आगे बढ़े। टोपी में काली 'चेरी' भरे वह आ पहुँचा। सहयोगियों ने हम दोनों के बीच बारह पग स्थान नाप दिया।

''यों पहले मुझे ही गोली दागनी थी, किंतु मैं उतने आवेश में था कि अपने हाथ की दृढता और सधाव पर निर्भर नहीं रह सकता था; अतएव स्वयं को शांत होने का अवकाश देने के लिए मैंने उसे पहले गोली दागने की स्वीकृति दे दी। किंतु वह उसके लिए तैयार न हुआ। अतः क्रम निश्चित करने के लिए 'लॉटरी' डालना तय हुआ और उसमें भी उस भाग्यवान को पहला ही दाँव मिल गया।

''उसने निशाना साधा और गोली मेरी टोपी से पार हो गई। अब आई मेरी बारी। उसकी जिंदगी, आखिरकार मेरे हाथ में थी। मैंने बड़ी उत्सुकता से उस पर दृष्टि डाली और यह देखने का प्रयत्न किया कि क्या उसके चेहरे पर रंचमात्र भी बेचैनी है। किंतु वह मेरी पिस्तौल के सामने खड़ा रहा, और चेरियाँ खाता तथा गुठलियाँ उगलता रहा—जोर से उगली हुई गुठलियाँ, जो आकर मेरे पैरों के पास तक गिर रही थीं।

''उसकी इस लापरवाही ने मुझे बेहद उत्तेजित कर दिया। 'आखिर क्या फायदा,' मैंने सोचा, 'ऐसे आदमी की जान लेने में, जो जीवन का कोई मूल्य ही नहीं समझता।' क्षणभर को यह दुर्विचार मेरे मस्तिष्क में घूम गया और मैंने पिस्तौल नीची कर ली।

''मालूम होता है कि इस समय तुम मरने को प्रस्तुत नहीं हो,'' मैंने कहा, ''नाश्ता करने की इच्छा है; कर लो। मैं बाधा नहीं डालना चाहता।''

''बाधा! नहीं! तुम रत्ती भर बाधा नहीं डाल रहे,'' उसने उत्तर दिया, ''कृपया गोली चलाइए या फिर जैसा चाहो—तुम्हारा एक निशाना बाकी है मुझ पर। उसके लिए हर समय प्रस्तुत रहूँगा।''

फिर मैं सहयोगियों की ओर घूम पड़ा और उनसे कह दिया कि आज गोली चलाने का इरादा नहीं है; और इस तरह द्वंद्व समाप्त हुआ।

"फौजी नौकरी से इस्तीफा देकर मैं यहीं आ गया। तब से कोई दिन ऐसा न गुजरा, जब प्रतिशोध का विचार मेरे मन में न आया हो। और अब उसका समय आ गया है।"

सिल्वियो ने अपनी जेब से वह पत्र निकाला, जो उसे सबेरे मिला था और मुझे पढ़ने को दे दिया। किसी ने (अनुमानतः उसके प्रतिनिधि ने) यह लिखा था कि व्यक्ति विशेष की शादी किसी नवयौवना सुंदरी से हो रही है।

"तुम अनुमान लगा सकते हो," सिल्वियो बोला, "यह व्यक्ति कौन है। मैं मास्को जा रहा हूँ। देखूँ अब भी जबकि उसकी शादी होनेवाली है—वह मृत्यु को उसी लापरवाही और बेफिक्री से देखता है, जैसे कि उस बार चेरी खाते समय!"

यह कहकर सिल्वियो उठ खड़ा हुआ। टोपी को एक तरफ डाल, उसने कमरे में इधर से उधर चहलकदमी शुरू की—ठीक वैसे ही, जैसे पिंजरे में बंद चीता करता है। उसकी बातें मैंने खामोशी से सुनीं, और इन परस्पर विरोधी अनुभूतियों ने मुझे अशांत कर दिया।

नौकर ने कमरे में प्रवेश करते हुए सूचित किया कि घोड़े तैयार हैं। सिल्वियो ने मेरा हाथ कसकर दबाया और हम दोनों गले लगकर मिले। वह गाड़ी में जा बैठा। साथ में केवल दो सूटकेस थे—एक में थीं उसकी पिस्तौलें और दूसरे में उसका अन्य सामान। हमने पुनः एक-दूसरे से विदाई ली और घोड़ों ने सरपट दौड़ लगाई।

कई वर्ष बीत गए और मैं जिले के एक छोटे से गाँव में पारिवारिक परिस्थितियों के कारण बसने पर विवश हुआ। खेती-बाड़ी में व्यस्त—मैं विगत जीवन की चुस्ती और बेफिक्री के लिए आहें भरने लगा। यहाँ जो सबसे दुष्कर काम था, वह था—बसंत और शरद की साँझें, एकदम एकाकी रहकर गुजारने का अभ्यस्त बनना। ब्यालू का समय होने तक मैं किसी-न-किसी तरह वक्त गुजार लेता, जैसे मुखिया लोगों से बातचीत करके, काम की देखभाल के लिए घोड़े पर चढ़कर या नई इमारतों के चक्कर लगाकर। किंतु मेरी समझ में यह न आता कि आखिर मैं अपने लिए क्या करूँ?

भंडारगृहों और खाने की अलमारी में जो गिनी-चुनी पुस्तकें मुझे मिलीं, वे मुझे पहले ही से कंठस्थ थीं। मेरे कारिंदे को जितनी कहानियाँ याद थीं, उन्हें मैं कई-कई बार सुन चुका था। किसान स्त्रियों के गीत सुनकर मैं खिन्नता और उदासी अनुभव करता। मैंने शराब पीने का भी प्रयत्न किया, लेकिन उससे सिर में दर्द हो उठता। मैं स्वीकार करता हूँ कि जरा सी झुँझलाहट में शराबी बनते मुझे डर लगता था। मेरा मतलब गमगीन किस्म के शराबियों से है, जिनके बहुत से उदाहरण मैं

अपने जिले में देख चुका था। उन दो-तीन शराबियों के अतिरिक्त, जिनकी बातचीत में हिचकियों और दीर्घ उच्छ्वासों का ही बाहुल्य होता था, पास में कोई पड़ोसी न था। अतएव इन शराबियों की सोहबत से एकांत ही भला था।

मेरे घर से कोई चार 'वर्ट' दूर बी—नामक ताल्लुकेदारिन की गद्दी थी; किंतु वहाँ कारिंदे के अलावा कोई रहता, जाता न था। ताल्लुकेदारिन यहाँ केवल एक बार ही आई थी—विवाह होने के पहले साल; और तभी केवल एक महीने ठहरी थीं। किंतु मेरे इस एकांत जीवन के दूसरे साल ही, बसंत में यह सूचना प्रसारित की गई कि ताल्लुकेदारिन अपने पति समेत गरमियाँ बिताने आ रही हैं। पर वास्तव में वे लोग आए जून के आरंभ में।

सुसंपन्न पड़ोसी का आगमन देहाती लोगों के जीवन में एक महत्त्वपूर्ण घटना होती है! काश्तकार और उनके परिजन दो महीने पहले से तीन महीने बाद तक इसकी चर्चा चलाते रहते हैं। जहाँ तक मेरा प्रश्न है, मैं यह स्वीकार करता हूँ कि एक रूपवान-युवा पड़ोसी के आगमन-समाचार का मुझ पर गहरा असर हुआ। उसे देखने के लिए मैं अत्यंत आतुर हो रहा था।

उनके आ जाने पर, जो पहला रविवार पड़ा था न, उसी दिन भोजन के उपरांत मैं उनके गाँव गया था, उनके निकटतम पड़ोसी और तुच्छ सेवक होने के नाते, ताल्लुकेदार दंपती के प्रति सम्मान प्रदर्शित करने।

एक नौकर मुझे ताल्लुकेदारिन के अध्ययन-कक्ष में लिवा ले गया और फिर उन्हें मेरे आने की सूचना देने चला गया। यह लंबा-चौड़ा विस्तीर्ण कमरा हर प्रकार की विलास-सामग्री से सुसज्जित था। दीवारों से सटी हुई अलमारियों में पुस्तकें चुनी हुई थीं और प्रत्येक अलमारी पर अष्टधातु की मूर्तियाँ सुशोभित हो रही थीं। संगमरमर की कानस पर दर्पण लगा हुआ था। फर्श पर बिछी हरी चादर पर कालीन थे।

अपने घर में इस तरह की विलास-सामग्री का अभ्यस्त न था। काफी समय से दूसरों का वैभव सामने न आया था। अतएव धड़कते हृदय से मैंने ताल्लुकेदार की प्रतीक्षा की—ठीक वैसे ही, जैसे देहात का एक मामूली सा व्यक्ति मंत्री महोदय के आने की प्रतीक्षा करता है।

दरवाजा खुला और एक खूबसूरत आदमी ने कमरे में प्रवेश किया। उसकी आयु होगी, यही कोई बत्तीस बरस की। ताल्लुकेदार बड़ी बेतकल्लुफी और दोस्ताना ढंग से मेरी तरफ बढ़ा। मैंने आपे में रहने का प्रयत्न किया और स्वयं अपना परिचय देने लगा; किंतु वह मुझे पहले ही पहचान गया।

हम लोग बैठ गए। उसकी सीधी-सादी और हृदयग्राही बातचीत से मेरी झिझक जल्दी ही मिट गई और मेरा मानसिक संतुलन ठीक होने लगा था। तभी ताल्लुकेदारिन ने प्रवेश किया और मैं पहले से कहीं अधिक घबरा गया। सचमुच वह रूपवती थी। ताल्लुकेदार ने उनसे मेरा परिचय कराया। मैं चाहता तो था वहाँ स्वस्थ-चित्त रहना; किंतु ज्यों-ज्यों मैंने ऐसा करने की चेष्टा की, त्यों-त्यों मेरी घबराहट बढ़ती गई। ताकि मैं अपने को सँभाल सकूँ और इन नवपरिचितों का अभ्यस्त हो सकूँ—वे लोग मुझे एक अच्छा पड़ोसी समझ आपस में स्वाभाविक ढंग से बातचीत करने लगे।

इसी बीच मैंने कमरे में टहलते हुए पुस्तकों और चित्रों को देखा। यद्यपि मैं चित्रों के बारे में इतना नहीं जानता कि कोई राय कायम कर सकूँ, पर फिर भी इनमें से एक चित्र ने मेरा ध्यान आकृष्ट किया। इनमें स्विट्जरलैंड का एक दृश्य चित्रित किया गया था। लेकिन मेरे आकर्षण का कारण चित्रकारी न थी, बल्कि वह परिस्थिति थी, जिसमें दो गोलियाँ ठीक एक-दूसरे के ऊपर से कैनवास (चित्रपट) को पार कर गई थीं।

"निशाना अच्छा है, यह!" ताल्लुकेदार की ओर घूमते हुए मैंने कहा।

"हाँ," उसने उत्तर दिया, "बड़ा उल्लेखनीय है ये निशानेबाज। क्या तुम भी अच्छा निशाना लगा लेते हो?" वह कहता गया।

"मामूली तौर से!" मैंने उत्तर दिया और मुझे इस बात पर खुशी हुई कि बातचीत ऐसे विषय पर चल पड़ी है, जिसे मैं जानता था।

"तीस कदम के फासले से ताश पर अचूक निशाना लगा सकता हूँ," मैंने कहा, "मगर उसी पिस्तौल से, जो मेरे हाथ पर रवाँ है।"

"सचमुच?" ताल्लुकेदारिन ने दिलचस्पी से कहा, "और आप तीस कदम से ताश पर निशाना लगा सकते हैं क्या?"

"किसी दिन," ताल्लुकेदारिन ने उत्तर दिया, "हम भी कोशिश करेंगे। अपने जमाने में निशाना मेरा भी बुरा न था। लेकिन इधर चार साल से पिस्तौल छुआ तक नहीं।"

"ओह!" मैंने कहा, "तब तो मैं दावे के साथ कह सकता हूँ कि श्रीमान बीस कदम से भी ताश पर निशाना न लगा सकेंगे। पिस्तौल तो रोज अभ्यास माँगती है—यह मैं निजी अनुभव से जानता हूँ। अपने दस्ते में मेरी गिनती सबसे अच्छे निशानेबाजों में थी। एक बार ऐसा हुआ कि पूरे एक महीने तक मैंने पिस्तौल छुई नहीं, क्योंकि मेरी पिस्तौल गई थी मरम्मत के लिए। और आप यकीन कीजिए

श्रीमान, फिर जब अभ्यास शुरू किया तो बीस कदम पर रखी बोतल पर लगातार चार बार निशाना चूका। हमारा कप्तान, जो बड़ा हँसोड़ और हाजिरजवाब था, वहीं खड़ा था। कहने लगा, "जाहिर है मेरे दोस्त, बोतल पर तुम हाथ उठाओगे!" इसलिए श्रीमान आपको अभ्यास न छोड़ना चाहिए, अन्यथा शीघ्र ही आप अपना हस्तलाघव खो बैठेंगे। जीवन में जिस सबसे अच्छे निशानेबाज को मैंने देखा था, वह ब्यालू से पहले दिन में कम-से-कम तीन बार निशाना लगाता था। जिस तरह मदिरापान उसका नित्यक्रम था, ठीक वैसे ही यह भी उसकी आदत में शुमार था।"

ताल्लुकेदार और उनकी पत्नी इस बात से प्रसन्न जान पड़े कि मैंने बातचीत शुरू कर दी थी।

"लेकिन वह निशानची कैसा था?" ताल्लुकेदार ने प्रश्न किया।

"उसकी यह हालत थी, श्रीमान, कि अगर दीवार पर बैठी मक्खी देख पाता, आप हँस रही हैं, लेकिन कसम से कहता हूँ, यह सही है—अगर वह मक्खी देख पाता तो चिल्लाता, 'कुजका! लाना पिस्तौल!' कुजका भरी हुई पिस्तौल लाकर देता—धाँय! और मक्खी दीवार पर पिस जाती।"

"ताज्जुब है!" ताल्लुकेदार ने कहा, "और उसका नाम क्या था?"

"सिल्वियो, श्रीमान।"

"सिल्वियो!" ताल्लुकेदार ने मुझ पर दृष्टि जमाते हुए आश्चर्य प्रकट किया, "क्या तुम सिल्वियो को जानते हो?"

"उसे न जानना मेरे लिए कैसे संभव है श्रीमान! हममें गहरी दोस्ती थी; दस्ते में एक साथी अफसर की तरह उसकी आवभगत होती थी, लेकिन इधर पाँच वर्ष से उसका कोई समाचार नहीं मिला। तो श्रीमन् भी उसे जानते हैं!"

"हाँ-हाँ! मैं उसे जानता हूँ। बहुत अच्छी तरह जानता हूँ। क्या उसने कभी तुम्हें अपने जीवन की सबसे अजीब घटना सुनाई थी?"

"श्रीमन् का संकेत उस तमाचे से तो नहीं है, जो किसी शोहदे ने एक बार बालनृत्य के मौके पर उसकी कनपटी पर रसीद किया था।"

"क्या उसने तुम्हें उस शोहदे का नाम बताया था?"

"जी नहीं, नाम तो उसने नहीं बताया। ओह श्रीमन्!" मैंने सत्य का अनुमान लगाया, "क्षमा करें, मुझे मालूम न था कि आप होंगे?"

"हाँ, मैं ही था," ताल्लुकेदार ने उत्तर दिया। उनके चेहरे पर असाधारण परेशानी दिखाई दे रही थी। वह कहते गए, "और वह जो तसवीर है न, जिस पर गोलियाँ पार हुई हैं, वही हमारी भेंट की अंतिम निशानी है।"

"आह, प्रियवर!" ताल्लुकेदारिन बोली, "ईश्वर के लिए उस बारे में कुछ न कहिए; उसे सुनना मेरे लिए अत्यधिक पीड़ादायक है।"

"नहीं," ताल्लुकेदार ने कहा, "मैं सबकुछ बयान करूँगा। वह यह जानता है कि उसके मित्र को मैंने किस तरह अपमानित किया था, अतएव उसे यह बताना कि सिल्वियो ने बदला कैसे लिया, उचित होगा!"

ताल्लुकेदार ने मेरी तरफ कुरसी खिसकाई और मैंने पूरी दिलचस्पी से यह कहानी सुनी—

मेरी शादी हुए पाँच साल हो गए। शादी के बाद पहला महीना, सुहागरात मैंने यहीं बिताई, इसी गाँव में। जीवन के सबसे मोदमयी क्षणों के लिए मैं इस घर का ऋणी हूँ और साथ ही एक अत्यंत पीड़ाजनक स्मृति के लिए भी।

एक दिन शाम को हम लोग घुड़सवारी के लिए चल दिए। मेरी पत्नी का घोड़ा अड़ गया; भयभीत हो, उन्होंने घोड़े की रासें मुझे थमा दीं और पैदल ही घर लौट गईं। घोड़े पर सवार होने के कारण मैं उनसे पहले ही पहुँच गया। गढ़ी के अहाते में मुझे एक सफारी गाड़ी दीख पड़ी और मुझे यह बताया गया कि घर के अध्ययन-कक्ष में एक साहब मेरी प्रतीक्षा कर रहे हैं, नाम उन्होंने बताया नहीं, पर सिर्फ इतना ही कहा है कि उन्हें मुझसे काम है।

मैं कमरे में दाखिल हुआ और वहाँ के झुटपुटे में एक आदमी को देखा— जिस पर धूल अँटी हुई थी; कई दिन की बढ़ी हुई दाढ़ी थी। वह अँगीठी के निकट खड़ा था। आकृति से उसे पहचानने की चेष्टा करता मैं उसकी तरफ बढ़ा।

'मुझे नहीं पहचानते, ताल्लुकेदार साहब?' उसने काँपती सी आवाज में कहा।

'सिल्वियो!' मैं चिल्लाया; और मैं यह स्वीकार करता हूँ कि मुझे ऐसा लगा, मानो मेरे रोंगटे सहसा खड़े हो गए हों।

'ठीक है,' वह कहता गया, 'मेरा दाँव बाकी है और अब मैं पिस्तौल खाली करने आया हूँ। तैयार हो न?'

बगल की जेब से उसकी पिस्तौलें जैसे झाँक उठीं। मैं बारह कदम हटकर कोने में जा खड़ा हुआ; और इससे पहले कि मेरी पत्नी आ जाए, मैंने उससे जरा जल्दी करने को कहा। वह हिचकिचाया और रोशनी के लिए बोला। मोमबत्तियाँ लाई गईं। मैंने दरवाजे बंद कर लिये और यह आदेश दिया कि कोई भीतर न आने पाए, और फिर उससे गोली दागने को कहा। उसने पिस्तौल निकाली और निशाना साधा। मैं एक-एक सेकंड गिनता रहा, मुझे पत्नी का खयाल आया...एक खौफनाक मिनट बीत गया! और सिल्वियो ने हाथ नीचा कर लिया।

'मुझे दुःख है', उसने कहा, 'कि पिस्तौल में चेरी की गुठलियाँ नहीं भरीं, गोली हैं बहुत भारी। मुझे लगता है, जैसे यह द्वंद्व नहीं, हत्या है। मैं निहत्थे पर निशाना लगाने का अभ्यस्त नहीं हूँ। आओ, एकदम नए सिरे से शुरुआत की जाए; लॉटरी डालकर यह तय कर लिया जाए कि पहली गोली कौन दागेगा?'

मेरा सिर चकरा उठा, मेरा खयाल है, मैंने कुछ आपत्ति उठाई थी। आखिरकार हमने एक पिस्तौल और भर ली। कागज के दो टुकड़े तह करके एक टोपी में रख लिये—उसी टोपी में, जिसमें एक बार मेरी गोली पार हो चुकी थी। परचा निकालने पर मेरा नंबर इस बार भी पहला रहा।'

'बड़े भाग्यशाली हो।' उसने कुछ ऐसे ढंग से मुसकराते हुए कहा, जिसे मैं कभी न भूल सकूँगा।

मैं नहीं जानता, मुझे हो क्या गया था? कैसे वह मुझसे यह सब करा सका... जो हो, मैंने निशाना लगाया और गोली जा लगी उस तसवीर में।

ताल्लुकेदार ने उस छिदी हुई तसवीर की ओर संकेत किया; उसका चेहरा तमतमा रहा था; ताल्लुकेदारिन का चेहरा फक पड़ गया था—उनके रूमाल से भी ज्यादा सफेद; मैं भी आश्चर्य प्रकट किए बिना न रह सका।

मैंने गोली चला दी और ईश्वर को लाख-लाख धन्यवाद, मेरा निशाना चूक गया। जब सिल्वियो उस समय वह सचमुच भयंकर हो रहा था। सिल्वियो ने मुझ पर निशाना लगाने के लिए हाथ उठाया। सहसा दरवाजा खुला— माशा कमरे में दाखिल हुई और चीखती हुई मुझसे लिपट गई। उसकी उपस्थिति से मुझमें पुनः साहस भर गया।

'प्रिये,' मैंने कहा, 'देखती नहीं, हम लोग मजाक कर रहे हैं? कितनी डर गईं तुम। जाओ, एक ग्लास पानी पी आओ; तब आना यहाँ; एक पुराने दोस्त और सहयोगी से तुम्हारा परिचय कराऊँगा।'

माशा को अब भी संदेह हो रहा था।

'बोलिए, क्या इनकी बात ठीक है?' भयंकर सिल्वियो की ओर मुड़ते हुए उसने कहा, 'क्या यह सही है कि आप केवल मजाक कर रहे हैं?'

'यह तो हमेशा ही मजाक करते हैं, ताल्लुकेदारिन!' सिल्वियो ने उत्तर दिया, 'एक बार मजाक में इन्होंने मेरे मुँह पर तमाचा जड़ दिया; दूसरी बार मजाक में ही मेरी टोपी में गोली पार कर दी; अभी-अभी इन्होंने मुझ पर गोली दाग दी, जो चूक गई। यह सब मजाक ही तो था। और अब मैं भी चाहता हूँ, जरा मजाक कर लूँ!'

यह कहकर उसने पिस्तौल ऊँची की और मुझ पर निशाना साधा—पत्नी के

सामने ही! माशा उसके पैरों पर गिर गई।

'उठो, माशा; शर्म नहीं आती तुम्हें!' मैं गुस्से से चिल्लाया, 'और आप महाशयजी, एक अबला का मजाक बंद करेंगे, गोली चलाएँगे या नहीं?'

'जी नहीं,' सिल्वियो ने उत्तर दिया, 'मैं संतुष्ट हो गया। देख ली आपकी परेशानी और घबराहट। मैंने खुद पर गोली चलाने के लिए तुम्हें विवश कर दिया, यही काफी है। याद रखोगे मुझे, तुम्हें तुम्हारे ईमान पर छोड़ता हूँ।'

तब वह जाने के लिए घूम पड़ा; किंतु दरवाजे के निकट ठिठककर रुक गया। उस चित्र पर जिसे मेरी गोली पार कर चुकी थी—दृष्टि डालते हुए उसने बिना निशाना साधे गोली दाग दी और वह चला गया। मेरी पत्नी को गश आ गया था। नौकरों ने उसे रोकने की कोशिश भी नहीं की, क्योंकि उसे देखकर ही वे लोग भयभीत हो गए थे। सीढ़ियों से उतरकर उसने अपने कोचवान को बुलाया और इससे पेश्तर कि मेरे होश-हवाश ठीक हो पाते, वह रवाना हो गया।

यह कहकर ताल्लुकेदार चुप हो गया। और इस तरह उस कहानी का, जिसके आरंभ ने मुझ पर इतना असर डाला था, अंत मुझे मालूम हो गया। कहानी के नायक को मैंने फिर कभी नहीं देखा। कहा जाता है—अलक्षेंद्र इप्सीलंती के विरुद्ध हुए विद्रोह में वह एक दस्ते का संचालन कर रहा था और स्कूल्यानी के युद्ध में काम आया।

□

विगत पर दृष्टिपात

जी.डी. मोपॉसा

5 अगस्त, 1850 को जनमे प्रकृतिवादी विचारधारा से प्रभावित गाय दी मोपाँसा निर्विवाद रूप से फ्रांस के सबसे महान् कथाकार हैं। उनकी प्रारंभिक शिक्षा धार्मिक स्कूलों में हुई, जिससे उन्हें बेहद चिढ़ थी। उन्होंने फ्रांस और जर्मनी के युद्ध में भाग लिया, अलग अलग नौकरियाँ कीं और पत्रों में स्तंभ लिखे। उनका प्रथम कहानी संग्रह 'बॉल ऑफ फैट' था, जिसके प्रकाशित होते ही वे प्रसिद्ध हो गए। 1880 से 1891 का काल उनके जीवन में बहुत महत्त्वपूर्ण रहा। इन 11 वर्षों में मोपाँसा ने लगभग 300 कहानियाँ, 6 उपन्यास, 3 यात्रा-संस्मरण एवं एक कविता संग्रह प्रकाशित किए।

साहित्यिक कृतियाँ : द नेकलेस, बॉल ऑफ फैट, पाइरोट, लॉ कॉन्फिडेंस, यूजलेस ब्यूटी आदि।

"प्यारे बच्चो!" काउंटैस बोलीं, "अब सोने का समय हो गया।" तीनों बच्चे—दो लड़कियाँ, एक लड़का—उठ खड़े हुए और अपनी दादी को चूमने के लिए आगे बढ़े।

इसके बाद वे पादरी साहब को, जो गढ़ी में खाना खा रहे थे, सलाम करने चले गए। पादरी साहब हर ब्रहस्पतिवार को वहीं खाना खाते थे।

पादरी साहब ने उन दोनों बच्चियों को उठा लिया। काले चोगे से ढकी अपनी बड़ी-बड़ी बाँहों को उनके गले में डालते हुए, उन्होंने पिता की तरह उनके सिरों को अपनी ओर किया और उनके नन्हे मस्तक का प्रगाढ़ चुंबन लिया।

फिर पादरी साहब ने उन्हें छोड़ दिया और नन्हे-मुन्ने कमरे से बाहर हो गए—आगे-आगे लड़का, पीछे-पीछे लड़कियाँ।

"बच्चे आपको बहुत अच्छे लगते हैं, पादरी साहब?" काउंटैस ने प्रश्न किया।

"बहुत अच्छे, देवी!"

वृद्धा काउंटैस ने पादरी साहब के चेहरे पर दृष्टि डाली। बोलीं, "क्या कभी आपको एकाकीपन नहीं खलता?"

"हाँ, कभी-कभी।"

कहकर वे शांत हो गए। क्षणभर मौन के पश्चात् बोले, "लेकिन सामान्य जीवन मेरे लिए लिखा-बदा नहीं था।"

"इस विषय में आप क्या जानते हैं?"

"ओह! बहुत कुछ। मैं तो पादरी बनने के लिए ही पैदा हुआ था। वही पेशा मैंने अपनाया भी है।"

काउंटैस अब भी उन पर दृष्टि जमाए हुए थी।

"तो फिर, इस बारे में मुझे कुछ बताइए। यह बताइए कि आपने उन चीजों को छोड़ क्यों दिया, जिनके कारण हम लोग जीवन के प्रति आसक्त होते हैं, जिनसे हमें आराम व राहत मिलती है। वह क्या कारण है कि आपने ब्याह-शादी और पारिवारिक जीवन के सामान्य पथ को छोड़ देने का निश्चय कर लिया? आप न तो रहस्यवादी हैं और न ही धर्मांध; आत्मनिग्रही या निराशावादी भी नहीं हैं। बात क्या हुई? क्या कोई बड़ा सदमा हुआ, जिससे आपने जीवन का यह व्रत ले लिया?"

पादरी साहब उठकर अँगीठी की ओर बढ़े और अपने जूतों को, जैसे कि प्रायः सभी देहाती पादरियों के होते हैं, सेंकने लगे। उनकी मुद्रा से ऐसा लग रहा था, मानो उत्तर देते हुए उन्हें झिझक हो रही है।

पादरी साहब देखने में काफी लंबे थे। बाल थे सफेद और वृद्धावस्था। लगभग बीस बरस से पड़ोस के एक गिरजे में पादरी का काम कर रहे थे। उनके विषय में खेतिहर लोग अकसर यही कहा करते थे कि वे वास्तव में बड़े भले मानुष हैं।

थे भी वे भले आदमी, दयालु-स्वभाव के अच्छे मिलनसार, और सबसे बड़ी बात यह कि वे उदार थे। संत मार्टिन की तरह वे भी अपना चोंगा बाँट सकते थे। वे हँसने को उद्यत रहते थे और उसी तरह रोने के लिए भी—स्त्रियों की भाँति। इसीलिए कठोर हृदय किसानों की दृष्टि में उनकी श्रद्धा कुछ कम थी।

वृद्धा काउंटैस, जो अपने पुत्र और पुत्रवधू की मृत्यु के कारण अपने नाती-

नातिनों के पालन-पोषण के लिए इस गढ़ी में रहने लगी थी, पादरी साहब को बेहद चाहती थी। वह प्राय: कहा भी करती थी, ''वे बड़े सहृदय व्यक्ति हैं।''

पादरी साहब हर गुरुवार को आया करते थे और शाम यहीं गढ़ी पर बिताते थे। उनमें और काउंटैस वृद्धा में खासी मित्रता हो गई थी—वास्तविक और खुले हृदय की मित्रता, जो वृद्धों के लिए ही संभव है। उन दोनों के विचारों में भी ऐसी समानता थी कि उन्हें अपने दृष्टिकोण व्यक्त करने के लिए बहुत कम बोलना पड़ता था, क्योंकि इन दोनों ही भले प्राणियों में दयालु और सादगी पसंद लोगों की अच्छाइयाँ थीं।

महिला ने आग्रह किया, ''अब वक्त आ गया है कि आप मुझे सबकुछ बता दें, पादरी साहब!''

पादरी साहब ने अपनी बात दोहराई, ''मैं असल में सामान्य ढंग से जीवन-यापन करने के लिए पैदा ही न हुआ था। सौभाग्य से मुझे समय रहते इसका पता चल गया और मुझे प्राय: ऐसे कारण मिले, जिनसे मैं यह जान सका कि मेरी मान्यता सही है।

''मेरे माता-पिता 'वरदिये' नगर में वस्त्रों का व्यवसाय करते थे। धंधा ठीक-ठाक था। मेरे लिए भी उनकी बड़ी महत्त्वाकांक्षाएँ थीं। बहुत छोटी उम्र ही में उन्होंने मुझे बोर्डिंग स्कूल भेज दिया था। लोग यह महसूस नहीं करते कि लड़का अकेला-अकेला घरबार से दूर रहकर कितना दु:खी हो सकता है, किंतु औरों के लिए वही बड़ा विनाशकारी सिद्ध होता है। बच्चे प्राय: लोग जितना उन्हें समझते हैं, उससे कहीं अधिक भावुक होते हैं। यदि इस तरह से उन्हें बहुत बचपन में ही स्वजनों से अलग कर दिया जाता है; स्वजन—जो उन्हें लाड़-प्यार करते हैं, तो निश्चय ही बच्चों की अतिशय भावुकता उनके रज्जुओं पर बड़ा भयंकर प्रभाव डालती है और अत्यधिक विकसित होने पर उनके स्वास्थ्य के लिए भी बड़ी घातक हो सकती है।

''खेल-कूद में मैंने मुश्किल से ही भाग लिया; मैंने किसी से दोस्ती भी नहीं की। मुझे तो हर वक्त घर की याद ही बुरी तरह सताती रहती थी। सोते-सोते मैं चीख पड़ता और हमेशा ही घर की स्मृतियों, छोटी-छोटी महत्त्वहीन बातों और घटनाओं के तुच्छ संस्मरणों को ताजा करने में लगा रहता। जो कुछ पीछे छोड़ आया था, उसे भूल नहीं पाता था। धीरे-धीरे मैंने चेतना-तंतुओं को भी टूटता पाया। तुच्छ कठिनाइयाँ भी मुझे भयंकर परेशानी जान पड़तीं।

''नतीजा यह हुआ कि मैं खिन्न-एकाकी-आलसी और मित्रविहीन रहने लगा। इस तरह मानसिक तनाव की प्रक्रिया अनजाने ही, किंतु निश्चित रूप से चलती रही। बच्चों के चेतना तंतुओं पर आसानी से असर पड़ जाता है; अतएव

उनके जीवन को किसी भी अनिष्ट से बचाए रखने के लिए विशेष यत्न करना चाहिए। खासकर, जबतक वे परिपक्व न हो जाएँ। लेकिन यह मानता ही कौन है कि स्कूलों में पढ़नेवाले बच्चों पर थोड़ा भी अनुचित दबाव उतनी ही मानसिक पीड़ा उत्पन्न कर सकता है, जितना कि उनके बड़े होने पर उनके किसी मित्र का निधन? इस बात को सोचता-समझता ही कौन है कि कोई-कोई तुच्छ बातें ही कतिपय अविकसित मस्तिष्कों में ऐसी भावना संबंधी गड़बड़ी पैदा कर देती हैं, जो थोड़े समय में ही लाइलाज हानि पहुँचा देती हैं।

"यही तो मेरे साथ हुआ। मेरी कुदरती भावुकता धीरे-धीरे बढ़ती रही, यहाँ तक कि उसने एक शारीरिक रोग का रूप धारण कर लिया। और मेरे मस्तिष्क ने एक खुले हुए घाव की शक्ल अख्तियार कर ली। जरा-जरा सी बात से टीस और मार्मिक पीड़ा होने लगती और इसी ने मुझे स्थायी रूप से नुकसान पहुँचाया। वास्तव में खुश वही हैं, जिन्हें ईश्वर ने मोटी चमड़ी (सहनशक्ति) और वैराग्य रूपी कवच दिया है।

"मैं सोलह साल का हो गया। इस तथ्य ने कि हर चीज मुझे चोट ही पहुँचाएगी, मुझे गैरमामूली ढंग से झेंपू बना दिया। यह जानते हुए भी कि आकस्मिक घटनाओं या भाग्य के थपेड़ों से बचने का कोई उपाय नहीं है—मैं सभी संपर्कों, सारी गति-प्रगति और स्कूल की समूची गतिविधि से अलग-ही-अलग रहा आया। मैं सदैव अपने बचाव में ही लगा रहता, जैसे कोई अज्ञात, किंतु अवश्यंभावी दुर्भाग्य मुझे धमका चुका हो। सार्वजनिक रूप से न मैं बोल सकता था, न कुछ कर सकता था। मैं इस विचार से आतंकित रहता था कि जीवन एक संग्राम है—एक वीभत्स संघर्ष, जिसमें मनुष्य पर करारी चोटें पड़ती हैं; घाव आते हैं। घाव जो दर्दभरे ही नहीं, वरन् घातक होते हैं।

"सामान्य लोगों की तरह भावी कल की आशाओं से प्रसन्न होने के बजाय मैं केवल एक अव्यक्त भय से आतंकित रहता था। मैंने उस संघर्ष को, जिसमें मेरी पराजय और मृत्यु निश्चित थी, छिपाए और उससे बचते रहना चाहिए।

"जब मैं अपनी पढ़ाई पूरी कर चुका, मुझे छह महीने का अवकाश दिया गया, जिसमें मुझे अपना पेशा चुनना था। एक अत्यंत साधारण घटना ने सहसा मुझे स्वयं को समझने का अवसर दिया और उसी ने मेरी अस्वस्थ मानसिक स्थिति का रहस्य स्पष्ट कर दिया। मुझे अपना खतरा मालूम हो गया और मैंने उससे बचने का निश्चय कर लिया।

"समतल क्षेत्र में, 'वरदिये' एक छोटा सा कस्बा है और उसके इर्दगिर्द

जंगल-ही-जंगल है। मेरे माता-पिता का घर कस्बे की मुख्य सड़क पर ही था। यों मुझसे मेरा प्रिय घर छूट जाने के बाद, मेरा समय घर से बाहर ही गुजरा। मैं देहाती क्षेत्रों में घूमता रहा; अकेले-अकेले दिवास्वप्न देखता रहता, ताकि मैं बिना किसी व्यवधान के सपनों में विचरता रहूँ।

''व्यवसाय में व्यस्त और मेरे भविष्य के विषय में उत्सुक माता-पिता अपनी बिक्री या मेरे भावी पेशे के अतिरिक्त कोई बात न करते थे। वे मुझे चाहते थे; प्यार करते थे—उन कठोर यथार्थवादियों की तरह, जो हृदय का काम भी मस्तिष्क से ही लेते हैं। और मैं था—अपने विचारों की कारा में कैद, दुश्चिंताओं के आतंकपाश में बंदी।

''तो एक दिन साँझ को, जबकि मैं जल्दी-जल्दी घर जा रहा था, ताकि देर न हो जाए—मुझे एक कुत्ता पूरे वेग से अपनी ओर आता दिखाई दिया। वह था, लाल, नस्ल का स्पेनियल—अत्यंत दुबला-पतला—बड़े-बड़े घुँघराले बाल थे उसके।

''मुझसे कोई दस गज के फासले पर आकर वह रुक गया; मैं खुद भी रुक गया। उसने पूँछ हिलानी शुरू की। धीरे-धीरे वह मेरी तरफ बढ़ा—अपने समूचे शरीर को बड़े पालतू ढंग से हिलाता—झुक-झुककर कुछ माँगता सा गरदन को अगल-बगल डुलाता। मैंने उसे चुमकारा, तब उसने पेट के बल मेरी तरफ रेंगना शुरू किया। वह इतना अकिंचन, इतना दयनीय और ऐसा सानुरोध दिखाई दे रहा था कि मेरी आँखों में आँसू आ गए। मैं उसकी ओर गया भी, किंतु वह भाग गया; कुछ ही देर बाद वह लौट आया और मैंने जमीन पर घुटना टेककर बड़ी उदारता से उसे पुचकारा और निकट आने के लिए फुसलाया। आखिरकार वह मेरे हाथ की पहुँच तक आ गया और मैंने उसे धीरे से थपथपाया, बड़े यत्नपूर्वक, ताकि वह डर न जाए।

''फिर वह कुछ निडर हो चला। धीरे-धीरे उठ खड़ा हुआ। अपने पंजों को मेरे कंधों पर टिकाकर उसने मेरे चेहरे पर जुबान फेरनी शुरू की। और फिर घर तक मेरे पीछे-पीछे चला आया।

''यही पहला जीवधारी था, जिसे मैंने बड़े चाव से प्यार किया, क्योंकि उससे मुझे स्नेह का प्रतिदान भी मिला। इस जानवर के प्रति मेरा स्नेह निस्संदेह बहुत बढ़ा-चढ़ा और हास्यास्पद सा था। मुझे एक धुँधला सा खयाल था कि किसी-न-किसी तरह हम लोग बंधुबांधव हैं। दोनों ही जीवन में खोए हुए—दोनों एकाकी और दोनों ही अरक्षित। वह मुझे कभी न छोड़ता था, सोता था मेरी चारपाई के पाँयते। खाना खाता था भोजन-कक्ष में—मेरे माता-पिता का तीव्र विरोध होने पर भी। और जब मैं अकेला घूमने निकलता तो वह भी मेरे साथ हो लेता।

"मैं अकसर खाई-खंदकों के किनारे रुककर घास पर बैठ जाता था। वह भी तत्काल दौड़ता आता और मेरे बगल से या टखने के पास आकर लोट जाता। हाथ के पास मुँह लाता, ताकि थोड़ा सा थपथपा दूँ।

"एक दिन जून के अंतिम दिनों में, जबकि हम लोग 'सैपियर' वाली सड़क पर चले जा रहे थे, मुझे दूसरी तरफ से एक घोड़ागाड़ी आती दिखाई दी। बड़ी तेज दौड़ रही थी—चारों घोड़े सरपट दौड़ लगा रहे थे; गाड़ी की बॉडी थी पीली। सीटों पर काले चमड़े की गद्दियाँ लगी थीं और छत की बनावट थी टोपीनुमा। कोचवान अपना कोड़ा चटखाए जा रहा था—पहियों से धूल के बादल उड़-उड़कर पीछे छूटते जा रहे थे।

"सहसा, जैसे ही गाड़ी मेरे समीप आई—वह शायद शोरगुल से घबराकर मेरी तरफ लपका और गाड़ी के नीचे आ गया। उनमें से एक घोड़े की टाप भी उस पर पड़ गई। मैंने उसे लुढ़कते देखा—घोड़ों के पैरों के बीच उठते-गिरते देखा; पूरी-की-पूरी गाड़ी गुजरने में उस पर दो प्रहार और पड़ गए। पीछे छाई हुई धूल में मुझे कुछ छटपटाता दिखाई दिया। उसके दो टुकड़े हो गए। पेट फट गया था—अँतड़ियाँ निकल पड़ी थीं—खून बह रहा था। उसने उठने की भी कोशिश की, किंतु वह केवल अपनी अगली टाँगें ही हिला सका। टाँगें, जो जमीन से रगड़कर रह गईं। पिछला हिस्सा पहले ही निर्जीव हो चुका था और वह बड़ी दयनीयता से कराह रहा था—दर्द से पागल था।

"एक या दो मिनट में उसने दम तोड़ दिया। मैं अपनी अनुभूतियाँ बयान नहीं कर सकता—कैसा असर हुआ था मुझ पर! एक महीने तक मैं कमरे से बाहर कदम न रख सका।

"इतनी छोटी सी बात का इतना हाय-हल्ला मचाने के कारण मेरे पिता मुझसे क्षुब्ध थे। एक दिन शाम को क्रोधित हो लगे डाँटने, 'सचमुच ही दुःख आ पड़ेगा तब न जाने क्या करोगे? जैसे बीबी मर जाए या बच्चे!'

"क्षणभर में मैंने स्वयं को समझना शुरू किया। मैंने यह अनुभव किया कि आखिर दैनिक जीवन की छोटी-छोटी परेशानियाँ मेरी दृष्टि में क्योंकर इतनी भयप्रद हो जाती हैं! मैंने यह देखा कि मेरी प्रकृति ही कुछ ऐसी बन गई है कि मैं हर बात को अत्यधिक गहराई से अनुभव करता हूँ—और दर्दनाक अनुभूतियों को, जो गैरमामूली भावुकता के कारण बढ़ जाती हैं, मेरी प्रकृति पर हावी होने की पूरी-पूरी गुंजाइश रहती है। इस तरह जीवन को चेतनाशून्य बना देनेवाला एक भय मुझे जकड़ लेता था।

''मुझमें वासनाएँ और महत्त्वाकांक्षाएँ नहीं थीं; इसीलिए प्रसन्नता की संभावनाओं को भी मैंने उस सीमा तक बलिदान कर दिया, जहाँ संभावित दुःखों से निवृत्ति निश्चित होती है। 'छोटी सी जिंदगी है; मैं स्वयं को परमार्थ के लिए बलिदान कर दूँगा; मैं दूसरों को दुःखों में राहत पहुँचाऊँगा और उनकी खुशी से खुश हो लूँगा,' मैं स्वयं से कहता, 'क्योंकि सुख-दुःख दोनों में से कोई भी मुझ पर सीधा नहीं पड़ेगा, इसलिए इन अवधारणाओं को मैं कम तीव्रता से अनुभव कर लूँगा।'

''काश, तुम जानतीं कि दुःख और मुसीबत देखकर मुझे आज भी कितनी यातना होती है! मेरे हृदय में कैसी टीस उठती है! लेकिन जो चीज मेरे लिए असह्य पीड़ा होती, वही दया और सहानुभूति के रूप में परिष्कृत हो गई है।

''उन दुःखों को, जिन्हें रोज ही देखता-सुनता हूँ, मैं हरगिज सहन न कर पाता, यदि कहीं से मेरे अपने दुःख होते। बिना स्वयं मौत के मुँह में जाए, मैं अपने बच्चे की मौत नहीं देख सकता था। इस सबके बावजूद मेरे हृदय में एक ऐसा भय बना रहता है, जिसे बताया नहीं जा सकता; दबा-दबा, सोया-सोया सा—जिसके कारण डाकिए को भी अपने दरवाजे की ओर आता देखकर मेरी रीढ़ में एक कंपन सा हो उठता है।''

पादरी साहब चुप हो अँगीठी की आग को देखते रहे—जैसे उस जीवन के तमाम रहस्यों और गुह्य तथ्यों को पढ़ने की चेष्टा कर रहे हों, जो उन्होंने बिताया होता—अगर दुःख का वे अधिक दिलेरी से मुकाबला करते। धीमी सी आवाज में उन्होंने कहना शुरू किया—

''मेरा खयाल सही था; मैं इस दुनिया में रहने के लिए बना ही न था।''

काउंटैस कुछ भी न बोलीं; आखिर लंबी खामोशी के बाद कहने लगीं—

''जहाँ तक मेरा प्रश्न है, यदि मेरे अपने नाती-पोते न होते तो मैं नहीं समझती कि मैं जिंदा रहने का साहस भी कर पाती।''

पादरी साहब बिना कुछ कहे उठ खड़े हुए।

रसोईघर के मुलाजिम सो चुके थे, इसलिए वे स्वयं ही उन्हें बगीचेवाले दरवाजे तक पहुँचाने गईं और उनकी लंबी एवं धीरे-धीरे हिलती छाया को अंधकार से घिरी लालटेन के प्रकाश में देखती रहीं।

तब वे लौट आईं और आग के पास बैठकर, उन बहुत सी बातों के विषय में सोचती रहीं, जो छोटी उम्र में नहीं होतीं।

□

डाबर कुमारी

ऐमिल जोला

सन् 1840 को पेरिस में जनमे एमिल जोला एक विश्वविख्यात उपन्यासकार और पत्रकार थे। जोला ने बाल्यावस्था में ही साहित्य के प्रति अपनी अभिरुचि दिखाई। जब वे स्कूल में छात्र थे, तभी उन्होंने एक नाटक लिखा, जिसका शीर्षक था 'चपरासी को मूर्ख बनाना'। स्कूल छोड़ने के बाद जोला ने क्लर्क का काम शुरू किया। बाद में उन्होंने एक प्रकाशन संस्था में नौकरी की। जोला ने साहित्यिक कार्य भी आरंभ कर दिया था। वे एक पत्र के लिए लेख लिखते थे, दूसरे के लिए कहानियाँ और तीसरे के लिए समीक्षा। जोला विशेष रूप से उपन्यास लिखने की ओर आकृष्ट हुए।

साहित्यिक रचनाएँ : जर्मिनल, टेरेसा राक्विन, द फैट ऐंड द थिन आदि।

अभी तक वह अपने बिस्तरे में पड़ी है—अधनंगी, मुसकराती हुई; सिर तकिए में धँसा हुआ है और आँखें नींद से बोझिल हैं। एक बाँह बालों में छिपी है और दूसरी बिस्तर से बाहर लटकी हुई है। सामंत स्लिपर पहने खिड़की के सामने खड़ा होकर परदा खींच लेता है। वह सिगार पी रहा है और मुद्रा से विचारमग्न जान पड़ता है।

उस बाला को सभी जानते हैं। कल वह बीस बरस की थी, किंतु मुश्किल से सोलह की मालूम होती है। वह एक अत्यंत शोभायमान ताज पहनती है, जो परमेश्वर ने अपनी किसी अप्सरा को कभी प्रदान किया था। ताज कत्थई-सुनहरा है—घोड़े के अयालों की तरह मुलायम और मजबूत, रेशम के लच्छों जैसा चमकीला। ताज के घुँघराले झंपे उसकी गरदन पर इधर-उधर डोलते हैं। हर जुल्फ पहले सीधी

होती है और फिर बहुत दूर तक फैल जाती है। घुँघराले बाल गिरते, लटें फिसलतीं और लोटती-पलटती हैं, यह सब कांति से चमक उठता है।

इस प्रदीप्त ढेर के नीचे और आभा के मध्य उसकी गोरी एवं सुकोमल गरदन का पार्श्वभाग, मलाई जैसे कंधे और उभरा वक्ष दीख पड़ता है। सुनहरे बालों के नीचे से झाँकते हुए बर्फ जैसे गले में एक अप्रतिहत प्रलोभन बसा हुआ है। गरदन की सुकोमल दीप्ति और सुनहरी परछाइयों पर दृष्टि पड़ते ही आपकी वासना जाग उठती है। यहीं पर वन्यपशु और शिशु, निडरता और मासूमियत घुल-मिल जाते हैं और एक नशा सा चुंबनों की उत्कट अभिलाषा को आमंत्रित कर देता है।

क्या वह सचमुच ही रूपसी है? यह कहना कठिन है। चेहरा बालों के ढेर में छिपा हुआ है। निश्चय ही उसका माथा कम चौड़ा होगा; भूरी आँखें तंग और लंबी। नाक निस्संदेह, नोकदार और चंचल है; मुँह कुछ अधिक फैला हुआ और गुलाबी ओठ हैं।

शेष शरीर का क्या कहना! आप उसकी आकृति का विश्लेषण नहीं कर सकते और न उसके चेहरे की रेखाएँ ही निर्धारित कर सकते हैं, क्योंकि पहली ही नजर में वह मदहोश कर देती है—ठीक वैसे ही, जैसे तेज शराब का पहला गिलास। जो कुछ आप देखते हैं, वह है—एक लाल लपट के मध्य की सफेदी, एक गुलाबी मुसकराहट; और उसकी आँखें हैं, जैसे धूप में चाँदी की चमक। एक तरह से वह आपका सिर फेर देती है और आप पहली ही नजर में ऐसे विमोहित हो जाते हैं कि उसकी पूर्णता का क्रमिक अध्ययन नहीं कर सकते।

उसका कद है मझोला और चाल-ढाल में एक शिथिलता या भारीपन है। उसके हाथ-पैर हैं, एक छोटी लड़की जैसे। समूचे शरीर से स्वाभाविक विलासप्रियता प्रकट होती है। उसकी एक गोल और कांतिमय नंगी बाँह एक प्रकार की कामना की लहर सी उकसा देती है। मई मास की संध्या की वह रानी है। उस प्रेम की रानी, जो केवल एक दिन टिकता है।

वह अपनी बाईं बाँह का, जो थोड़ी सी मुड़ी हुई है, सहारा लिये लेटी है। जल्दी ही वह उठेगी। इस बीच वह अपनी पलकों को आधा खोलती है, ताकि वे दिन के उजाले की अभ्यस्त हो जाएँ और पलंग पर लेटे आसमानी परदे को देखती है। तकिए की गोट में मुँह छिपाए वह सोई-सोई सी दिखाई दे रही है; पसीने में डूबी हुई वह बड़ी उद्विग्न सी जान पड़ती है। शरीर तना हुआ है—श्वेत और निश्चल शरीर धीमे-धीमे श्वास-प्रश्वासों से मुश्किल से ही हिल रहा है। रात्रि के वस्त्र जहाँ से ऊपर जाते हैं, वहीं गुलाबी मांस दीख पड़ता है। इस शय्या और उस पर

लेटी हुई रूपसी से अधिक सुखद शायद कुछ भी नहीं। इस राजहंसिनी को अपने अनुरूप ही नीड़ मिला है।

इसके नीले रंग का यह कक्ष बड़ा अद्‌भुत है। कमरे की सुवास और रंगत दोनों ही आनंदप्रद हैं। कमरे की हवा में शीतलता, उत्तेजना और मादकता है। परदे अपनी अलसाई तहों में लटक रहे हैं और फर्श पर अलसाई सी दरी बिछी है—गूँगी-बहरी। इस मंदिर की शांति, प्रकाश की कोमलता, छाया की उपयुक्तता और साजसज्जा की एकरूपता किसी ऐसी देवी का स्मरण दिलाती है, जिसमें एक कलाकार और सामंतपत्नी की आत्मा एवं शानशौकत साथ ही आ मिली हो।

निश्चय ही वह दूध से नहलाकर पाली-पोसी गई है। सुकोमल अंग उसके जीवन की उच्चकुलोचित आलस्यमयता के सूचक हैं। यह कल्पना भी बड़ी सुखद है कि उसकी आत्मा भी वैसी ही निर्मल है, जैसा कि उसका शरीर।

सामंत अपने सिगार को खत्म कर रहा है। वह बड़ी तन्मयता से नाली में पड़े उस घोड़े को देख रहा है, जो हाल ही में 'शां जलीज' में गिर चुका है। लोग उसे फिर से खड़ा करने का प्रयत्न कर रहे हैं। बेचारा जानवर अपने बाएँ बाजू से गिरा है और धुरा उसकी पसलियों को तोड़े डाल रहा है।

शयनकक्ष में पड़ी सुवासित शय्या पर रूपसी हौले-हौले जाग रही है। उसकी आँखें अब पूरी खुली हुई हैं, किंतु वह स्वयं अभी निश्चल पड़ी है। मस्तिष्क जाग गया है, किंतु शरीर अभी तक अलसाया पड़ा है। वह कोई स्वप्न देख रही है। किस आलोकमय प्रदेश में उड़ी जा रही है वह? अप्सराओं की कौन सी सेना उसके सामने से गुजरी जा रही है और उसके होंठों पर मंद-मंद मुसकान ला रही है। किस योजना, किस काम के विषय में सोच रही है वह? किस अद्‌भुत विचार अथवा जागरण के भोर ने उसे आश्चर्य में डाल दिया है। उसकी पूरी खुली आँखें परदे पर टिकी हुई हैं। अभी तक वह हिली-डुली नहीं है। अनिश्ंचित से विचारों में डूबी हुई है और इस तरह पड़ी अपने सपनों को सँजो रही है।

और तब बड़ी फुरती से, जैसे किसी अदम्य प्रेरणावश उसने पैर फैलाए और हौले से फर्श पर उतर आई। घुँघराली केशराशि को झटककर उसने पीछे किया और उसके बाल बर्फ जैसे कंधों पर छितरा गए। फीतों को उसने इकट्ठा किया; नीले मखमली स्लिपरों में पैर डाले; बाँहों को बड़ी सुंदर मुद्रा में एक-दूसरे पर रखा और फिर कुछ ठिठककर उसने कंधे उचकाए। रूठे हुए बालक की तरह मुँह बनाकर वह खटखट करती तेजी से पैर दबाए आगे बढ़ गई और एक दरवाजा खोलकर आँखों से ओझल हो गई।

सामंत ने संतोष की एक साँस ली और सिगार के टुर्रे को फेंक दिया। गली में घोड़ा उठ खड़ा हुआ था। कोड़ों की फटकार जो पड़ी थी बेचारे पर। सामंत ने घूमकर पलंग पर दृष्टि डाली और उसे खाली पाया। क्षणभर यों ही देखता रहा, फिर बड़े इत्मिनान से आगे बढ़कर वह पलंग के एक सिरे पर बैठ गया और भावमग्न हो आसमानी परदों के विषय में कुछ सोचता रहा।

स्त्री के चेहरे पर निर्लज्जता है; और पुरुष के चेहरे पर निर्झर जैसी निर्मलता है, जिसमें उसके लचरपन के सभी रहस्य स्पष्ट हो जाते हैं। सामंत परदे का अध्ययन कर रहा है और यंत्रवत् यह हिसाब लगा रहा है कि इसके एक गज का कितना मूल्य होगा। वह जोड़ और गुणा करके निष्कर्ष रूप में एक लंबी रकम पाता है। फिर अनजाने ही विचार-प्रवाह में बहकर वह समूचे शयन-कक्ष का मूल्य आँकता है और एक बड़ी धनराशि का अनुमान लगाता है।

उसके हाथ पलंग और कोहनियाँ तकिए पर टिकी हुई हैं। इस जगह में उष्णता है। सामंत इस मंदिर को भूलकर इसमें निवास करनेवाली प्रतिमा के विषय में सोचने लगता है। वह शय्या को देखता-भालता है और उस कामोत्तेजक अस्तव्यस्तता को, जो प्रत्येक सोनेवाली रूपसी अपने पीछे छोड़ जाती है। तकिए की सफेदी पर चमचमाते एक सुनहरे बाल को देखकर वह उस नारी के विचारों में डूब जाता है। तब उसके मस्तिष्क में दो विचार एकाकार होते हैं। एक साथ ही वह उस स्त्री और कक्ष के विषय में सोचने लगता है। मन-ही-मन वह स्त्री और फर्नीचर, साज-सज्जा तथा कालीन की तुलना करने लगता है। किंतु वहाँ तो सभी कुछ उपयुक्त है।

यहीं सामंत की भावधारा भटक जाती है और मानव मस्तिष्क के अनेक अस्पष्ट रहस्यों में से एक—जूतों की ओर उसका ध्यान अस्पष्ट कर देता है। कोई संकेत न मिलने से, बूट-जूतों का विचार सहसा उसके समूचे मस्तिष्क को रौंद डालता है। उसे स्मरण हो आता है कि लगभग पिछले तीन महीने से हर रोज सबेरे जब वह इस कमरे को छोड़ता है तो उसे अपने जूते एकदम साफ और पॉलिश से चमचमाते हुए मिलते हैं। इस स्मरण पर वह सोचता रह जाता है।

यह कक्ष शानदार है और स्त्री अप्सरा सी। सामंत पुनः आसमानी परदे और चादर पर पड़े एकमात्र सुनहरे बाल पर दृष्टि डालता है। वह स्वयं को बधाई देता है और मन-ही-मन यह घोषणा करता है कि उसने देव की एक भारी भूल को सुधारा है—रूप-सौंदर्य की इस महारानी को साटिन के बहुमूल्य वस्त्र पहनाकर उसने बूट-पॉलिश करनेवाले भंगी के यहाँ जन्मी कन्या को सचमुच रानी बना दिया है।

इस अद्भुत रूपसी के अनुरूप केवल सौ फ्रैंक की तुच्छ लागत में, नीड़ की

व्यवस्था करने पर वह आत्मप्रशंसा करता है। उठकर वह कई पग आगे बढ़ता है। अकेला है वह। उसे खयाल आता है कि हर रोज सबेरे वह इसी प्रकार पूरे चौथाई घंटे के लिए अकेला रह जाता है। और तब बिना किसी प्रकार के औत्सुक्य के ही वह कुछ-न-कुछ करते रहने के लिए दरवाजा खोलता और अदृश्य हो जाता है।

बिना किसी का सामना हुए सामंत कमरों की एक लंबी शृंखला से गुजरता है। किंतु लौटते समय अलमारी में उसे ब्रश की तीव्र और निरंतर ध्वनि सुनाई पड़ती है। सोचा कोई नौकर होगा, किंतु घर की मालकिन के विषय में जानने की इच्छा से, दरवाजा खोलकर वह झाँका। किंतु वहाँ का दृश्य देखकर वह हतबुद्धि की भाँति आश्चर्य से मुँह फैलाए ड्योढ़ी पर स्तब्ध रह गया।

छोटी सी यह अलमारी आदमकद है। अंदर से पीली और जमीन पर कत्थई पुती हुई। इसके एक कोने से एक हँड़िया और एक बड़ा सा स्पंज रखा हुआ है। दूसरे कोने में एक झाड़ू, एक झाड़न। बगल की खिड़की से भंडारखाने के इस शून्य में काफी ऊँचाई पर झीना-झीना सा प्रकाश पड़ रहा है। सर्द हवा में नमी है।

कोठरी के बीचोबीच एक पैरपोश पर सुनहरे बालोंवाली रूपसी पैर समेटे बैठी है। उसने दाहिनी ओर पॉलिश की एक डिब्बी रखी है। उसके पास ही एक ब्रुश है, जो इस्तेमाल से काला पड़ गया है और जो अब तक नम है। बाईं ओर शीशे की तरह चमचमाता एक जूता है—बूट पॉलिश कला का सर्वश्रेष्ठ नमूना। और उस रूपसी के ईदगिर्द मैल-मिट्टी के टुकड़े और भूरी धूल के कण बिखरे हुए हैं।

कुछ ही दूर पर एक चाकू पड़ा हुआ है, जो जूतों के तले से मिट्टी खुरचने के काम आता है। दूसरे बूट को वह हाथ में लिये है और उसकी बाँह जूते के अंदर काफी छुपी हुई है। छोटी-छोटी उँगलियों से वह लंबे-लंबे बालोंवाला एक बड़ा-सा मजबूत ब्रुश जकड़े हुए है। बड़ी क्रुद्ध होकर वह जूते को, जिसकी ऐड़ी चमकना ही नहीं चाहती, रगड़ने में लगी हुई है।

पैरों के निकट, वस्त्र की गोट, जिसे उसने एक तरफ कर रखा है, पसीने से तर हो गई है। पसीने की बूँदें उसके कंधों और कपोलों पर बह रही हैं और जब-तब बड़ी बेसब्री से रुककर उसे अपनी बेणियाँ, जो उसकी आँखों पर आ जाती हैं, फटकनी पड़ती हैं। उसके श्वेत एवं स्निग्ध वक्ष और बाँहें धब्बों से ढक गई हैं। धब्बे सरसों बराबर बड़े हैं और कुछ मटर जितने। ब्रुश के बालों से कालिख छिटकती है और उस चमचमाती सफेद खाल पर, जैसे काले सितारे अंकित कर देती है।

वह अपने ओठ दबाती है; उसकी आँखों में तरलता और मुसकराहट है। बड़े स्नेह से वह जूते पर झुक-झुक जाती है। लगता है जैसे उसे ब्रुश करने के बजाय

दुलरा रही हो। अपने काम में वह खोई हुई है और स्वयं किसी अनंत खुशी में भूली हुई है—खुशी जो उसकी हाथों की तेजी से हिल-हिल जाती है। सड़क की खिड़की से ठंडा-ठंडा सा उजाला उस पर चमक रहा है और प्रकाश की एक लंबी सी किरण उसके आर-पार फैलकर उसके बालों को उद्भासित कर रही है; उसकी त्वचा के गुलाबीपन को बढ़ा रही है; वस्त्र की गोट को नीलिमा में बदल दे रही है; और धूल-मिट्टी के बीच भी इस कोमलांगी रूपसी का रूप निखार रही है।

वह व्यग्र और प्रसन्न है। वास्तव में वह अपने पिता की पुत्री है और माँ की असल बच्ची। हर रोज सबेरे, जब वह सोकर उठती है, तब वह बचपन के उन दिनों के विषय में सोचती है, जो उसने गंदी सीढ़ियों पर बिताए थे—वहीं रहनेवाले सब लोगों के पुराने-पुराने जूतों के बीच। यह उन्हीं के स्वप्न देखती है और एक तीव्र इच्छा उस पर हावी होकर उसे कुछ-न-कुछ साफ करने को प्रेरित करती है—चाहे वह जूतों की एक ही जोड़ी क्यों न हो। जैसे अन्य लोगों को फूलों का बेहद शौक होता है—वैसे ही पॉलिश करना उसकी वासना है।

यह उसका एक गुप्त भेद है। इस चीज से वह लजाती भी है, किंतु इसी में उसे एक अद्भुत सा आनंद मिलता है और इसलिए हर रोज सबेरे उठकर वह बड़ी शान-शौकत से अपना अनिंद्य सौंदर्य लिये, उँगलियों के पोरों से जूते खुरचने और एक सुसंपन्ना महिला की कोमलता को बूट-पॉलिश करनेवाले के गंदे काम में लगाने जाती है।

सामंत उसके कंधे को हलके से छू लेता है। और जब वह आश्चर्यचकित हो अपना सिर उठाती है तो वह उससे अपने जूते लेकर पाँच सिक्के फेंक देता है और खामोशी से चल देता है।

बाद को दिन में डाबर की वह कुमारी क्षुब्ध और उत्तेजित होती है। सामंत को वह एक पत्र लिखती है और हरजाने में एक लाख फ्रैंक तलब करती है। सामंत उत्तर में केवल इतना ही लिखता है कि उसे स्मरण नहीं कि उसपर कुछ भी वाजिब है। उसके जूतों पर पॉलिश के, प्रतिदिन 25 सेंटायूम्स की दर से तीन मास के 23 फ्रैंक होते हैं, जिन्हें वह अपने आदमी द्वारा भेज देता है।

□

इनसान और हैवान

बल्जक

20 मई, 1799 को जनमे बल्जक एक प्रतिष्ठित फ्रांसीसी उपन्यासकार और नाटककार थे। उनका उपन्यास 'लॉ कॉमेडी ह्यूमैन', जो नेपोलियनी युद्ध के बाद की जीवन-शैली को दरशाता है, जो उनकी सर्वश्रेष्ठ साहित्यिक कृति माना जाता है। अपनी कृतियों में सूक्ष्मदर्शीता एवं समाज के निश्छल चित्रण के लिए उन्हें यूरोपियन साहित्य में यथार्थवाद के जनक की उपाधि दी गई है।

साहित्यिक रचनाएँ : क्रॉमवेल (1819), जीन लुइस (1822), एन. एपिसोड ऑफ टेरर इत्यादि।

"सारा-का-सारा प्रदर्शन डरावना है।" मार्टिन के बाड़े से निकलती हुई वह चिल्लाई। अभी-अभी वह उस कल्पनाशील साहसिक कारनामे को देख रही थी, जो कहना चाहिए, सरकस की तरह लकड़बग्घे से खेल रहा था।

"किस तरह," उसने पूछा, "उसने इन जानवरों को ऐसा पालतू बनाया होगा, कि वह इनके स्नेह से विश्वस्त हो सका है।"

"जो तुम्हें एक समस्या मालूम होती है," मैंने टोकते हुए कहा, "वह वास्तव में स्वाभाविक है।"

"अरे!" होंठों पर अविश्वास-सूचक स्मिति बिखेरते हुए उसने उच्च स्वर से आश्चर्य प्रकट किया।

"तुम सोचती हो कि पशु एकदम भावना-शून्य होते हैं?" मैंने प्रश्न किया।

"नहीं, वास्तविकता इसके विपरीत है; अपने सभ्य समाज में उत्पन्न होनेवाले संपूर्ण विकार हम उन तक पहुँचा सकते हैं।"

और उसने मुझ पर आश्चर्य से दृष्टि डाली।

"फिर भी," मैंने कहना आरंभ किया, "मैं यह स्वीकार करता हूँ कि जब पहले-पहल मैंने मार्टिन को देखा था तो तुम्हारी तरह मैंने भी आश्चर्य प्रकट किया था। मैंने स्वयं को एक वृद्ध सैनिक के निकट पाया, जिसकी दाहिनी टाँग कटी हुई थी और जो मेरे साथ ही वहाँ आया था। मैं उसके चेहरे की आकृति से प्रभावित हो गया। उसका मस्तक उन योद्धाओं जैसा था, जिन पर युद्ध के चिह्न अंकित रहते हैं। चिह्न—जिन पर नैपोलियन की लड़ाइयाँ लिखी रहती हैं। इसके अतिरिक्त उसकी स्पष्टवादिता में वह खुशमिजाजी भी थी, जिसका मुझ पर अच्छा प्रभाव पड़ता है। वह निस्संदेह उन सैनिकों में से था, जिन्हें किसी बात पर आश्चर्य ही नहीं होता। जिन्हें दम तोड़ते हुए साथी की अंतिम चेष्टाओं में भी हास्य की सामग्री मिलती है; जो उसे यों ही दफना देते हैं या बड़े मजे में लूट लेते हैं। जो निडरता से गोलियों की राह में खड़े रहते हैं। वस्तुतः वह था, उनमें से जो सोचने-विचारने में समय नहीं गँवाते और जिन्हें स्वयं शैतान से भी मित्रता करते हिचक न होगी।"

"मेरे मित्र ने बाड़े के मालिक को अपने कक्ष से बाहर निकलते देखा, तब उसने अपने होंठ दबाते हुए उपहास और उपेक्षा के भाव व्यक्त किए—कुछ ऐसे विशेष ढंग से, जैसे कि बड़े आदमी उस समय करते हैं, जबकि उन्हें धोखा नहीं होता। जब मैं मार्टिन के साहस की प्रशंसा कर रहा था, वह मुसकराया। जानबूझकर उसने सिर हिलाया और कहने लगा, 'बहुत प्रसिद्ध है।' "

"बहुत प्रसिद्ध है! कैसे?" मैंने कहा, "यदि इसे स्पष्ट कर दो तो बड़ी कृपा हो।"

अपनी जान-पहचान के कुछ ही क्षणों बाद हम लोग उस जलपान-गृह में गए, जिस पर पहले-पहल हमारी नजर पड़ी। भोजन के उपरांत 'शैंपेन' की केवल एक बोतल ने इस मित्र और वृद्ध की स्मृतियों को एकदम सजग कर दिया। उसने मुझे अपनी कहानी कह सुनाई और मैंने कहा कि उसका 'बहुत प्रसिद्ध' कहना अकारण न था।

घर पहुँचकर उसने मुझे इतना तंग किया और इतने वायदे किए कि मैंने उस वृद्ध सैनिक की सारी गाथा सुनाने की स्वीकृति दे दी। अगले दिन इस बड़ी गाथा की जो छोटी सी निम्नांकित घटना उसने सुनी, उसे 'मिस्र में एक फ्रांसीसी' कहा जा सकता है।

जनरल देसाय के नेतृत्व में मिस्र के उत्तरी भाग में गए एक अभियान में, दक्षिणी फ्रांस का एक सैनिक मन्ग्रेविनों के हाथ पड़ गया और ये अरब उसे नील

नदी के झरनों से उस पार के रेगिस्तान में ले गए।

अपने और फ्रांसीसी सेना के बीच काफी अंतर रखने के लिए मन्ग्रेविन, विवश हो आगे चलते जाते और सिर्फ रात में ही विश्राम करते।

खजूर के पेड़ों से भलीभाँति आच्छादित एक कुएँ के चारों ओर उन्होंने पड़ाव डाला। इन वृक्षों के नीचे उन्होंने पहले से ही कुछ खाद्य-सामग्री छिपा रखी थी। बिना यह सोचे कि इससे बंदी को उनके भागने का भान होगा, वे उसके हाथ-पाँव बाँधकर संतुष्ट हो गए। स्वयं थोड़े से छुआरे खाकर और घोड़ों को दाना-पानी देकर वे सोने चले गए।

दक्षिणी फ्रांस के उस बहादुर सिपाही ने जब यह देखा कि दुश्मन अब उसकी रखवाली नहीं कर रहे तो उसने एक कटार चुराने के लिए अपने दाँतों से काम लिया। अपने घुटनों के बीच में छुरी की धार दबाकर उसने वह रस्सी काट डाली, जिसके कारण वह अभी तक अपने हाथों से काम नहीं ले सकता था। क्षण भर में वह बंधनमुक्त हो गया।

तुरंत ही उसने एक राइफल और एक कटार उठा ली। फिर एक बोरे में, ऐतिहातन छुआरे, जई, बारूद और गोलियाँ भर लीं। कमर में कटार फँसाई और लपककर एक घोड़े पर सवार हो गया। जोर से एड़ लगाकर वह उसी दिशा में चल पड़ा, जहाँ उसे फ्रांसीसी फौज मिलने की उम्मीद थी।

पड़ाव में पहुँचने के लिए वह इतना व्यग्र था कि पहले ही से थके हुए घोड़े को उसने ऐसी रफ्तार से भगाया कि उसके अगल-बगल रकाबों से घाव हो गए। और वह बेचारा जानवर फ्रांसीसी सैनिक को रेगिस्तान में अकेला छोड़कर मर गया।

भागे हुए बंदी की भाँति, संपूर्ण साहस समेटकर कुछ देर तो वह रेत में चला किंतु दिन छुप जाने से वह रुकने पर विवश हो गया। सौभाग्य से उसे एक छोटी सी पहाड़ी मिल गई, जिसकी चोटी पर उगे हुए खजूर के कुछ पेड़ आकाश में सिर उठाये खड़े थे। इन वृक्षों की दूर से दिखनेवाली हरियाली से उसके हृदय में आशा और सांत्वना का उदय हुआ।

वह इतना अधिक थका हुआ था कि एक कठोर और शिविर-शय्या की भाँति ऊँची-नीची चट्टान पर पड़ रहा; आत्म-रक्षा की कोई व्यवस्था किए बिना ही वह वहाँ सो गया। अपना जीवन वह बलिदान कर चुका था। उसके मन में केवल विषाद ही शेष था। मन्ग्रेबिनों को—जिनका खानाबदोश घुमक्कड़ जीवन उसे अपने अनुकूल जान पड़ा था—छोड़ आने पर वह दुःखी हो रहा था। वह उनसे दूर आ चुका था और अब निस्सहाय था।

धूप से उसकी नींद टूट गई। धूप की निर्मम किरणों ने अपने पूरे वेग से चट्टान पर गिरकर असह्य गरमी पैदा कर दी थी। खजूर के हरे-भरे और शानदार वृक्षों की परछाईं से एकदम भिन्न दिशा में उसने उन एकाकी पेड़ों पर दृष्टि डाली और काँप उठा। 'एरीज' के विशाल गिरजाघर के खंभों पर अरब निवासियों द्वारा अंकित मनोरम बेलबूटे उसे याद हो आए।

किंतु जब खजूर वृक्षों को गिनने के उपरांत उसने अपनी इधर-उधर दृष्टि डाली तो घोर निराशा उसकी आत्मा में प्रविष्ट हो गई। रेत का निस्सीम महासागर उसके सम्मुख फैला हुआ था। हर दिशा में, जहाँ तक दृष्टि पहुँच सकती थी, उससे भी दूर तक रेत का प्रसार था—जो वैसे ही चमक रहा था, जैसे तेज रोशनी पड़ने से फौलाद चमचमा उठती है। लगता था, जैसे यह दर्पणों का समुद्र हो अथवा झीलें पिघलकर आईना बन गई हों। प्रज्वलित भाप की लहरियों से प्रकंपित भूमि पर निरंतर 'बड़ेर' बन रहे थे। संपूर्ण आकाश असह्य निर्मलता की पूर्वात्य आभा से प्रदीप्त था। कल्पना करने को कुछ भी शेष न था। धरती और आकाश में जैसे आग लगी हुई थी।

निर्जन की वह शानदार खामोशी अत्यंत ही भयप्रद थी। लगता था, जैसे वह आत्मा को आत्मसात् कर लेगी। न आकाश में एक बादल, न हवा में एक उच्छ्वास, और न रेत के वक्ष पर रंचमात्र कंपन था। क्षितिज वैसा ही दिखाई दे रहा था, जैसा कि किसी साफ दिन में सागर से दिखाई देता है—प्रकाश की केवल एक रेखा—असिधारा की तरह स्पष्ट।

सैनिक ने अपने शस्त्रास्त्र एक खजूर के तले फेंक दिए, जैसे वह किसी मित्र का शरीर हो। चट्टान पर पड़नेवाली उस धूमिल और सीधी छाया में वह बैठकर रोया। इस दृश्य की कठोरता पर विचार करता रहा, क्योंकि उसके देखने को इसके अतिरिक्त और था भी कुछ नहीं। निर्जन का विस्तार देख वह फूट-फूटकर रोने लगा। उसके रोने की आवाज जैसे घाटी में खोकर धीमी पड़ गई—गूँजी नहीं। गूँज थी उसके अपने हृदय में। सैनिक की अवस्था थी बाईस वर्ष। उसने अपनी बंदूक भर ली।

'काफी देर लगेगी,' धरती पर उस अस्त्र को, जो उसे मुक्ति दिला सकता था, रखते हुए सैनिक ने मन-ही-मन कहा।

धरती के काले और आसमान के नीले फैलाव पर बारी-बारी से दृष्टि डालते हुए वह फ्रांस का स्वप्न देखने लगा। प्रसन्नतापूर्वक उसने वहीं से पैरिस की नालियों की गंध सूँघी। उसे याद आए वे नगर, जिनमें होकर वह गुजरा था—साथी सैनिकों

के चेहरे और जीवन की सामान्यतम बारीकियाँ। रेगिस्तान की काँपती सी चादर पर कल्पनाशक्ति ने उसे उसके प्रिय दक्षिणी फ्रांस के पत्थर दिखा दिए।

निष्ठुर मृगतृष्णा के खतरे से भयभीत हो वह पहाड़ी के उस ओर—जिधर से कल वह यहाँ आया था, उसके विपरीत दिशा में उतर गया। एक कंबल की अवशेष धज्जियों से यह स्पष्ट हो गया कि यह आश्रय कभी आबाद रहा होगा। थोड़ी सी दूर पर उसे खजूर के कुछ पेड़ दिखाई दिए, जिन पर खजूर लदे पड़े थे। और तब उसके हृदय में मानव की वह प्रवृत्ति, जो उसे जीवन से बाँधे रहती है, सजग हो उठी। वहाँ से गुजरनेवाली आँखों की प्रतीक्षा में काफी दिन जीने की इच्छा बलवती हो उठी या शायद यह कि उसे तोप की आवाज सुनाई दे जाए; क्योंकि बोनापार्ट उन दिनों मिस्र पार कर रहा था।

इस विचार ने उसमें नवीन जीवन-शक्ति फूँक दी। पके खजूरों से लदे वृक्ष झुकते जान पड़े—जिनमें से कुछ खजूरों को हिलाकर उसने जमीन पर गिरा लिया। उसने जब इन अप्रत्याशित अमृत-फलों को चखा तो उसे ऐसा लगा, जैसे इन्हें उससे पहले के निवासी ने लगाया होगा। खजूरों का स्वादिष्ट गूदा जैसे उसके पूर्वगामी के प्रयत्न का प्रमाण था। सहसा उसके गंभीर नैराश्य के स्थान पर उन्मादिनी प्रसन्नता उमड़ पड़ी।

वह पुनः पहाड़ी पर चला गया। दिन का शेष समय उसने उसे फलहीन खजूर-वृक्ष को काट गिराने में बिता दिया, जिसने पिछली रात उसे आश्रय का काम दिया था। एक अस्पष्ट सी स्मृति ने उसे रेगिस्तान के जानवरों के विषय में सोचने में लगा दिया। शायद वे जीव झरने पर—जो चट्टानों की तलहटी से दिखाई देता था, पानी पीने आएँ; किंतु और भी आगे तक चले आएँ—उनसे बचने के लिए उसने अपनी कुटिया के द्वार पर एक आड़ लगा देने का निश्चय किया।

सोते में निगल लिये जाने के भय से उत्पन्न हुई शक्ति और अपने परिश्रम से यद्यपि वह खजूर वृक्ष को काट गिराने में सफल हो गया था, किंतु फिर भी वह उसके टुकड़े-टुकड़े न कर सका। इसके गिरने की आवाज दूर-दूर तक निर्जन में गूँज गई; सैनिक स्वयं भी काँप उठा, जैसे उसने किसी अनिष्टसूचक भविष्यवाणी सुनी हो।

किंतु उस उत्तराधिकारी की भाँति, जो गोद लेनेवाले माता-पिता की मृत्यु पर अधिक शोक नहीं करता, उसने इस सुंदर वृक्ष की लंबी-लंबी पत्तियों को, जो कि वस्तुतः खजूर-वृक्ष की काव्यात्मक सौंदर्य होती हैं, तोड़ डाला और उनसे चटाई का काम लिया। इस तरह गरमी और अपने काम से थककर वह अपनी गुफा के लाल परदों में जा सोया।

आधी रात के लगभग उसकी नींद एक असाधारण शोर से भंग हो गई। वह उठकर बैठ गया, उसके लिए आसपास के शांत वातावरण में श्वास-प्रश्वास का यह क्रम, जैसा कि उसकी पाशविक तीव्रता से स्पष्ट था, मानवीय न था।

एक घनीभूत भय से, जो कि शांति, अंधकार और उस जीव की चलती-फिरती आकृति से और भी अधिक बढ़ गया था, उसका हृदय जैसे जमा जा रहा था। जबकि उसकी आँखों पर अधिकतम बल देकर उसे दो पीले, किंतु धुँधले प्रकाश-बिंदु दिखाई पड़े तो उसे रोमांच हो आया।

आरंभ में उसने उन्हें अपनी आँखों की पुतलियों का प्रतिबिंब समझा, किंतु शीघ्र ही रात्रि की स्पष्ट दीप्ति से उसे गुफा के बाहर की इस वस्तु को धीरे-धीरे समझने में सहायता मिली। और उसने देखा कि इतना बड़ा जानवर उससे सिर्फ दो कदम की दूरी पर खड़ा है। यह शेर था या चीता अथवा मगरमच्छ ?

इस शत्रु को जीवधारियों की किस कोटि में रखा जाए, सैनिक इस विषय में अधिक नहीं जानता था; किंतु हाँ, उसका भय अधिकाधिक होता जा रहा था, क्योंकि अज्ञानतावश उसने उसमें सभी के भय को अनुभव किया।

इस तरह अपने समीप उच्छ्वासों के प्रत्येक क्रम पर ध्यान देते हुए और स्वयं रंचमात्र भी हिलने-डुलने का साहस न कर पाने से उसे असह्य यंत्रणा हुई। लोमड़ी जैसी एक तीखी गंध, किंतु कहना चाहिए, उससे भी कहीं ज्यादा तेज और तीखी-गुफा में भर गई। और जब सैनिक को उसका भान हुआ तो उसका भय अपनी चरमसीमा पर पहुँच गया, क्योंकि वह अब अपने भयंकर साथी के—जिसका शाही वास उसके लिए आश्रय का काम दे रहा था—निकटता पर संदेह नहीं कर सकता था।

शीघ्र ही क्षितिज पर उतरते हुए चंद्रमा के आलोक से वह गुफा प्रदीप्त हो उठी और धीरे-धीरे तेंदुए की चमक और चित्तीदार खाल दिखाई देने लगी।

मिस्र का वह केशरी एक बड़े कुत्ते की तरह सिमटा-बटुरा सो रहा था, जैसे किसी सुसंपन्न होटल का शांत प्रहरी हो; क्षणभर को उसकी आँखें खुलीं और पुनः बंद हो गईं; उसका मुँह सैनिक की ओर था।

सहस्त्रों उलझे हुए विचार उस फ्रांसीसी के मस्तिष्क में आए; शुरू में उसने इसे गोली मार देने की बात सोची, किंतु फिर उसने देखा कि बीच का अंतर इतना कम है कि ठीक से निशाना लगना मुश्किल था। गोली का निशाना चूक सकता है और यदि वह जाग गया! इस विचार से सैनिक के अंग जड़वत् हो गए। खामोशी के बीच वह अपने हृदय की धड़कनें सुनता रहा और नाड़ियों में रक्तप्रवाह की गति तीव्र होने से हृदय की गति में जो तीव्रता आ गई थी, उसे कोसता रहा। साथ ही

उस नींद के टूटने से भी वह भयभीत होता रहा, जिसके कारण उसे बच निकलने की कोई अन्य युक्ति ढूँढ़ निकालने का अवकाश मिल गया था।

अपने शत्रु का सिर काट डालने के इरादे से छुरे पर दो बार उसने हाथ रखा; किंतु सख्त और छोटे बालों को काटने की कठिनता देख वह इस साहसपूर्ण योजना को छोड़ देने पर विवश हुआ। दाँव चूकने का अर्थ होगा—निश्चित मृत्यु, उसने सोचा। अतएव उसने धर्मयुद्ध के संभावित परिणामों को पसंद किया और भोर होने तक प्रतीक्षा करने का निश्चय किया; किंतु भोर की उसे अधिक प्रतीक्षा नहीं करनी पड़ी।

अब वह तेंदुए को सरलता से देख-परख सकता था; उसके रक्तरंजित थोबड़े को भी।

"जमकर खा चुकी है," उसने सोचा, बिना यह जानने का कष्ट किए कि उसने नर का मांस खाया है, "सोकर उठेगी तो भूखी न होगी।"

वह मादा थी। उसके पेट और अगल-बगल के रोएँ चमचमाते हुए सफेद थे; उसकी सुदृढ मूँछें भी सफेद थीं और उनके आखिरी सिरे पर काले-काले छल्ले बने हुए थे; उसकी वेशभूषा का ऊपरी भाग बिना चमकाए हुए स्वर्ण की भाँति पीला और अत्यधिक कोमल तथा लचीला था। इसपर उसके जातिगत धब्बे गुलबूटों की भाँति थे, जो तेंदुए को बिल्ली की नस्ल के अन्य जानवरों से पृथक् कर देते हैं।

यह शांत, किंतु भयंकर मेजबान ऐसे शानदार ढंग से खर्राटे ले रही थी, जैसे गद्दे पर पड़ी बिल्ली हो। उसके रक्तरंजित पंजे—शिथिल और सुरक्षित ढंग से उसके मुँह के सामने फैले हुए थे—मुँह इन्हीं पर टिका था। उसपर छितरी हुई मूँछों के सीधे-पतले बाल चाँदी के तारों की भाँति थे।

काश वह उसी तरह कठघरे में होती तो सैनिक निस्संदेह उसके सौंदर्य की प्रशंसा करता और उस राजसी सज्जा की भी, जो उसकी वेशभूषा पर विविध रंगों के जोड़-तोड़ से उत्पन्न हो गई थी। किंतु उसी समय वह सारा दृश्य उसकी खूँखार आकृति से नष्ट हो गया।

तेंदुए की उपस्थिति, चाहे वह सोता हुआ ही क्यों न हो, अपना वह प्रभाव, जो कहा जाता है सर्प की आकर्षक आँखों से बाज पर होता है, किए बिना न रह सकती थी। क्षणभर के इस खतरे के सामने सैनिक का धैर्य टूटने लगा। यद्यपि इसमें संदेह नहीं कि भरी हुई तोप के सामने वह बढ़ता ही। किंतु फिर भी एक साहसिक विचार ने उसकी आत्मा में दिन का सा प्रकाश फैला दिया और पसीने के उन श्रोतों को मूँद दिया, जिनसे निकलकर ठंडा श्वेद उसके मस्तक पर उभर आया था।

उन मनुष्यों की भाँति, जिनकी जान पर जब आ बीतती है, तो वे मृत्यु को ललकारते हुए अपने शरीर को खंजर के हवाले कर देते हैं—उसने भी इस सबमें एक दुःखद गाथा देखकर, अंतिम साँस रहने तक सम्मानपूर्वक अपना कर्तव्य निभाने का निश्चय कर लिया।

"परसों शायद अरब ही मुझे मार डालते।" उसने कहा और इसीलिए स्वयं को पहले से मरा समझकर वीरता और व्यग्रतापूर्ण औत्सुक्य से अपने शत्रु के जागने की प्रतीक्षा करने लगा।

सूरज निकलते ही सहसा तेंदुए ने अपनी आँखें खोलीं, फिर अपने पंजे बलपूर्वक बाहर निकाले, जैसे फैलाने और सर्दी की जकड़ से मुक्त करने के लिए। और अंत में दाँतों के भयंकर अस्त्र, नुकीली तथा रेती जैसी खुरदरी जीभ प्रदर्शित करते हुए जम्हाई ली।

उसे ऐसी अदा और नजाकत से करवट लेते देख सैनिक सोचने लगा, 'छोटी-मोटी मालिकिन है।' पंजों और पुनः उन्हीं सौंदर्य भरे हावभावों से सिर उठाया।

"बहुत ठीक, जरा मुँह-हाथ धो डालो," सैनिक ने साहसपूर्वक अपनी प्रसन्नता समेटते हुए कहा, "जल्द ही हम एक-दूसरे को अभिवादन करेंगे।" और उसने वह कटार उठा ली, जिसे वह मन्ग्रबिनों के यहाँ से लाया था। इसी समय तेंदुए ने गरदन घुमाई और बिना हिले-डुले सैनिक को टकटकी लगाकर देखा।

उन फौलादी आँखों की टकटकी और उनकी असहनीय दीप्ति से वह काँप उठा—विशेषकर उस समय, जबकि यह पशु उसी की ओर बढ़ा। किंतु सैनिक उसे स्नेह भरी दृष्टि से देखता रहा; उसकी आँखों में आँखें डालकर घूरता रहा—जैसे उनमें भी चुंबकीय आकर्षण पैदा करने के लिए।

उसने तेंदुए को अपने बहुत निकट आ जाने दिया; फिर बड़े हलके और प्यार भरे ढंग से—जैसे वह किसी अत्यधिक रूपवती स्त्री को प्यार कर रहा हो, सैनिक ने उसके समूचे शरीर पर हाथ फेरा—सिर से पूँछ तक, उसकी लचीली रीढ़ को खुजलाते हुए, जिससे काली-पीली पीठ दो भागों में बटी हुई थी।

पशु ने बड़े मजे में पूँछ हिलाई और उसकी आँखों में कोमलता आ गई। जब तीसरी बार सैनिक ने वही दिलचस्प खुशामद की तो तेंदुए ने वैसी आवाज की, जैसे बिल्लियाँ अपनी प्रसन्नता व्यक्त करती हैं। किंतु ऐसे सशक्त और गहरे गले से निकली हुई वह ध्वनि गुफा में वैसे ही गूँज उठी, जैसे वाद्यों के अंतिम स्वर गिरजाघर में गूँज जाते हैं।

सैनिक ने दुलराने की महत्ता समझकर अपने लाड़-प्यार को ऐसे ढंग से चौगुना

कर दिया कि इस राजसी नायिका को भुलावे में डाला जा सके। उसे जब इस सनकी साथिन की भयंकरता समाप्त होने का विश्वास हो गया—साथिन, जिसकी क्षुधा सौभाग्य से कल ही शांत हुई थी तो वह गुफा से बाहर निकलने को प्रस्तुत हुआ।

तेंदुए ने उसे बाहर तो चला जाने दिया, किंतु अब वह पहाड़ी की चोटी पर पहुँच गया तो वह एक से दूसरी डाली पर फुदकनेवाली गौरैया की तरह उछलकर सैनिक के निकट जा पहुँची। और बिल्लियों की भाँति उससे अपनी पीठ सटाकर, उसकी टाँगों से अपना शरीर रगड़ने लगी। फिर अपने अतिथि को उन आँखों से देखती हुई, जिनमें अब कुछ कोमलता आ गई थी, वह एक ऐसे ढंग से चिंघाड़ी जिसकी तुलना 'नेचरलिस्ट' आरे चलने की आवाज से करते हैं।

"हद से ज्यादा काम ले रही है।" सैनिक ने मुसकराते हुए कहा। वह ऐसा साहसी था कि उसके कानों से खेलता रहा। सैनिक ने बड़े प्यार से उसका पेट सहलाया और उसके सिर को पूरे जोर से खुजलाया।

सैनिक ने जब यह देखा कि वह अपने काम में सफल हो गया है तो उसे मारने को उपयुक्त क्षण की प्रतीक्षा करते हुए उसने छुरी की नोंक से तेंदुए की खोपड़ी गुदगुदाई। किंतु हड्डियों की सख्ती देख, वह अपनी सफलता के विषय में संदिग्ध हो उठा।

रेगिस्तान की इस सुल्ताना ने भी अपने गुलाम के प्रति बड़ी उदारता दिखाई; उसने सिर उठाया, गरदन आगे बढ़ाई और अपनी शांत मुद्रा से प्रसन्नता व्यक्त की। सहसा सैनिक के मन में यह विचार आया कि इस वन्य शाहजादी का एक ही वार में काम तमाम करने के लिए उसके गले में छुरा भोंकना चाहिए।

जबकि वह निस्संदेह, संतुष्ट हो उसके पैरों में पड़ी सैनिक की ओर ऐसी दृष्टि डाल रही थी, जिसमें स्वभावगत भयंकरता होते हुए भी एक सद्भावना मिली हुई थी—बेचारा सैनिक एक खजूर के सहारे टिक गया। वह खजूर खाता रहा और रह-रहकर कभी अपनी भयंकर साथिन को देखता—उसकी अनिश्चित दयालुता पर नजर रखने के लिए; और कभी रेगिस्तान की ओर—किसी मुक्तिदाता को ढूँढ़ता सा।

खजूर की गुठली जहाँ गिरती, तेंदुई वहीं देखने लगती; और हर बार जब वह गुठली फेंकता तो गुलदारिन की आँखों से एक अवर्णनीय अविश्वास प्रकट हो उठता। सैनिक को वह प्राय: व्यापार बुद्धि से परखती रही। किंतु इस परीक्षा का परिणाम सैनिक के पक्ष में निकला, क्योंकि जब वह अपना स्वल्पाहार समाप्त कर चुका तो वह अपनी खुरदरी जीभ से उसके बूट (जूते) चाटने लगी—उनकी सिकुड़नों में जमी हुई धूल को आश्चर्यजनक होशियारी से साफ करती हुई।

'आह! किंतु जब वह सचमुच ही भूखी होगी।' सैनिक सोचने लगा। इस विचार से उत्पन्न कँपकँपी के होते हुए भी सैनिक ने जिज्ञासापूर्वक उस गुलदारिन के, जो अपनी जाति का अत्यंत ही शानदार नमूना थी, आकार का लेखा-जोखा लेने की चेष्टा की।

पूँछ को छोड़कर वह थी चार फुट लंबी और तीन फुट ऊँची। पूँछ का यह अस्त्र डंडे की तरह गोल—लगभग गज भर लंबा था। सिर जो शेरनी जितना बड़ा था, एक विशिष्ट परिष्कार के कारण, सामान्य तेंदुओं के सिरों से भिन्न था। यह सही है कि उसके चेहरे की आकृति में चीते जैसी स्वाभाविक निर्दयता का बाहुल्य था, किंतु फिर भी उसमें किसी कामुक स्त्री के चेहरे की बहुत कुछ अस्पष्ट समानता विद्यमान थी। वस्तुत: उस एकाकी रानी के चेहरे में, मदहोश 'नीरो' की चेहरे की प्रसन्नता जैसा कुछ था : वह रक्त से तृप्त हो चुकी थी और खेलना चाहती थी।

सैनिक ने आरंभ में हिलने-डुलने का प्रयत्न किया, ताकि बाद को वह आसानी से इधर-उधर आ-जा सके। गुलदारिन ने भी उसे स्वतंत्र छोड़ दिया। स्वामिभक्त कुत्ते की तरह तो नहीं, पर हाँ बड़ी 'अगोरा' बिल्ली की भाँति, जो अपने मालिक की अन्य सब चीजों को देखती रहती है—वह भी केवल दृष्टि से उसका पीछा करती हुई संतुष्ट हो गई।

गुलदारिन की अनुपस्थिति का कारण और वह सम्मान जो उसने सोते हुए सैनिक के प्रति प्रदर्शित किया था—स्पष्ट था। सौभाग्य की इस पहली कड़ी ने उसे भविष्य से छेड़छाड़ के लिए साहस प्रदान किया और सारे दिन उसने गुलदारिन से अच्छे संबंध बने रहने की अस्थिर आशा सँजोई। उसे पालतू बनाने और उसका कृपापात्र बने रहने के प्रयासों में भी उसने अपनी ओर से कुछ उठा न रखा।

वह उसके पास लौट आया। अपने पहुँचने पर, उसे बिना कोई हरकत किए देख सैनिक को अकथनीय प्रसन्नता हुई। निर्भयता से वह उसके निकट जा बैठा और उससे खेलने लगा। सैनिक ने उसके पंजे पकड़े, मुँह पकड़ा, कान खींचे, पीठ के बल लुढ़काया—उसके गरम और सुकोमल पार्श्वभागों पर थपकियाँ जमाईं। जो कुछ उसने गुलदारिन ने उसे करने दिया। सैनिक ने जब उसके पंजों को थपथपाया तो बड़े यत्न से उसने अपने नाखूनों को भीतर कर लिया।

एक हाथ में छुरा थामे सैनिक ने सोचा, इस अत्यधिक विश्वास करनेवाली के पेट में भोक दूँ; किंतु उसे डर था कि ऐसी दशा में वह तत्काल ही जीवन के अंतिम संघर्ष में फँस जाएगी; इसके अतिरिक्त सैनिक को एक तरह का पश्चात्ताप हुआ। पश्चात्ताप, जिसने उसे उस जीव का सम्मान करने का आदेश दिया—गुलदारिन,

जिसने उसका कुछ भी अहित न किया था।

उसे लगा, जैसे इस अंतहीन मरु प्रदेश में उसे एक मित्र मिल गया हो। अर्धचिंतन अवस्था में उसे अपनी प्रथम प्रेमिका याद आ गई। प्रेमिका, जिसके स्वभाव की प्रतिकूलता प्रदर्शित करने के लिए सैनिक ने उसका नाम 'मिगनाग' रख दिया था—वह इतनी ईर्ष्यालु थी, सैनिक को सदैव ही उसके चाकू का भय बना रहता था। चाकू, जिससे वह उसे प्राय: धमकाती थी।

इस स्मृति से उसके मस्तिष्क में यह विचार आया कि इस जवान गुलदारिन को भी इसे नाम से उत्तर देने का आदी बनाया जाए। अब वह पहले से कम भयभीत हो, गुलदारिन की चुस्ती, लचक और कोमलता की प्रशंसा करने लगा था। दिन छिपे तक वह इस खतरनाक स्थिति का आदी हो गया था; इसकी कष्टमयता भी उसे अब अच्छी लगने लगी थी। आखिरकार, गुलदारिन 'मिगनाग' के नाम से पुकारी जाने पर उसकी ओर देखने की अभ्यस्त हो गई।

सूर्यास्त के समय कई बार इधर से उधर भागती हुई 'मिगनाग' बड़ी आर्त सी आवाज में चिल्लाई।

"अच्छे ढंग से पालन-पोषण हुआ है," सैनिक ने बड़े हलकेपन से कहा, "संध्या कर रही है।" किंतु यह मजाक उसे तब सूझी, जब उसने इस बात पर ध्यान दिया कि वह कितनी शांत रही है।

"मेरी अच्छी गुड़िया! तुझी को पहले सो जाने दूँगा।" सैनिक ने अपने पैरों पर भरोसा करते हुए और यह सोचते हुए उससे कहा कि ज्योंही वह सो जाएगी, वह यथाशीघ्र भागकर रात के लिए दूसरा आश्रय ढूँढ़ लेगा।

बड़ी व्यग्रता से वह अपने भागने की घड़ी जोहता रहा। और जैसे ही वह समय आया, वह पूरी शक्ति से दौड़कर नील नदी की ओर चल पड़ा। किंतु रेत में वह डेढ़ या मुश्किल से पौने दो मील निकल पाया था कि उसने गुलदारिन को अपना पीछा करने हुए सुना—उसकी ओर चलने जैसी आवाज पगध्वनि से भी अधिक भयावह थी।

"ओह!" वह बोला, "तब तो मुझे चाहने लगी है; इससे पहले वह किसी से नहीं मिली। और इसलिए पहले-पहले प्यार से उसका प्रसन्न होना स्वाभाविक है।"

उसी समय सैनिक एक चोर-बालू में गिर पड़ा। चोर-बालू, जो पथिकों के लिए अत्यधिक भयंकर होती है और जिससे बच पाना असंभव होता है। अपने को फँसा हुआ जान, वह घबराकर बड़े जोर से चिल्लाया; गुलदारिन ने उसके कॉलर को दाँतों से पकड़ लिया और बड़े जोर से एकदम पीछे कूदकर, सैनिक को भँवर

से निकाल लिया—जैसे जादू के जोर से।

"अरी मिगनान!" सैनिक बड़े उत्साह से उसे दुलराते हुए बोला, "शायद हम दोनों मृत्यु और जीवन के लिए एक ही सूत्र में बँध गए हैं। मजाक नहीं। ध्यान रहे!" और वह वापस लौट चला।

उसी क्षण से उसे रेगिस्तान आबाद जान पड़ा। वहाँ एक ही जीव था, जिससे वह कुछ कह सकता था और जिसकी भयंकरता को उसने सौजन्य में परिवर्तित कर लिया था—यद्यपि वह स्वयं इस अजीब मित्रता का कारण नहीं जानता था। इच्छानुसार काफी सुरक्षित होकर सैनिक सो गया।

जागने पर 'मिगनाग' उसे दिखाई न दी; वह पहाड़ी पर चढ़ गया और दूर से उसे अपनी तरफ आते देखा—उन पशुओं की भाँति स्वभावत: उछलते-कूदते, जो अपनी रीढ़ के अत्यधिक लचीलेपन के कारण भाग नहीं सकते।

मिगनाग आ गई। उसके जबड़े खून से सने हुए थे। उसे अपने साथी से वही दुलराव मिला, जिसकी वह अभ्यस्त हो गई थी—और वह प्रसन्न बिल्ली की भाँति घुर-घुर करती हुई यह प्रदर्शित करती रही कि इस लाड़-प्यार से वह कितनी खुश होती है। उसकी मदहोश आँखें कल से भी अधिक सुकुमार होकर उस सैनिक की ओर घूम गईं, जो उससे ठीक वैसे ही बातें कर रहा था, जैसे कोई पालतू जानवर से करता है।

"अरे! तुम तो बड़ी अच्छी हो, हो न? देखो तो! यही तो हमें अच्छा लगता है। नहीं? तुम्हें शरम नहीं लगती? हूँ। तो तुम एक-न-एक अरब को खा रही हो। बोलो खाया था? पर इससे क्या, वे भी तुम्हारी तरह हैवान हैं; लेकिन देखो, फ्रांसीसियों को खाने की आदत न डालना—वरना आगे से तुम्हें प्यार न करूँगा।"

स्वयं को क्रम-क्रम से लुढ़कवाने, थपथपाने और पिटवाने के लिए छोड़कर वह उसके साथ कुत्ते की तरह खेलती रही। कभी-कभी वह अपने पंजे रगड़कर स्वयं को आकांक्षा भरी मुद्रा में छोड़ देती थी।

इस तरह कुछ दिन गुजर गए। इस मित्रता में सैनिक रेगिस्तान का अतीव सौंदर्य समझने लगा; अब उसके पास एक जीवित वस्तु थी, जिसके विषय में वह सोच सकता था; भय और शांति थी; और बहुतेरा था खाने को। इस तरह उसके मस्तिष्क में अनेक विरोधाभास भर गए और उसके जीवन की दिशा बदलने लगी।

एकांत से गुलदारिन के सारे रहस्य उसे स्पष्ट हो गए। सूर्योदय और सूर्यास्त के उसने वे दृश्य देखे, जिन्हें संसार नहीं जानता। वह उस कंपन का कारण जान गया, जो सिर पर से गुजरनेवाली चिड़िया की पंख-ध्वनि से होता है—गोकि यों

वे बहुत कम गुजरती थीं। वह बादलों को देखता—उन बहुरंगे पथिकों को बदलते और पिघलकर एक-दूसरे में विलीन होते। रात में वह चंद्रमा के प्रभाव को रेत के महासागर में देखता—जहाँ रेत की आँधी से अनेक और शीघ्रता से परिवर्तनशील लहरें अंकित होतीं।

उसके जीवन के दिन पूर्वात्य आभा में व्यतीत हो रहे थे। पूर्वात्य आभा—जिसका रूप अत्यधिक आश्चर्यजनक होता है। रेगिस्तान के उन आँधी, तूफानों को—जहाँ चक्कर काटती हुई धूल से लाल-लाल शुष्क कुहरा और मृत्यु-वाहक बादल बनते हैं, देखता। वह जमकर खाता-पीता; गुल-गपाड़ा मचाता; प्रसन्नता से रात्रि की प्रतीक्षा करता, क्योंकि तब तारों से एक स्वास्थ्यवर्धक ताजगी बरसती; और वह आकाश में काल्पनिक संगीत सुनता रहता। इस एकांत ने उसे सपनों की निधि को टटोलना सिखा दिया। निरर्थक सी बातों को याद करने और अपने वर्तमान की विगत से तुलना करने में घंटों बिता देता। आखिरकार वह गुलदारिन को अत्यधिक प्यार करने लगा, क्योंकि किसी तरह का स्नेह स्वाभाविक था।

उसकी अपनी इच्छा-शक्ति के प्रसार से उसकी संगिनी का चरित्र परिवर्तित हो गया था—अथवा इस कारण कि गुलदारिन को रेगिस्तान में मारने और शिकार करने को बहुतेरा मिल जाता था, वह मनुष्य के जीवन का सम्मान करने लगी थी। सैनिक ने उसे इतना पालतू समझकर डरना बंद कर दिया था।

अपने समय का अधिकांश वह सोने में व्यतीत करता; और जाले में रहनेवाली मकड़ी की तरह इस ताक में रहता कि यदि कहीं कोई क्षितिज द्वारा अंकित रेखा से गुजरे तो मुक्ति की घड़ी उसके हाथ से न निकल जाए। अपनी कमीज को उसने झंडा बनाने के लिए बलि कर दिया और उसे एक ऐसे खजूर पर लटका दिया, जिसके झाड़-झंकाड़ उसने साफ कर दिए थे। आवश्यकता से सबक सीखकर उसने इसे फैलाए रखने की युक्ति ढूँढ़ निकाली थी, क्योंकि यह संभव था कि गुजरते हुए पथिक के दृष्टिपात करते समय हवा न चल रही हो।

जब वक्त काटे नहीं कटता था और वह आशा त्याग देता था, तब वह गुलदारिन से अपना जी बहलाता। सैनिक ने उसकी वाणी के विभिन्न उतार-चढ़ावों और उसकी आँखों से उसके मनोभावों को सीख लिया था। गुलदारिन की खाल पर अंकित बूटों की बेतुकी रचना का भी उसने अध्ययन कर लिया था।

मिगनाग उस समय भी अप्रसन्न न होती थी, जब वह उसकी पूँछ पर अंकित छल्लों को गिनने के लिए पूँछ का झब्बा अपने हाथ में ले लेता था—छल्लों के ये सुंदर आभूषण धूप में जवाहरातों की तरह दमक उठते। उसके शरीर का

लचीलापन, आकृति की सुंदर रूपरेखा, पेट की सफेदी और मस्तक की सुशोभित मुद्रा पर विचार करने में सैनिक को खुशी होती; उसकी उछलकूद से, विशेषकर उस समय जब वह खेलती होती, सैनिक को अतीव प्रसन्नता होती; उसकी फुरती और हरकतों के बचकाने हलकान से उसे सतत आश्चर्य होता; जिस चुस्ती के साथ वह कूदती-फाँदती, ऊपर चढ़ती—अपने को धोती, साफ करती, रूप को व्यवस्थित करती-बैठती या उछलने को प्रस्तुत होती, यह सब देखकर सैनिक को ताज्जुब होता।

वह चाहे जितने वेग से उछलती होती; जिस पत्थर पर उसके पैर हों, वह चाहे कितना ही अस्थिर क्यों न होता, 'मिगनाग' शब्द सुनकर वह सदैव उसी क्षण रुक जाती।

एक दिन दोपहर की चमचमाती धूप में एक बड़ी सी चिड़िया हवा में गुजरी। सैनिक ने उसे इस नए अतिथि को देखने को स्वतंत्र छोड़ दिया; किंतु क्षणभर ठहरकर रेगिस्तान की वह सुलताना बड़े जोर से गुर्राने लगी।

"हे प्रभो! निश्चय ही वह बड़ी ईर्ष्यालु है," सैनिक उसकी कठोर आँखें देखकर पुनः चिल्लाया, "लगता है, उसमें ब्रह्मचारिणी की आत्मा प्रवेश कर गई है; यही बात है।"

सैनिक ने गुलदारिन के मुँह पर अंकित आड़ी-तिरछी रेखाओं की प्रशंसा की। उसकी आकृति में सचमुच ही यौवन और सौंदर्य का निखार था। एक स्त्री की भाँति वह भी रूपवती थी। खूबसूरत रोएँ अगल-बगल की धुँधली और सुकोमल सफेदी पर खूब खिल रहे थे। सूर्य के तीव्रालोक में यह सब स्वर्ण जैसा लगता था—और गुलबूटे प्रदीप्त तो अवर्णनीय रूप से आकर्षक लगते थे।

मनुष्य और गुलदारिन ने एक-दूसरे पर अर्थपूर्ण दृष्टि डाली; यह चंचला उस समय काँप उठी, जब उसे अपने सिर पर मित्र-सैनिक की थपकी अनुभव हुई। गुलदारिन की आँखें बिजली सी चमक उठीं, फिर उसने उन्हें बलात् मूँद लिया।

"इसके भी हृदय और आत्मा है," रेत की इस रानी की शांति पर दृष्टि डालते हुए उसने कहा, "रेत की रानी, जो रेत की भाँति ही स्वर्णिम, श्वेत और एकाकी है—और उसी की भाँति जल रही है।"

"ठीक है," वह बोली, "पशुओं के पक्ष में तुम्हारी दलील मैं समझ गई, किंतु वे दोनों जो एक-दूसरे को समझने के इतने अभ्यस्त हो गए थे, उनका अंत किस तरह हुआ?"

"हूँ! तो देखो—जैसे सभी बड़ी उत्कंठाएँ समाप्त होती हैं, वैसे ही वह भी

हुई। एक गलतफहमी के कारण उसका भी अंत हो गया। किसी कारण एक को दूसरे पर दगा करने का संदेह होता है; अभिमानवश, वे न इसका स्पष्टीकरण करते हैं, न झगड़े और व्यर्थ की जिद का अंत।''

''फिर भी कभी-कभी अच्छी-से-अच्छी घड़ियों में केवल एक शब्द या दृष्टिपात ही पर्याप्त होता है। मगर खैर, आप कहानी कहे जाइए।''

''यह बड़ा कठिन है, लेकिन शराब पीते समय उस बुड्ढे ने जो कुछ कहा था, उसे सुनकर तुम समझ जाओगी।''

''बुड्ढा बोला, 'मैं नहीं जानता कि मैंने उसे चोट पहुँचाई थी, किंतु वह ऐसे घूम पड़ी, जैसे क्रोधित हो और अपने दाँतों से उसने मेरी टाँग पकड़ ली—धीमे से, मैं साहसपूर्वक कह सकता हूँ; किंतु यह सोचकर कि वह मुझे निगल जाएगी, मैंने अपनी कटार उसकी गरदन में भोंक दी; मैंने उसे मरते हुए देखा—शांतिपूर्वक वह मुझ पर दृष्टि जमाए हुए थी। दृष्टि—जिसमें क्रोध न था।

'' 'उसे जीवित करने के लिए मैं अपना सब कुछ दे देता—चक्र (क्रॉस) भी, जो तब तक मुझे न मिला था। लगता था, जैसे मैंने किसी सचमुच के आदमी की हत्या कर दी हो; वे सैनिक जिन्होंने मेरा झंडा देखा था और जो मुझे सहायता देने आए थे—उन्होंने मुझे रोते हुए पाया।''

''तो श्रीमान्!' क्षण भर ठहरकर वह बोला, 'उसके बाद मैं रहा हूँ जरमन की एक लड़ाई में, स्पेन में, रूस में, फ्रांस में; अपने शरीर को लिये-लिये मैं काफी घूमा-फिरा हूँ—मगर रेगिस्तान जैसी चीज कहीं नहीं देखी। और हाँ, यह बहुत ही सुंदर होता है।''

''वहाँ कैसा लगता है ?'' मैंने प्रश्न किया।

''अरे, उसे बयान नहीं किया जा सकता। इसके अलावा खजूरों और गुलदारिन पर मैं हर वक्त अफसोस नहीं करता। उससे तो मुझे बहुत खिन्न रहना पड़ेगा। रेगिस्तान में, आप समझिए—सबकुछ है और कुछ नहीं है।''

''हाँ, लेकिन इसका अर्थ स्पष्ट कीजिए।''

''भई देखो,'' उसने बेसब्री से कहा, '' 'यहाँ ईश्वर का निवास है, नहीं है तो मानव जाति।''

□

परदेसी

फ्रेंसिस स्टिग्मूलर

3 जुलाई, 1906 को जनमे प्रसिद्ध अमेरिकी जीवनीकार, अनुवादक एवं लेखक थे। वे मुख्यतः फ्लॉबर्ट विद्वान् के रूप में जाने जाते थे। 1927 में कोलंबिया विश्वविद्यालय से स्नातक प्राप्त। द न्यू यॉर्कर में कई लेख व लघु-कथाएँ प्रकाशित की तथा कुछ समय तक 'बायरन स्टील' और 'डेविड कैथ' के उपनामों के साथ भी लेखन कार्य किया।

सम्मान और पुरस्कार : दो बार नेशनल बुक अवॉर्ड (1971 व 1918 में), अमेरिकन अकादमी ऑफ आर्ट ऐंड लेटर्स से स्वर्ण पदक प्राप्त।

सिनेमा से निकलते समय यदि मेह न बरस रहा होता, तो मैं पैदल ही घर चला जाता। घर पास ही था और पेचीदा न था। छायादार चौड़ी सड़क के उस सिरे पर दो गलियाँ छोड़कर तीसरी में मुड़ना पड़ता है और फिर वहाँ से आधे ब्लॉक और आगे मेरा घर है।

तो खैर, मैंने एक टैक्सी की। मुश्किल से एक क्षण लगा होगा कि मुझे ऐसा अनुभव हुआ, मानो टैक्सी का वृद्ध चालक जिद्दी और चित्त की अस्थिरता से ग्रस्त है। ज्यों ही वह पहली वाली गली में मुड़ा, मैं 'नहीं-नहीं' चिल्लाया।

''दो ब्लॉक और!'' वह कुछ मिनमिनाया और बड़ी सड़क की चढ़ाई पर उसने तेजी से टैक्सी बढ़ाई; फिर पलभर बाद ही दूसरी गली में मुड़ा।

''नहीं, नहीं!'' मैं पुनः चिल्लाया, ''कृपया अगली गली में! अगली गली मेरी है! ग्रिनिल्लेवाली गली।'' इस पर उसने टैक्सी घुमाई और मुझे आग्नेय नेत्रों से घूरा; फिर उसने गाड़ी आगे बढ़ाई। मेरा गली में वह बिल्कुल न घूमा और

चौड़ी सड़क पर कुछ ऐसे ढंग से उसे दौड़ाने लगा, मानो हमेशा के लिए यही रफ्तार रहेगी।

"अब आपने उसे पीछे छोड़ दिया," मैं चिल्लाया, "आपको दाहिने घूमना था, जैसा कि मैंने बताया था—मेहरबानी करके गाड़ी लौटाइए और मुझे ग्रिनिल्ले वाली गली में इकतीस नंबर ले चलिए।"

बुड्ढे ड्राइवर ने गुर्राने जैसी आवाज की, जिसे सुनकर मुझे घबराहट हुई। सड़क की चिकनी सतह पर उसने टैक्सी एकदम पीछे घुमाई और उसे तेजी से दौड़ा दिया। चौड़ी सड़क पार कर वह मेरी गली के मोड़ पर एक झटके से रुका।

"निकल जाओ!" वह जैसे चीख उठा। गुस्से से उसका मुँह एकदम सुर्ख हो रहा था। "फौरन निकल जाओ मेरी गाड़ी से! एक कदम भी आगे न ले जाऊँगा। तीन दफा तुमने मूर्ख जैसा व्यवहार किया है। तीन दफा मुझे बुरी तरह बेइज्जत किया है। कहे देता हूँ, मेरी गाड़ी विदेशियों के लिए नहीं है! निकल जाओ अभी।"

"ऐसी बारिश में?" मैं गुस्से में चिल्लाया, "ऐसा कुछ न करूँगा। एक बार भी मैंने आपको बेइज्जत नहीं किया, महाशय, तीन दफा की जाने दो। आपको मालूम है कि मैंने सिवाय इसके कि आपसे घर पहुँचाने का इसरार किया हो और कुछ भी नहीं कहा। कृपया अब आप मुझे घर पहुँचा दीजिए। पीने के लिए खासी बख्शीश दे दूँगा," और भी विनम्र होकर मैंने कहा, "और हम लोग दोस्ताना ढंग से एक-दूसरे से विदा हो जाएँगे।"

बड़ी कठिनाई से उसने मेरी बात पूरी होने तक प्रतीक्षा की। "निकल जाओ!" वह चिल्लाया, "मैं कहता हूँ निकल जाओ। तुमने बहुत बेइज्जत किया है, और तुम्हें निकलना पड़ेगा।"

बारिश पर दृष्टि डालते हुए मैंने कहा, "हरगिज न निकलूँगा।" और वह शांत हो गया, किंतु बड़े अशुभसूचक ढंग से।

"या तो आप मेरी टैक्सी छोड़िए," कुछ ठहरकर उसने और भी कर्कश स्वर में कहा, "या फिर मैं आपको कोतवाली ले जाऊँगा और वहाँ आपसे इस तमाम बेइज्जती का हरजाना तलब करूँगा। चुन लीजिए।"

"ऐसे मौसम में," मैंने उत्तर दिया, "मुझे कुछ भी नहीं चुनना। खुशी से थाने चलो।" और हम लोग थाने जा पहुँचे।

थाना जोकि मेरे घर से थोड़ी ही दूर था, मेरे लिए अपरिचित न था। इससे कम झगड़ेतलब मामलों में, मैं पहले भी कई बार वहाँ जा चुका था। ज्यों ही मैं और टैक्सी ड्राइवर वहाँ साथ-साथ दाखिल हुए, पुलिस अधिकारी ने जो उस सुनसान

कमरे में अपनी मेज से सटकर अफसरी ढंग से बैठा हुआ था, एक परिचित की भाँति मेरा अभिवादन किया।

"नमस्कार महाशय," मुझे नाम से संबोधित करते हुए उसने कहा, "मैं आपकी क्या सेवा कर सकता हूँ? आज्ञा दीजिए।"

किंतु उस बुड्ढे ने जिसके अभिवादन पर पुलिस अधिकारी ने मुश्किल से ही सिर हिलाया था, मुझे बोलने का अवसर ही न दिया।

"मैं हूँ जो कुछ कहना चाहता हूँ।" बुड्ढे ने उच्च स्वर में कहा, "मुझे ही इस विदेशी के विरुद्ध शिकायत करनी है। तीन दफा इसने मुझे बुरी तरह बेइज्जत किया है। तीन दफा, मेरे साथ मूर्ख जैसा व्यवहार किया है, महाशयजी! तीन दफा इसने मुझे बुरी तरह बेइज्जत किया है। मैं न्याय चाहता हूँ, श्रीमानजी।"

पुलिस अधिकारी ने उसे टकटकी लगाकर देखा। पुलिस अफसर का चेहरा एकदम भावशून्य था; मुझे लगा, जैसे उसे भी मेरी ही तरह बुड्ढे की हालत पर आश्चर्य हो रहा हो। फिर मेरी ओर घूमते हुए उसने पूछा कि क्या मैं शपथपूर्वक अपना बयान दूँगा?"

उसने एक कलम उठाया, एक बड़ी सी सादी किताब खोली और जो-जो मैंने कहा, उसे वह बड़ी खूबसूरत लिखावट में हलके हाथ से लिखता गया। ड्राइवर को घर का पता देने की बात, दो गलत मोड़, उसका बरबराना, मेरी सड़क का छूट जाना और अंतिम घटना, सभी को पुलिस अधिकारी ने ऐसे ढंग से लिखा, जिसे फ्रांस के लोग स्पेंसीरियन पद्धति कहते हैं।

एक या दो बार पुलिस अधिकारी ने मुझे बीच ही में, टैक्सी ड्राइवर को डाँटने के लिए, जो साक्षी के विभिन्न स्थलों पर बड़बड़ाने लगा था, टोक दिया। मेरी बात खत्म होने के बाद वह कुछ देर तक कुछ लिखता रहा। बड़े सुंदर और आडंबरपूर्ण ढंग से अपना लेख समाप्त कर उसने अंतिम पंक्ति सुनाई और मुझे धन्यवाद दिया।

फिर वह टैक्सी ड्राइवर की ओर घूम पड़ा। "अब आप कहिए," उसने बड़ी रुखाई से कहा, "तुम भी बयान दे दो, ताकि मैं इस उलझे हुए मामले को तय कर सकूँ।"

किंतु बुड्ढे के पास कहने को कुछ था ही नहीं। "तीन दफा!" केवल इतना ही वह अपनी क्रोधपूर्ण और भारी सी आवाज में कह सका। मेरी तरफ घूरते और पुलिस अधिकारी की ओर हावभाव व्यक्त करते हुए उसने कहना शुरू किया, "तीन बार, महाशय! तीन बार इन्होंने मुझसे मूर्ख जैसा व्यवहार किया है

और तीन बार मुझे बेइज्जत किया है! इस विदेशी से यह सहन नहीं किया जा सकता, महाशय!''

पुलिस अधिकारी ने खीझते हुए अपनी पुस्तक पर दृष्टि डाली, जिसमें ये आरोप ठीक से अंकित थे।

''लेकिन हालात तफसील से बताओ, जब तुम इनके साथ थे, क्या-क्या हुआ? अगर वे बातें जो इन्होंने बताई हैं, ठीक नहीं हैं,'' पुलिस अधिकारी ने मुझ पर क्षमायाचनापूर्ण दृष्टि डालते हुए कहा, ''तो उन्हें ठीक करके बताओ।''

किंतु इस बार पुनः केवल, ''तीन मर्तबा'' ही कह सका और पुलिस अधिकारी ने अपना कलम झटककर रख दिया।

''यह बिल्कुल स्पष्ट है,'' उसने बड़ी दृढतापूर्वक निश्चयात्मक स्वर में मुझसे कहा, ''कि आपको ही इस मामले में कष्ट उठाना पड़ा है। मुझे अपना यह फैसला कि यह बुड्ढा आपको बिना भाड़ा लिये घर तक पहुँचाए, व्यक्त करते हुए प्रसन्नता है। आप कृपा करके मुझे अपने कागजात पर एक नजर डाल लेने दें। इन मामलों में यह कानून जरूरी है! मामला मैं अभी खत्म कर दूँगा। परिचय-पत्र लाइए जरा।''

यह सुनते ही मेरा हृदय लंगर की तरह डूब गया। दिमाग में अध्ययन-कक्ष की मेज और उस पर भूल से पड़ा रह गया परिचय-पत्र उभर आया; परिचय-पत्र, जिसे फ्रांसीसी कानून के अनुसार विदेशियों को हर समय अपने पास रखना चाहिए।

''जोरदार वर्षा के कारण, महाशय, जल्दी में'' मैंने सिर्फ इतना ही कहना मुनासिब समझा,'' मैं उसे घर पर छोड़ आया हूँ, ताकि नमी से वह खराब और शायद बरबाद न हो जाए। सबेरे मैं बाआसानी ला दूँगा, महाशयजी। मैं उम्मीद करता हूँ, इससे आपकी जरूरत पूरी हो जाएगी, जो मैं अनुभव करता हूँ, बड़ी सख्त और आवश्यक है।

किंतु मैं तो अक्षम्य अपराध कर बैठा था और इसी से सारा मामला लौट गया।

''इससे काम न चलेगा।'' पुलिस अधिकारी ने कठोरतापूर्वक कहा और उसका चेहरा वज्र की भाँति कठोर हो गया। ''यह ठीक है कि आप कल सबेरे अपना परिचय-पत्र ले आएँगे, मगर मौजूदा हालात को मद्‌देनजर रखते हुए मैं अपना फैसला बदलने पर मजबूर हो गया हूँ। चूँकि पानी बरस रहा है, मैं इस सज्जन से प्रार्थना करूँगा कि वह आपको आपके दरवाजे तक पहुँचा दे। लेकिन आपके लिए भी यह जरूरी होगा कि आप इसे न सिर्फ शुरू से आखिर तक का किराया दें, बल्कि इस तमाम वक्त का भी पैसा दें, जो यहाँ आने में खराब हुआ है।''

"मेरा खयाल है," उसने बुड्ढे से पूछा, "कि तुम मीटर चलता छोड़ आए हो?"

टैक्सी ड्राइवर ने सिर हिलाया और पुलिस अधिकारी उठ खड़ा हुआ। "तो फिर अलविदा।" उसने बिना मुसकराए कहा, "भूलिएगा नहीं, महाशय। कल सबेरे याद रखिए।" और हम लोग जैसे साथ-साथ गए थे, वैसे ही पुलिस दफ्तर से वापस चले आए।

जिस समय निर्णय बदला गया था, उस समय मैंने उस आरोप लगानेवाले बुड्ढे की आँखों में एक चमक सी आते देखी थी, किंतु उसने अपनी ओर से अपनी विजय का कोई संकेत नहीं दिया। बाद में भी उसने ऐसा ही किया। बिना एक शब्द कहे वह मुझे मेरे घर तक ले गया। घर जाने पर जब मैंने उसे ठीक वही किराया, जो उसने माँगा था, यत्नपूर्वक गिनकर दे दिया तो वह बोला, "महाशय, लगता है काफी बख्शीश देने का वायदा भूल गए और शायद यह भी कि हम लोग दोस्ताना ढंग से एक-दूसरे से विदा लेंगे।"

□

चिपकू

जॉन कोलियर

जॉन कोलियर 1850 में जनमे प्रतिष्ठित ब्रिटिश चित्रकार एवं लेखक थे। वे प्री-राफैलाइट शैली में अपना चित्रण कार्य करने के लिए जाने जाते थे। पच्चीस वर्ष की आयु में म्युनिक अकादमी से चित्रकारी का प्रशिक्षण लिया।

साहित्यिक रचनाएँ : अ प्राइमर ऑफ आर्ट, अ मैनुअल ऑफ ऑइल पेंटिंग (1886), दी आर्ट ऑफ पोर्ट्रे पेंटिंग (1905), दी रिलिजन ऑफ एन आर्टिस्ट (1926)।

बिल्ली के बच्चे की तरह घबराया आस्टिन पैलस्ट्रीट के निकट एक मकान की चरचराती हुई सीढ़ियों पर चढ़ गया। काफी देर तक उस धुँधली सी जगह में कुछ-कुछ खोजता सा रहा कि उसे दरवाजे पर अस्पष्ट सा लिखा वही नाम दिखाई दिया, जिसकी उसे तलाश थी।

जैसा कि उससे कहा गया था, दरवाजा खोलकर वह भीतर गया और स्वयं को उसने एक छोटे से कमरे में पाया। उस कमरे में रसोई की एक सादा मेज और एक झूलेदार कुरसी के अतिरिक्त कोई फर्नीचर न था। पीले रंग की एक गंदी सी दीवार पर कई टाँड़ लगे हुए थे, जिनमें कुल मिलाकर शायद दर्जन भर बोतलें और डिब्बे थे।

झूलेदार कुरसी पर बैठा एक बुड्ढा आदमी अखबार पढ़ रहा था। आस्टिन ने बिना कुछ कहे, उसे वह कार्ड थमा दिया, जो वह अपने साथ लाया था।

"बैठिए, मिस्टर आस्टिन," वृद्ध ने विनम्रतापूर्वक कहा, "आपसे मिलकर बड़ी प्रसन्नता हुई।"

''क्या यह सही है,'' आस्टिन ने प्रश्न किया, ''कि आपके पास कोई ऐसी दवा है, जिसका असर गैरमामूली होता है?''

''प्रिय महोदय,'' वृद्ध ने उत्तर दिया, ''मेरे पास तिजारत का सामान बहुत ज्यादा नहीं है, मैं जुलाब और दाँत निकालने के मिक्शचर का व्यवसाय नहीं करता, किंतु जो भी सामान है वह है अनेक प्रकार का। मेरा खयाल है कि मैं ऐसी चीजें नहीं बेचता, जिनके नतीजों को बिल्कुल साधारण कहा जा सके।''

''जी! बात यह है…'' आस्टिन ने कहना शुरू किया।

''उदाहरण के लिए'' वृद्ध ने आस्टिन की बात पूरी होने से पहले ही टाँड़ पर रखी एक बोतल उठाते हुए कहा, ''इस तरल को ले लीजिए। पानी की तरह इसका कोई रूप-रंग नहीं है; प्रायः स्वादहीन है। मदिरा, दूध, कॉफी या किसी भी पेय में मिला देने पर इसका बिल्कुल पता नहीं चलता। विश्लेषक और चीड़फाड़ के जितने भी ज्ञात तरीके हैं, उनसे भी इसका बिल्कुल पता नहीं चलता।''

''तब क्या आपका मतलब है कि यह जहर है?'' आस्टिन भयातुर हो चिल्लाया।

''चाहो तो इसे दस्ताने साफ करनेवाला तरल कह सकते हो,'' वृद्ध ने उदासीनता से कहा, ''संभव है, दस्ताने साफ हो जाएँ। मैंने कभी आजमाया नहीं। कोई इसे जिंदगी साफ करनेवाला तरल भी कह सकता है। जिंदगी भी तो कभी-कभी सफाई चाहती है।''

''मुझे इस तरह की चीज नहीं चाहिए।'' आस्टिन बोला।

''शायद यह भी ठीक है,'' वृद्ध ने कहा, ''इसकी कीमत जानते हो? चाय के चम्मच भर के लिए, जोकि काफी है, पाँच डॉलर लेता हूँ। पाई भी कम नहीं।''

''मैं आशा करता हूँ, आपके सभी मिक्शचर तो ऐसे कीमती होंगे नहीं।'' आस्टिन ने डरते-डरते कहा।

''अजी नहीं,'' वृद्ध बोला, ''मसलन एक वशीकरण के लिए इतना दाम लेना उचित न होगा। नवयुवकों के पास, जिन्हें इसकी जरूरत होती, शायद ही कभी पाँच हजार डॉलर होते होंगे, वरना तो उन्हें वशीकरण की जरूरत ही न हो।''

''यह सुनकर खुशी हुई।'' आस्टिन बोला।

''मैं ऐसा मानता हूँ,'' वृद्ध बोला, ''कि ग्राहक को एक चीज देकर खुश कर दीजिए। बस फिर जब उसे दूसरी चीज की जरूरत होगी, वह फिर आएगा। चाहे चीज ज्यादा कीमती ही क्यों न हो। और अगर आवश्यक हुआ तो वह इसके लिए पैसे बचाकर रखेगा।''

“तो क्या आप वास्तव में वशीकरण पेय बेचते हैं ?”

“अगर मैं वशीकरण पेय न बेचता,” वृद्ध ने दूसरी बोतल उठाते हुए कहा, “तो मैं आपसे दूसरी बात भी न कहता। सिर्फ तभी, जब कोई दूसरे के साथ नेकी कर सकता है, वह उससे इतने विश्वस्त ढंग से बात कर पाता है।”

“और यह पेय,” आस्टिन बोला, “बिल्कुल यों ही···नहीं···अ···अने···”

“अजी नहीं,” वृद्ध ने सफाई दी, “इसके असर स्थायी हैं—वक्ती लालसा से कहीं ज्यादा। लेकिन उसमें यह भी शामिल है। असर गहरा और लगातार होता है, स्थायी भी।”

“ओ हो!” एक वैज्ञानिक की भाँति निर्लिप्त भाव से आस्टिन बोला, “कितना दिलचस्प है!”

“लेकिन इसके आध्यात्मिक पहलू पर भी तो गौर कीजिए।” वृद्ध ने कहा।

“कर रहा हूँ, यकीन कीजिए।” आस्टिन ने संक्षिप्त सा उत्तर दिया।

“उदासीनता के स्थान पर वे भक्ति की स्थापना करते हैं; तिरस्कार की जगह पूजा की प्राण-प्रतिष्ठा करते हैं।” वृद्ध कहता गया, “इससे इसकी थोड़ी सी मात्रा युवा स्त्री को दे दीजिए—संतरे के शरबत, शोरबे या शराब में इसकी गंध का पता भी नहीं चलेगा। वह चाहे कितनी ही मस्त और चंचल क्यों न हो, एकदम बदल जाएगी। एकांत और आपके सिवा वह कुछ न चाहेगी।”

“इसपर यकीन आना मुश्किल है,” आस्टिन ने प्रतिक्रिया व्यक्त की, “वह मौज और मजलिसों की बेहद शौकीन है।”

“फिर उसे यह सब अच्छा न लगेगा,” वृद्ध ने सफाई दी, “उसे तो आपसे मिलनेवाली खूबसूरत लड़कियों से डर लगने लगेगा।”

“क्यों उसे वास्तव में ईर्ष्या होने लगेगी ?” आस्टिन ने आत्मविभोर हो प्रश्न किया, “मुझसे ?”

“जी हाँ, वह आपकी सबकुछ हो जाना चाहेगी।”

“सो तो वह पहले से है ही। सिर्फ वह इस बात की परवाह नहीं करती।”

“करेगी—उसे पीने के बाद। बेहद करेगी। जीवन में सिर्फ आप ही उसके सर्वस्व होंगे।”

“आश्चर्यजनक!” आस्टिन ने उच्च स्वर में कहा।

“जो कुछ भी आप करते हैं, उसे वह जानना चाहेगी,” वृद्ध बोला, “दिन भर में जो कुछ आप कर गुजरे हैं, उसका एक-एक शब्द। वह जानना चाहेगी कि

आप किस बारे में और क्या सोच रहे हैं; सहसा आप मुसकरा क्यों उठे या आप उदास क्यों हैं?''

''यही है सच्चा प्रेम।'' आस्टिन ने जोर से कहा।

''हूँ,'' वृद्ध कहता गया, ''देखना, कितने यत्न से वह आपकी देखभाल करती है। वह आपको कभी थकने न देगी; प्यासा न बैठने देगी; आपको खाना खिलाने में लापरवाही न करेगी; आपको घर लौटने में अगर घंटे भर की देरी हो जाएगी तो वह भयभीत हो उठेगी। सोचेगी, आप मारे गए या किसी रूपवती ने आपको फाँस लिया।''

''मेरे लिए ऐसी स्त्री की तो कल्पना भी मुश्किल है।'' आस्टिन अत्यधिक प्रसन्न हो चिल्लाया।

''आपको कल्पना से काम न लेना पड़ेगा,'' वृद्ध बोला, ''और लगे हाथों यह भी बता दूँ, चूँकि दुनिया में हमेशा ही हसीन लड़कियाँ होती हैं कि अगर आप बाद में दैवयोग से कभी जरा से फिसल भी जाएँ तो चिंतित न हों। वह आपको क्षमा कर देगी। उसे स्वभावतः क्लेश तो होगा ही, किंतु यदि ऐसा हो तो आपको परेशान होने की कोई जरूरत नहीं है। वह आपको तलाक न देगी। हरगिज नहीं। और सच तो यह है कि वह खुद आपको बेचैन होने का थोड़ा भी मौका न देगी; रंचमात्र भी नहीं।''

''इस आश्चर्यचकित मिक्शचर का दाम क्या है?'' आस्टिन ने सवाल किया।

''यह उतना महँगा नहीं,'' वृद्ध ने उत्तर दिया, ''जिंदगी साफ करनेवाला तरल नहीं। यह है पाँच हजार डॉलर का, कमी एक पाई की नहीं। उस तरह की चीजें लेनेवाले की उम्र आपसे अधिक होनी चाहिए। उसके लिए पैसा जो बचाना पड़ता है।''

''लेकिन वशीकरण पेय के लिए?'' आस्टिन ने अपना प्रश्न दोहराया।

''अरे वह,'' वृद्ध ने अपनी रसोईवाली मेज का खाना खोलकर एक छोटी और भद्दी दिखनेवाली शीशी निकालते हुए कहा, ''इसका दाम तो सिर्फ एक डॉलर है।''

''कह नहीं सकता, मैं आपका कितना कृतज्ञ हूँ!'' आस्टिन ने वृद्ध को शीशी भरते देख कहा।

''दूसरों का भला करना मुझे अच्छा लगता है,'' वृद्ध कहता गया, ''लोग फिर आते हैं—उम्र ढलने पर, जब वे खाते-पीते और अधिक खुशहाल होते हैं और ज्यादा कीमती चीजें चाहते हैं। यह लो, इसे तुम बहुत ही कारगर पाओगे।''

''बहुत-बहुत धन्यवाद,'' आस्टिन बोला, ''चलूँ, नमस्कार!''

''अच्छा, नमस्ते। फिर मिलेंगे!'' वृद्ध ने कहा।

□

भाग्य-नक्षत्र फीबी

ओ. हेनरी

(विलियम सिडनी पोर्टर) का जन्म 11 सितंबर, 1862 को ग्रींसबरो, उत्तर कैरोलिना में हुआ। 16 वर्ष की उम्र में उन्होंने स्कूल छोड़ दिया, पर उनकी पढ़ने-लिखने की लगन नहीं छूटी। 19 वर्ष की अवस्था में वह अपना स्वास्थ्य सुधारने के लिए टेक्सास चले गए। अपने 15 वर्ष के टेक्सास प्रवास में उन्होंने विवाह किया और एक पुत्री के पिता बने।

उनकी 'हृदय परिवर्तन' कहानी के आधार पर खेला गया 'उर्फ जिम्मी वैलंटाइन' नामक नाटक उस समय का सर्वश्रेष्ठ नाटक सिद्ध हुआ। ओ. हेनरी की लेखन कला उनकी दूसरी पुस्तक 'द फोस मिलियन' में निखर उठी, जिससे उन्हें बड़ी लोकप्रियता मिली। 40 वर्ष बाद उनकी 'उपहार' कहानी पर चलचित्र बना। उनकी अन्य कहानियों के कई संकलन प्रकाशित हुए, जैसे 'स्नेह दीप' (1907), 'पश्चिम की आत्मा' (1907), 'शहर की आवाज' (1908), 'भाग्य-चक्र', 'विकल्प' (1909), 'धंधे की बात', 'जीवन-चक्र' (1910)। उनकी मृत्यु के बाद तीन पुस्तकें और छपीं—'सफेदपोश ठग', 'आवारा' और 'भूले-भटके'।

47 वर्ष की छोटी सी आयु में 5 जून, 1910 को उनका देहावसान हो गया।

"आपका जीवन बहुत सी नई घटनाओं और विचित्र अनुभवों से भरा पड़ा है।" कैप्टन मैलोने से मैंने कहा, "क्या आप ऐसा मानते हैं कि सौभाग्य या दुर्भाग्य ने, यदि भाग्य जैसी कोई चीज है, आपके जीवन को इस

सीमा तक प्रभावित किया है कि आप उस प्रभाव को भाग्य की देन मानने लगे हों?"

मैंने यह प्रश्न उस समय किया, जब हम लोग न्यूओरलिएंस में कोंगो स्क्वायर के निकट रूसीलिन के लाल खपरैलवाले कैफे में बैठे थे।

सफेद टोप और अँगूठी पहने गेहुँए वर्णवाले कितने ही साहसिक कप्तान रूसोलिन के कैफे में शराब पीने आते थे। जल-थल की मंजिलें तय करके जब वे यहाँ आते तो अपनी देखी-सुनी घटनाओं को सुनाने में विशेष सावधानी बरतते। इसलिए नहीं कि पुस्तकों में भरे झूठ से वे अधिक आश्चर्यजनक होतीं, वरन् इसलिए कि वे उनसे भिन्न होती थीं। जिस तरह बराती को दहेज और दुल्हा-दुलहन से संबंधित अनेक बातें जानने की जिज्ञासा रहती है, ठीक वैसे ही मैं भी सदा इस फिराक में रहता कि इनमें से कोई आकर मुझे अपनी राम कहानी सुनाए। कैप्टन मैलोने स्पेनी नस्ल का दक्षिण अमेरिकावासी था। धरती का कोना-कोना उसने छान मारा था। आपने अच्छे कपड़े पहने हुए पैंतीस वर्ष के बहुतेरे मनुष्य देखे होंगे। मैलोने उनसे भिन्न था। पर हाँ, उसके चेहरे पर हर प्रकार के मौसम का प्रभाव स्पष्ट झलकता था। उसकी चैन पर हाथी दाँत और सोने का बना पीरू देश का एक पुराना ताबीज अशुभ ग्रहों के प्रभाव को दूर रखने के लिए लटकता रहता था। लेकिन इस बात का उसकी कहानी से कोई संबंध नहीं है।

"आपके प्रश्न का उत्तर," कप्तान ने मुसकराते हुए कहा, "अभागे कर्मी की कहानी होगी। अगर आप उसे सुनना चाहें।"

उत्तर में मैंने मेज पर हाथ पटककर रूसीलिन को बुलाया।

"एक दिन रात को चूपीतुलास स्ट्रीट पर टहलते समय, कैप्टन मैलोने ने कहना शुरू किया, "एक नाटे से आदमी को मैंने लंबे-लंबे डग बढ़ाकर अपनी ओर आते हुए देखा। उसने एक तहखाने के दरवाजे पर पैर रखा और उसी में धँसकर आँखों से ओझल हो गया। नीचे पड़े कोयलों के ढेर से मैंने उसे निकाला। उसने बड़ी फुरती से धूल झाड़ी और लगा बड़बड़ाने, जैसे ग्रामोफोन बोल रहा हो या कोई मरभुखा एक्टर मीरासी का पार्ट अदा करते हुए बददुआएँ सी पढ़ रहा हो। मुझे लगा, जैसे उसके गले में अटकी हुई धूल और कृतज्ञता को साफ करने के लिए किसी पेय की आवश्यकता हो। उसकी यह इच्छा मुझे इतनी हार्दिक जान पड़ी कि मैं उसे पास के एक कैफे लिवा ले गया। वहाँ हमने रद्दी किस्म की शराब और कसैलेपन का मजा लिया।

"मेज की दूसरी तरफ दृष्टि डालकर मैं पहली बार फ्रेंसिस कर्नी को ठीक से देख सका। वह पाँच फीट, सात इंच लंबा था, किंतु सर्व वृक्ष के समान मजबूत।

उसके बाल गहरे लाल थे। मुँह कुछ ऐसे ढंग से फटा हुआ था कि उससे निकलने वाले शब्दों को धाराप्रवाह देखकर आपको आश्चर्य होता। जितनी आँखें मैंने अब तक देखी हैं, उन सबमें उसी की आँखें सबसे अधिक चमकीली, आशा से भरी और बहुत हलके आसमानी रंग की थीं। उसे देखकर मन में तरह-तरह के विचार उठते थे। एक तो यह कि उसकी 'मरता क्या न करता' वाली हालत है। दूसरे यह कि अब उसे और अधिक धकियाना अच्छा नहीं होगा।

"कोस्टारिका तट पर सोना खोजनेवालों के दल में से अभी-अभी आया हूँ," उसने अपना आशय स्पष्ट किया, "केला लादनेवाले एक स्टीमर के उपनाविक ने मुझे बताया था कि वे लोग बालूक तट से दुनिया भर की शराब, कपड़े और गायक खरीदने के लिए काफी मात्रा में सोना निकाल रहे हैं। जिस दिन मैं वहाँ पहुँचा था, 'इनकॉरपोरेटेड जोंस' नाम कंपनी को एक विशेष दृष्टि से सभी धातुएँ निकालने की सरकारी रियायतें मिलीं। यहाँ के अतिरिक्त मुझसे कोई और जगह पसंद करने के लिए कहा गया तो मैंने वह किनारा चुन लिया, जिसकी विशेषता है—ज्वार का प्रकोप। छह सप्ताह तक घास-फूस की झोंपड़ी में पड़ा-पड़ा मैं नीली छिपकलियाँ गिनता रहा। मेरे अच्छा होने पर उन्हें सूचित करने का मुझे आदेश मिला था। क्योंकि वास्तव में वहाँ पेट के बल चलनेवाले अनेक जंतु रहते थे। फिर तीसरे दर्जे का बावरची होकर मैं एक नॉर्वेजियन जहाज पर वापस आ गया, जिसका बायलर फटकर क्वारनटीन से दो मील दूर गिरा। आज रात यह तहखाना भी शायद मुझसे ही फटनेवाला था, तभी तो नदी से यहाँ तक उन निचले बंदरगाहों में मजदूरी करते-कराते मैं जल्दी-जल्दी चला आया। आगे जो कुछ हो, उसके लिए मैं यहाँ हूँ ही। और यह तो चलता ही रहेगा, अपना चोली-दामन का साथ है," विचित्र प्राणी कर्नी बोला, "मेरे उस चमचमाते नक्षत्र की रश्मियों के साथ, जिसका तारों में कोई विशेष महत्त्व नहीं है, इन घटनाओं का क्रम चलता रहेगा।"

"आरंभ में ही कर्नी के व्यक्तित्व से मुझ पर जादू सा हो गया। उसके व्यक्तित्व में मुझे एक साहसी हृदय, अथक परिश्रम की प्रकृति और भाग्य के थपेड़ों से लोहा लेनेवाला बहादुर दिखाई दिया। इन्हीं गुणों के कारण उसके देशवासी जोखिम और खतरों के बीच भी मूल्यवान सहयोगी सिद्ध होते हैं। ठीक उसी समय मुझे ऐसे आदमी की जरूरत भी थी। अगले दिन शक्कर, लकड़ी, लोहा आदि लेकर रवाना होने के लिए पाँच सौ टन का एक जहाज फलवाले की सीढ़ियों के पास लंगर डाले खड़ा था। जिस बंदरगाह के लिए उसे रवाना होना था, वह कहना चाहिए ऐस्परेंडी देश में था। अधिक समय नहीं हुआ, वहाँ की अशांतिमय राजनीति में आज भी

मेरा नाम लिया जाता है। शक्कर और लोहे के नीचे एक हजार विंचेस्टर राइफलें रखी हुई थीं। ऐस्पेरेंडों की राजधानी आगस फ्रायस में वहाँ का जबर्दस्त दिलेर और सबसे सुयोग्य देशभक्त डान रैफेल वल्डेविया, जो कि वहाँ का युद्धमंत्री भी था, मेरे पहुँचने की प्रतीक्षा कर रहा था। इसमें संदेह नहीं कि आपने छोटे-छोटे गणतंत्रों की महत्त्वहीन लड़ाइयों और उथल-पुथल के समाचार मुसकराकर सुन लिये होंगे। बड़े-बड़े राष्ट्रों के बीच होनेवाले युद्ध के धमाकों की तुलना में उनकी लड़ाइयों का शोरगुल नगण्य होता है। किंतु वहाँ की सैनिक वरदियाँ यद्यपि हास्यास्पद लगती हैं, कूटनीति छोटे पैमाने पर चलती है, सेनाओं का एक-दूसरे के विरुद्ध मार्च और दाँवपेंच मूर्खतापूर्ण लगते हैं—वहाँ भी बड़े-बड़े कूटनीतिज्ञ और देशभक्त हैं। डान उन्हीं में से था। उसकी यह महत्त्वाकांक्षा थी कि ऐस्पेरेंडों में शांति, ईमानदारी और संपन्नता हो। दुनिया के बड़े राष्ट्र उसे सम्मान की दृष्टि से देखें, इसलिए औगस फ्रायस में वह मेरी राइफलों की सुरक्षा कर रहा था। लेकिन शायद कोई सोचने लगे कि मैं आपमें से किसी की भरती करने को प्रयत्नशील हूँ। जी नहीं, जिसे चाहता था वह कर्नी है—रद्दी किस्म की शराब पीते समय काफी देर की बातचीत में मैंने उसे यह सब बता दिया था। लहसुन और दूसरे मसालों की गंध, जैसाकि आप जानते हैं, हमारे नगर के इन कैफों की अपनी विशेषता है। मैंने उसे वहाँ के जालिम राष्ट्रपति क्रूज, उनके लालच और लापरवाही भरी सख्तियों से पूरी तरह अवगत करा दिया था। और यह भी बता दिया था कि किस तरह वहाँ की सामान्य जनता क्रूज साहब के अत्याचारों से कुपित रही है। और इस पर कर्नी की आँखों से आँसू बह चले। इन आँसुओं को सुखाने के लिए मैंने उस भारी पुरस्कार का काल्पनिक चित्र दिखाया, जो जालिम को गद्दी से हटाकर योग्य एवं उदार डान के सत्तारूढ़ होने पर हम लोगों को मिलता। कर्नी उछलकर खड़ा हो गया। बंदरगाह के मजदूर जैसी भरपूर शक्ति से उसने मेरा हाथ दबा लिया। कहने लगा, जब तब उस घृणित तानाशाह का प्रिय और अंतिम गुलाम भी पर्वत के सर्वोच्च शिखर से समुद्र में नहीं फेंक दिया जाता, तब तक मैं आपके साथ ही रहूँगा।

मैंने होटलवाले के पैसे चुका दिए और हम लोग वहाँ से चल दिए। दरवाजे के पास लगा हुआ शीशे का शोकेस कर्नी की कोहनी लगने से गिरकर चूर-चूर हो गया। दूकानदार ने जो कीमत माँगी, मैंने अदा कर दी।

''रात को मेरे होटल में चले आना,'' मैंने कर्नी से कहा, ''कल दोपहर को हम लोग जहाज से रवाना होंगे।''

वह राजी हो गया, किंतु फुटपाथ पर चलते समय उसका पैर फिसल गया।

अपने सुपरिचित नीरस लहजे में लगा बड़बड़ाने। उसकी जीभ अब भी कैंची की तरह चल रही थी, जैसे कोयले के तहखाने में मेरे द्वारा उसे बचाते समय।''

''कैप्टन,'' उसने कहा, ''इससे पूर्व कि हम लोग आगे बढ़ें, आपको यह बता देना ईमानदारी से अधिक कुछ भी नहीं है कि बैफिन की खाड़ी से लेकर टीयेरा डेल फ्यूगो तक में अभागा कर्नी कहा जाता हूँ। और मैं ऐसा हूँ भी। जहाँ भी हाथ डालता हूँ, उसके जैसे पर लग जाते हैं, गुब्बारा अवश्य अपवाद है। जब भी बाजी लगाई, तभी हारा, बशर्ते कि छोड़ न दी हो या दूसरे की न दे दी हो। सबमैरीन को छोड़कर, जिस नाव में भी बैठा, वही डूबी। जिस चीज में मैंने दिलचस्पी ली, वही टूक-टूक हो गई, निस्संदेह उस बम के गोले को छोड़कर, जिसका मैंने आविष्कार किया था। जो भी हाथ में लिया, वही धरती में समा गया, हल की नोक को छोड़कर, जिससे मैंने जमीन जोतने का विफल प्रयत्न किया। यही कारण है कि वे मुझे अभागा कहते हैं। सोचा था, आपको बता दूँ।

''दुर्भाग्य या जो कुछ भी कहिए, मानव की समस्याओं को जब तब उलझा सकता है। लेकिन यदि दुर्भाग्य का प्रभाव असाधारण रूप से बढ़ता है तो फिर उसका कोई और ही कारण होना चाहिए।''

''है,'' कर्नी ने बलपूर्वक कहा, ''और जब हम लोग दूसरे मुहल्ले में चलेंगे तो मैं आपको दिखा दूँगा।''

आश्चर्यचकित होकर कैनाल स्ट्रीट की चौड़ी सड़क पर पहुँचने तक मैं उसके अगल-बगल चलता रहा।

सहसा कर्नी ने मेरी बाँह पकड़कर एक चमकीले तारे की ओर उँगली उठाई। क्षितिज से कोई तीस अंश ऊपर वह मुस्तैदी से टिमटिमा रहा था।

''यह रहा शनि ग्रह, उसने कहा, ''जो दुर्भाग्य, अनिष्ट, निराशा, बेकारी और क्लेश का स्वामी है। इसी लग्न में मेरा जन्म हुआ था। जो काम भी करता हूँ, शनि उसी को विफल कर मेरे मार्ग में रोड़े अटका देता है। गगन का सबसे मनहूस ग्रह यही है। लोगों का कहना है कि शनि का व्यास तिहत्तर हजार मील लंबा है। यह ग्रह ठोस नहीं है, वरन् मटन के शोरबे की तरह है। शनि के चारों ओर शायद उतने ही बदनाम और बदकार चक्र हैं, जितने शिकागो शहर में बदमाशों के कुचक्र। अब आप स्वयं ही सोच लीजिए कि जन्म लेने की दृष्टि से यह ग्रह कैसा है?''

मैंने कर्नी से पूछा, ''आखिर उसे यह आश्चर्यजनक जानकारी कहाँ से हुई?''

''क्लीवलैंड ओहियो के बड़े ज्योतिषी अजरथ से,'' उसने कहा, ''इससे पूर्व कि मैं यथास्थान बैठ पाता, उसने शीशे की एक गेंद पर दृष्टि डाली और मुझे

मेरा नाम बताया। मेरे कुछ कहने से पहले ही उसने मेरी जन्म और मृत्यु तिथियाँ बता दीं। और तब उसने मेरी जन्म-कुंडली बनाई। ग्रहों की स्थिति से मुझे ऐसी मानसिक पीड़ा हुई, जैसे सौर जाल में फँस गया होऊँ। आदि से अंत तक कर्नी और उसके सहकर्मी मित्रों के लिए दुर्भाग्य-ही-दुर्भाग्य निकला। इसके लिए मैंने उसे दस डॉलर भेंट किए।'' अजरथ को अफसोस था, किंतु अपने धंधे का भी वह इतना अधिक सम्मान करता था कि किसी की भी ग्रहों की स्थिति अशुभ बता देता। रात का वक्त था। बाहर छज्जे पर ले जाकर उसने मुझे मुफ्त में आकाश का दृश्य दिखाया। और शनि भी। यह भी बताया कि विभिन्न स्थानों और देशांतरों से कैसे उसकी सह स्थिति मालूम होती है।

''किंतु शनि ही सब कुछ न था। वह तो केवल अपनी दुनिया का अफसर मात्र था। वह इतना अधिक दुर्भाग्य प्रसारित करता है कि उसे हाथ बँटाने और दुर्भाग्य प्रसारित करने के लिए नक्षत्रों का एक पूरा दल मिला हुआ है। वे सभी शनि के इर्द-गिर्द घूमते और चक्कर काटते रहते हैं और अपने-अपने क्षेत्र में दहशत बरसाते रहते हैं।''

''शनि के दाईं ओर लगभग आठ इंच की ऊँचाई पर वह भद्दा सा लाल तारा देख रहे हो?'' कर्नी ने मुझसे प्रश्न किया, ''समझे यह है वह। वह फीबी है। उसने मुझे अपने नियंत्रण में ले रखा है। तुम्हारे जन्म से ही है,'' अजरत ने मुझसे कहा था, ''तुम्हारा जीवन शनि की दशा में पड़ गया है। उसी क्षण से तुम्हें फीबी, जो कि शनि का नवाँ उपग्रह है—के नियंत्रण में रहना चाहिए।'' अजरत ने ऐसा बताया।

कर्नी ने आकाश की ओर घूँसा उठाया। ''बुरा हो इसका, अपना काम बड़ी खूबी से निभाया है।'' उसने कहा, ''मेरी कुंडली जब से बनी है, तबसे जैसा कि मैं आपको बता चुका हूँ, दुर्भाग्य की छाया की तरह मेरे पीछे लगा हुआ है, बल्कि उससे भी कई वर्ष पहले से। अब कैप्टन, मैंने आपको अपनी खामी बता दी है, जैसा कि आदमी को चाहिए भी। यदि आपको इस बात का भय है कि कहीं मेरे यह अशुभ ग्रह आपकी योजना पर भी पानी न फेर दें तो फिर मुझे इससे अलग ही रखिए।''

''यथासंभव मैंने कर्नी को पुन: विश्वास दिलाया। मैंने उसे बताया कि इस समय हमें अपने दिमाग से गणित और फलित ज्योतिष दोनों ही निकाल देने चाहिए। उसके पौरुष और उत्साह ने मुझे आकर्षित किया। हमें यह देखना चाहिए कि थोड़ा सा साहस और परिश्रम दुर्भाग्य के विरुद्ध क्या कुछ कर सकता है,'' मैंने कहा, ''कल हम लोग जलयान से ऐस्पेरेंडी रवाना हो जाएँगे।''

मिसीसिपी से पचास मील पार करते ही हमारे स्टीमर का रडार टूट गया। रस्से मँगाकर उसे वापस लाने में तीन दिन खराब हो गए। खाड़ी के नीले पानी में पहुँचते ही लगा जैसे अटलांटिक महासागर के सारे तूफानी बादल इकट्ठे होकर हमारे ऊपर घुमड़ने लगे हों। हमने सोचा कि अब तो शक्कर फेंककर उन चंचल लहरों को मीठा करना पड़ेगा। और लकड़ी तथा शस्त्रास्त्रों को भी मेक्सिको की खाड़ी के तल पर इकट्ठा कर देना होगा।

कर्नी ने इस खतरे के लिए अपनी जन्म-कुंडली को रत्तीभर दोष नहीं दिया। आँधी, बिजली, तूफानों में भी वह डेक के ऊपर खड़ा-खड़ा अपना काला पाइप पीता रहा, जैसे उसे जलता रखने के लिए मेह और समुद्र का पानी तेल का काम दे रहा हो। और उसने काले बादलों की आड़ से आँख मारते हुए उस दुर्भाग्यपूर्ण नक्षत्र को देखकर आकाश की ओर मुक्का उछाला। एक दिन शाम को जब आकाश साफ हो गया तो उसने बड़ी हृदयहीनता से उपहास करते हुए अपने कुत्सित ग्रहस्वामी को बुरा-भला कहा।

"ललमुँही चुड़ैल, क्या तू पहरा दे रही है ? हीयली के कथनानुसार बेचारे कर्नी और उसके मित्रों को परेशान करने पर आमादा है। टिमटिमाए जा भूतनी। तू स्त्री है, क्या नारी नहीं है तू ? दुर्भाग्य लेकर एक आदमी के पीछे सिर्फ इसलिए पड़ गई है कि वह बेचारा उस समय पैदा हुआ था, जब तेरे आका सरबलंदी पर थे। कर दे दिन-रात एक, कानी। डुबो दे जहाज को, चुड़ैल। फीबी, सुनने में उसका नाम भी उतना ही कोमल है, जितना किसी ग्वालिन का। मगर औरत की असलियत आप उसके नाम से नहीं जान सकते। क्यों मेरा नक्षत्र कोई पुरुष न हुआ ? फीबी के लिए मैं वह शब्दावली प्रयोग नहीं कर सकता, जो एक नर के लिए संभव होती। हा, फीबी, फट क्यों नहीं जाती।"

"आठ दिन तक हमारे मार्ग में आँधी, बिजली, तूफान और जलबडेर छाए रहे। साधारणतया ऐस्पेरेंडी पहुँचने में केवल पाँच दिन लगने चाहिए थे। हमारे जवानों ने बड़ी स्पष्टता से इसका दोष अपने सिर ओढ़ लिया था। पर इससे क्या होता है, हमारे लक्ष्य को जो चोट पहुँची, उसमें तो कोई कमी आई नहीं।

आखिरकार एक दिन दोपहर को हम लोग ऐस्कोंडिडी नदी की शांत ऐश्चुअरी थेम जा पहुँचे। आगे के तीन मील धीरे-धीरे पार कर सके। नदी के दोनों ओर के निचले किनारे झाड़-झंखाड़ से ढके हुए थे। और उनके बीच थी—नदी की उथली धार। जहाज का भोंपू बजा और पाँच मिनट के भीतर ही शोरगुल सुनाई दिया। और कारलस, मेरा बहादुर दोस्त कारलस क्विंटाना खुशी से पागल सा होकर अंगूर की

बेलों को चीरता-फाड़ता, अपनी टोपी उछालता दिखाई दिया।

उसका शिविर लगभग सौ गज दूर था, जहाँ ऐस्पेरेंडों के तीन सौ चुने हुए देशभक्त हमारे पहुँचने की प्रतीक्षा कर रहे थे। महीने भर से कारलस उन्हें लड़ाई के तरीके सिखा रहा था और उनमें क्रांति तथा स्वातंत्र्य के भाव भर रहा था।

''मेरे कैप्टन, साथी'' मैलोने कारलस चिल्लाया, जबकि हमारी नौका अभी जहाज से उतारी जा रही थी। उन्हें परेड करते हुए देखना, चक्रव्यूह में, चार-चार की पंक्तियों में अत्यंत उत्कृष्ट लगेंगे। हथियार चलाने में भी। ''किंतु आह, लाठियाँ लेकर। बँदूकें, कप्तान कह दो कि तुम बँदूकें ले आए हो।''

''एक हजार विंचेस्टर, कारलस,'' मैंने उसे संबोधित करते हुए कहा, ''और दो मशीनगन भी।''

''हे ईश्वर!'' टोपी उछालते हुए वह चिल्लाया, ''हम सारी दुनिया पर छा जाएँगे।'' उसी समय कर्नी लड़खड़ाकर स्टीमर से नदी में गिर पड़ा। वह तैर नहीं सकता था, इसलिए जहाज के मुसाफिरों ने रस्सा फेंककर उसे निकाल लिया। मेरी दृष्टि उसकी आँखों पर पड़ी, जिनमें अब भी शांति, दर्द और दुष्ट भाग्य के प्रति निर्भीक जागरूकता चमक रही थी। मैंने मन-ही-मन कहा कि यद्यपि यह ऐसा व्यक्ति हो सकता है, जिससे बचना चाहिए, पर वह ऐसा भी है, जिसकी प्रशंसा होनी चाहिए।

मुख्य नाविक को शस्त्रास्त्र और रसद शीघ्रतापूर्वक उतारने का मैंने आदेश दिया। उन दो मशीनगनों के अतिरिक्त शेष सामान को स्टीमर की नौकाओं से उतारना सरल था। इन्हें उतारने के लिए हम लोग अलग से एक मजूबत और चौड़ी नाव बाँध लाए थे।

इसी बीच कारलस के साथ मैं शिविर में गया और सैनिकों को स्पेनिश भाषा में एक छोटा सा व्याख्यान दिया, जिसे उन्होंने बड़े उत्साह से सुना और तब कारलस के डेरे में पहुँचकर मैंने थोड़ी सी शराब पी और सिगरेट भी वहीं सुलगाई। बाद को टहलते-टहलते हम लोग नदी किनारे यह देखने चले आए कि सामान कैसे उतारा जा रहा है।

हलके हथियार और रसद पहले ही उतारी जा चुकी थी और छोटे-छोटे अफसर उन्हें सिपाहियों की टोलियों से ढुलवाकर शिविर में पहुँचा रहे थे। एक मशीनगन तो सही सलामत उतार ली गई थी। जिस समय हम लोग पहुँचे, उस समय दूसरी उतारी जा रही थी। कर्नी को मैंने जलयान पर तीर की तेजी से दौड़-धूप करते देखा। लगता था, जैसे उसमें दस आदमियों का हौसला हो और अकेले ही पाँच के

बराबर काम कर रहा हो। मेरा खयाल है कि मुझे और कारलस को देखकर उसके उत्साह में एक उबाल सा आ गया। रस्सी का एक सिरा किसी कुंडे में बँधा यों ही लटक रहा था। कर्नी जोर से उछला और उसने रस्सी का सिरा पकड़ लिया। कोई चीज चरमराई और सरसराहट के साथ ही रस्सी से धुआँ निकलने लगा, और मशीनगन बीस फीट गहरे पानी में गिरकर पाँच फीट गहरी कीचड़ में धँस गई।

मैंने उस ओर से आँखें फेर लीं। कारलस को मैंने जोर से चीखते हुए सुना, जैसे कोई असह्य पीड़ा हो, जिसे शब्दों में व्यक्त नहीं किया जा सकता। जहाज के मुसाफिरों की शिकायत भरी बड़बड़ाहट मेरे कानों में पड़ी। मुख्य नाविक टोर्स की अशुभ भविष्यवाणी भी। सचमुच ही वह दृश्य मुझे असह्य जान पड़ा।

रात होने तक शिविर में शांति और व्यवस्था हुई। फौजी कानून अभी पूरी सख्ती के साथ बने नहीं थे और लोग अपनी-अपनी रसोई की आग के पास घिरकर बैठे थे। कहीं बड़े उत्साह से राजधानी पर धावे की संभावनाओं पर गरमागरम मुबाहिसा चल रहा था, तो कहीं जुए की फड़ जमी हुई थी और कहीं लोकगीत ही गूँज रहे थे।

कर्नी मेरे डेरे पर आया। मेरा डेरा मुख्य लेफ्टिनेंट के निकट ही डाला गया था। कर्नी के चेहरे पर अल्हड़पन और मुसकान झलक रही थी। उसकी आँखों में एक ऐसी चमक थी, जिसमें अशुभ ग्रहों के थपेड़ों की कोई छाया न थी, बल्कि उसकी आकृति एक ऐसे बहादुर शहीद जैसी हो रही, जिसे मुसीबतें फैलाने की कोई महान् प्रेरणा मिली हो और जो यातनाओं में ही शान और सम्मान अनुभव करता हो।

''सुनो कैप्टन,'' उसने कहना शुरू किया, ''मेरा अनुमान है कि आप यह अनुभव करते होंगे कि अभागा कर्नी अब तक सही-सलामत है। मशीनगन वाली घटना सचमुच ही लज्जाजनक थी। जरूरत इस बात की थी कि पटरियाँ खाली करने के लिए उसे सिर्फ दो इंच खिसकाया जाता; यही वजह थी कि मैंने रस्से का सिरा पकड़ लिया। भला बताइए, कौन सोच सकता कि सिसैली का वह महामूर्ख नाविक, उसमें सरकफूँद वाली गाँठ लगा बैठेगा। यह न सोचना कि मैं अपनी जिम्मेदारी से बचना चाहता हूँ। कैप्टन, इसे मेरा दुर्भाग्य समझो।''

''ऐसे भी आदमी है, कर्नी,'' मैंने गंभीर होकर कहा, ''जो जीवन भर अपनी भूल और नालायकी के कारण हुई गलतियों को भाग्य के मत्थे मढ़ते रहते हैं। मैं यह नहीं कहता कि तुम भी वैसे ही आदमी हो। किंतु यदि तुम्हारी सभी दुर्घटनाओं का रहस्य उस छोटे से तारे में छिपा है, तब तो जितनी जल्दी हमारे स्कूल और कालेजों में नैतिक ज्योतिष के विभाग खोल दिए जाएँ, उतना ही अच्छा होगा।''

''किसी नक्षत्र का आकार उतना महत्त्वपूर्ण नहीं है,'' कर्नी ने कहा, ''जितना

कि उसका गुण। स्त्रियों की तरह उन पर भी यही बात लागू होती है। यही कारण है कि बड़े-बड़े नक्षत्रों को पुरुषों जैसे नाम दिए गए हैं और छोटों को स्त्रियों जैसे, ताकि उनके द्वारा संपादित कार्यों में एकरूपता लाई जा सके। मान लो कि मेरे नक्षत्र का नाम फीबी न होकर अगामेमनाम या बिलमैकार्थी या इस तरह का कुछ होता। हर बार मुसीबत का बटन दबाकर ये छोकरे जब मुझे दुर्भाग्य की सूचना देते तो मैं भी उन्हें बता देता कि मेरी उनके बारे में क्या राय है। किंतु फीबी के लिए आप वैसे शब्द प्रयोग नहीं कर सकते।''

''उनका मजाक बनाने में तुम्हें खुशी होती है, कर्नी,'' मैंने मुसकराहट दबाए-दबाए कहा, ''लेकिन नदी की कीचड़ में धँसी हुई मशीनगन की कल्पना मेरे लिए मजाक नहीं है।''

''जहाँ तक उसका संबंध है,'' कर्नी ने तुरंत अपनी हास्यमुद्रा बदलते हुए कहा, ''जो कुछ मेरे बस की बात थी, वह मैं पहले ही कर चुका हूँ। कानों में पत्थर उठाने का मुझे कुछ अनुभव था। टोर्स और मैंने पहले ही लोहे के तीन तार बटकर तैयार कर लिये हैं। उनका एक सिरा स्टीमर में और दूसरा किनारे के एक पेड़ में बाँध दिया है। हम लोग मशीनगन को कल दोपहर से पहले पानी से बाहर निकाल लेंगे।''

अभागे कर्नी से बहुत समय तक कोई नाराज नहीं रह सकता था।

''एक बार और,'' मैंने उससे कहा, ''हमें यह भाग्य का प्रश्न छोड़ देना चाहिए। क्या तुम्हें नौसिखिए रंगरूटों की कवायद कराने का कुछ अनुभव है?''

''चिली की सेना में,'' कर्नी ने उत्तर दिया, ''मैं एक वर्ष तक ड्रिल मास्टर और फर्स्ट सार्जेंट रहा हूँ। दूसरे साल आर्टिलरी का कप्तान भी था।''

''तुम्हारी कमान क्या हुई?'' मैंने प्रश्न किया।

''बलमासीडा के प्रति विद्रोह में,'' उसने उत्तर दिया, ''पूरी-की-पूरी काम आ गई। सिर्फ मैं ही बच रहा हूँ।''

''कुछ भी हो, मुझे लगा, जैसे अभागे कर्नी के जीवन का हँसने-हँसानेवाला सुखांत पहलू मेरे सामने आ रहा है। चारपाई पर लेटकर मैं तब तक हँसता रहा, जब तक मेरा अट्टहास जंगल में गूँज नहीं उठा। कर्नी ने खीसें निपोरते हुए कहा, ''मैं आपको बता चुका हूँ कि यह सब कैसे हुआ।''

''कल,'' मैंने कहा, ''सौ आदमी तुम्हारे सुपुर्द कर दिए जाएँगे। तुम उन्हें कवायद और बंदूक की परेड सिखाओगे। तुम्हारा ओहदा लेफ्टिनेंट का होगा। अब ईश्वर के लिए कर्नी,'' मैंने आग्रहपूर्वक कहा, ''अपने अंधविश्वास को खत्म करने

का प्रयत्न करो; यदि वाकई इसमें तुम्हारा विश्वास जम गया हो। दुर्भाग्य को भी तुम मेहमान की तरह समझो, जो वहीं ठहरता है, जहाँ उसकी प्रतीक्षा की जाती है। ग्रह-नक्षत्रों का खयाल छोड़ दो और अब से ऐस्पेरेंडी को अपना सौभाग्य सितारा समझो।''

''धन्यवाद कैप्टन,'' कर्नी ने शांतिपूर्वक कहा, ''मैं इसे जीवन की सफल साधना बनाने का प्रयत्न करूँगा।''

अगले दिन दोपहर से पहले ही जलमग्न मशीनगन निकाल ली गई, जैसा कि कर्नी वचन दे चुका था। फिर कारलस, ओर्टिज और कर्नी ने, जो कि तीनों ही मेरे लेफ्टिनेंट थे, सैनिकों को बँदूकें देकर उनसे लगातार परेड कराई। हम लोगों ने खाली भरी वैसी गोलियाँ नहीं दागीं, क्योंकि सभी तटों में ऐस्पेरेंडी ही सबसे शांत रहता है। और हमारी यह इच्छा न थी कि उस बेईमान हुकूमत को उस समय तक किसी प्रकार की चेतावनी दें, जब तक कि हम जुल्म के पतन और स्वतंत्रता की विजय सूचना लेकर स्वयं वहाँ न पहुँचे।

मध्याह्न में राजधानी आगस फ्रायड से डान का, मेरे नाम एक लिखित संदेश लेकर खच्चर पर सवार एक व्यक्ति आया।

जब कभी उस व्यक्ति का नाम मेरी जुबान पर आता है तो उसकी महानता, सादगी और बुद्धिमत्ता के लिए सम्मानसूचक शब्द स्वतः निकलने लगते हैं। वह काफी घूमा-फिरा था। शासन और जनता का एक विद्यार्थी था। विज्ञान का आचार्य, कवि, वक्ता, नेता, सैनिक, विश्व आंदोलनों का आलोचक और ऐस्पेरेंडी निवासियों के लिए वह भगवान् की मूर्ति था। वर्षों मुझे उसकी मित्रता का गौरव प्राप्त रहा है। मैं ही था, जिसने उसके मस्तिष्क में यह विचार पैदा किया कि उसे अपनी पावन-स्मृति का प्रतीक—एक नया ऐस्पेरेंडी छोड़कर जाना चाहिए। ऐसा देश, जो आतताइयों से मुक्त हो और ऐसी जनता, जिसे बुद्धिमत्ता एवं निष्पक्षतापूर्ण वैधानिक उपायों से सुखी तथा संपन्न बनाया हो। मेरे सुझाव को स्वीकार कर लेने के उपरांत पूरी शक्ति से वह इस महान् कार्य में जुट गया। उसके सभी कार्यों से यही बात झलकती थी। उसके भाग्य की तिजोरियाँ हममें से उन सभी के लिए खुली थीं, जिन्हें गुप्त कार्य सौंपे गए थे। पहले से ही वह इतना लोकप्रिय था कि राष्ट्रपति क्रूज उसे युद्धमंत्री का पद प्रदान करने पर विवश हो गए थे।

समय, डान ने अपने पत्र में लिखा था, 'हो चुका है। सफलता, उसने आशा प्रकट की थी, सुनिश्चित है।' लोगों ने क्रूज कुशासन के विरुद्ध खुलकर विरोध शुरू कर दिया था। यहाँ तक कि रात के समय राजधानी में नागरिकों के दल घूम-घूमकर सार्वजनिक इमारतों पर पत्थर बरसाने लगे थे और अपना असंतोष व्यक्त

कर रहे थे। बोटेनिकल गार्डन में राष्ट्रपति क्रूज की लौह मूर्ति को लोगों ने उसके गले में फंदा डालकर धराशायी कर दिया था। क्रूज को गद्दी से हटाने के लिए मेरा सदलबल हजार राइफलें लेकर पहुँचना और डान का आगे बढ़कर अपने को जनता का त्राता घोषित करना ही शेष था। राजधानी में जमे छह सौ सरकारी सैनिक नाममात्र का मुकाबला करेंगे, देश हमारा होगा। उसने सोचा था कि अब तक मेरा स्टीमर क्विंटियाना के शिविर में पहुँच गया होगा। हमले का उसने 18 जुलाई का सुझाव दिया था। इस तरह डेरे-तंबू उखाड़कर आगस फ्रायस पर चढ़ाई करने के लिए हमें छह दिन का अवकाश था। इस बीच डान से मेरी मित्रता बनी रही। स्वतंत्रता संग्राम में हम दोनों साथी जो थे।

चौदह तारीख को सबेरे हम लोगों ने सागर पार की पहाड़ी की ओर प्रस्थान किया। राजधानी तक साठ मील का रास्ता था। हमारे छोटे-मोटे हथियार और रसद लद्दू खच्चरों पर लदी हुई थी। हर मशीनगन पर बीस-बीस आदमी लगाए गए थे, जो उन्हें निचले मैदानों की दोमट मिट्टी में बड़ी आसानी से लुढ़काते हुए चल रहे थे। हमारे सुसज्जित और तैयार सैनिक चौकन्ने होकर तेजी और हौसले से आगे बढ़ रहे थे। मैं और मेरे तीन लेफ्टिनेंट उस देश के मजबूत पहाड़ी खच्चरों पर सवार थे।

शिविर से एक मील निकलने पर एक लद्दू खच्चर बिदका और सैन्य-दल की पंक्ति से निकल पास की एक झाड़ी में लोटने लगा। चौकन्ने कर्नी ने अपने खच्चर को एड़ लगाई और उस बिगड़ैल को रास्ते में ही रोक लिया। रकाब पर उचकते हुए कर्नी ने एक पैर ढीला किया और उस बिगड़ैल खच्चर को एक करारी ठोकर जमा दी। खच्चर लड़खड़ाया और चट्टान से टकराकर धरती पर गिर पड़ा। हम लोगों के जमा होते ही उसने कर्नी की ओर अपनी सकरुण आँखें फैला दीं और दम तोड़ दिया। यह बुरा हुआ, किंतु हमारी राय में उससे भी बुरी थी वह दुर्घटना, जो इसी के साथ घटी। खच्चर पर लदे भार में सौ पौंड बढ़िया कॉफी भी थी, जो उन गरम देशों में मिलती है। दुर्भाग्य से काफी का बोरा फट गया और वह अमूल्य भूरा पदार्थ दलदली भूमि पर उगे हुए झाड़-झंखाड़ में बिखर गया। ऐस्पेरेंडी निवासी यदि आप उसकी कॉफी ले लें तो उसकी देशभक्ति जाती रहती है और सैनिक की हैसियत से उसका मूल्य पचास प्रतिशत कम हो जाता है। लोग उस मूल्यवान कॉफी को बीनने लग गए। कर्नी को इशारा कर मैं उधर ले गया, जिधर से हम लोग आए थे। इतनी दूर कि लोग हमारी बातचीत न सुन सकें। हद हो चुकी थी।

जेब से बटुआ निकालकर मैंने कुछ नोट निकाले।

"मिस्टर कर्नी," मैंने कहा, "डान का मेरे पास कुछ पैसा है, जिसे मैं उसके

हित में व्यय कर रहा हूँ। मैं नहीं जानता हूँ, इससे बड़ी और क्या सेवा हो सकती है। ये रहे सौ डॉलर। भाग्य हो न हो, हम अब से अलग होते हैं। नक्षत्र ग्रह हों, न हों, मुझे ऐसा लगता है, जैसे मुसीबत तुम्हारे साथ अगल-बगल चल रही है। तुम स्टीमर से लौट जाओ। अमोटपा से लोहा-लकड़ी उतारकर वह न्यू औरलीऐंस वापस जाएगा। यह परचा मुख्य नाविक को दे देना। वह तुम्हें स्टीमर में जगह दे देगा।'' अपनी नोटबुक से पन्ना फाड़कर मैंने उसी पर लिख दिया। वह परचा और नोट मैंने कर्नी को थमा दिए।

अलविदा कहकर मैंने हाथ बढ़ा दिया। ''यह बात नहीं है कि मैं तुमसे नाराज हूँ कर्नी, किंतु हमारे अभियान में, कहना चाहिए कुमारी फीबी के लिए कोई स्थान नहीं है।'' मैंने यह मुसकराते हुए कहा और यह प्रयत्न किया कि मेरी बात अप्रिय न रह जाए; ईश्वर करे तुम्हारा सौभाग्य सितारा चमक उठे, साथी।''

कर्नी ने परचा और रुपया ले लिया।

''जरा छुआया भर था,'' उसने कहा, ''मेरे बूट की जरा सी ठोकर लगी थी, किंतु दुर्भाग्य को क्या करूँ? मैंने अगर पाउडर पफ भी उसकी पसलियों से छुआ दिया होता तो भी कंबख्त मर जाता। मेरा भाग्य है। खैर, कैप्टन, मेरी इच्छा थी कि मैं भी आगस फ्रायस की उस छोटी सी लड़ाई में भाग लेता। आपका यह महान् कार्य सफल हो, हे ईश्वर!''

घूमकर वह लीक-लीक लौट गया। मुड़कर देखा भी नहीं। अभागे खच्चर की काठी और सामान कर्नीवाले टट्टू पर लादकर हम लोग आगे बढ़े।

चार दिन तक हम लोग पहाड़ी और कंदराओं में चलते रहे। बर्फीली नदियाँ पार कीं। पहाड़ की उन चोटियों के चक्कर खाए, जिनकी चोटियाँ लगती थीं कि अब गिरीं, अब गिरीं। चट्टानी पहाड़ियों के डरावने किनारों पर रेंग-रेंगकर चले। चट्टानों के बीच अथाह गहरी दरारों पर झूलते हुए, पुलों पर साँस रोके-रोके घुटनों के बल खिसके।

17 की शाम को हमने आगस फ्रायस से पाँच मील दूर की नंगी पहाड़ियों में एक नदी के किनारे पड़ाव डाला। दिन निकले हमें पुनः चल देना था। आधी रात के करीब, अपने डेरे के बाहर खड़ा मैं ताजी हवा का मजा ले रहा था। स्वच्छाकाश में तारे टिमटिमा रहे थे और उनके कारण तिमिराच्छन्न धरातल से आकाश की अथाह गहराई और उसका वास्तविक रूप साफ दिखाई दे रहा था। आकाश में सबसे अधिक ऊँचाई पर था शनि। और मंद-मंद मुसकराते हुए मैंने उस कुत्सित छोटे लाल तारे को टिमटिमाते देखा, जिसकी गणना शनि के अशुभ चक्रों में होता

है। यही था कर्नी के दुर्भाग्य का विधाता राक्षसी नक्षत्र। तब मेरे विचार पहाड़ियों के पास की उस विजय कल्पना में भटकने लगे। वीरवर डान राष्ट्रों के आकाश में एक नया और चमकदार तारा जड़ने के लिए हमारी प्रतीक्षा कर रहा था।

सहसा मुझे दाहिनी ओर घास में धीमी सरसराहट सुनाई पड़ी। घूमकर देखा तो कर्नी चला आ रहा था। फटेहाल था। ओस से तर हो रहा था और लँगड़ा-लँगड़ाकर चल रहा था। सिर पर टोप न था और एक पैर का जूता भी नदारद। पैर पर घास-फूस लगाकर कपड़ा लपेट रखा था। किंतु जिस ढंग से वह आया, उससे स्पष्ट था कि वह एक ऐसा आदमी है, जो अपनी खूबियों को अच्छी तरह जानता है। इतनी अच्छी तरह जानता है कि उसे बाधाओं और रुकावटों की परवाह नहीं।

''कहिए जनाब?'' उसका चेहरा घूरते हुए मैंने कहा, ''अगर वाकई कोई चीज हम लोगों के पीछे हाथ धोकर पड़ गई है तो मुझे कोई वजह नहीं दिखती कि क्यों आप अब भी हमें तबाह और बरबाद करने में सफल न होंगे।''

''चार पहर चलकर आया हूँ,'' कर्नी ने अपने लँगड़े पैर में बँधी पट्टी से एक पत्थर निकालते हुए कहा, ''इसलिए दुर्भाग्य आपको छुएगा भी नहीं। मैं विवश था कैप्टन; चाहता था कि मैं भी इस अभियान में शरीक होऊँ। रास्ता काफी खराब था, खासतौर पर कमसरियट वाले हिस्से में। निचली जमीन में केले और नारंगियाँ लदी पड़ी हैं। चढ़ाई तो और भी खराब है। लेकिन आपके लोग शिविर की झाड़ियों में बकरे का काफी सारा गोश्त लटका छोड़ आए हैं। ये रहे आपके सौ डॉलर। अब मंजिल बहुत करीब आ गई है। कैप्टन कल की मारकाट में मुझे भी शामिल कर लीजिए।''

''अब अपनी योजना का लाखवाँ अंश भी मैं खराब नहीं होने दूँगा,'' मैंने कहा, ''चाहे अशुभ ग्रहों के कारण हो, चाहे अदना आदमियों की भयंकर भूलों के कारण। किंतु सामने आसग फ्रायस है। यहाँ से सिर्फ पाँच मील दूर। सड़क साफ है। मेरा निश्चय है कि यदि शनि और उसके संघी साथी मिलकर भी हमारी सफलता को हानि पहुँचाने का प्रयत्न करेंगे तो उनकी भी परवाह न करूँगा। किसी तरह मैं तुम जैसे बढ़िया सिपाही और थके मुसाफिर को रात में यहाँ से तो न लौटाऊँगा, लेफ्टिनेंट कर्नी। सबसे तेज आग के पास ओर्टिज का डेरा है। उसे बुला लेना। खाने, कंबल और कपड़ों के लिए कह देना। दिन निकलते ही हम लोग पुनः चल पड़ेंगे।''

कर्नी ने भावमग्न होकर मुझे संक्षिप्त सा धन्यवाद दिया और वहाँ से खिसक गया।

वह मुश्किल से दस-बारह कदम ही पहुँचा होगा कि सहसा हमारे इर्दगिर्द की

पहाड़ियाँ किसी तेज रोशनी से चमक उठीं। सरसराहट की बढ़ती हुई आवाज मेरे कानों में गूँज उठी। दूर पर बिजली जैसी कड़की। प्रतिक्षण यह आवाज बढ़ रही थी। इस भयानक गर्जन के अंत में एक विस्फोट हुआ। ऐसा लगा मानो पहाड़ियाँ किसी भूडोल से काँप रही हैं। रोशनी भभककर इतनी भयंकर हो गई कि मैंने घबराकर आँखों पर हाथ रख लिये। मुझे लगा, जैसे दुनिया का अंत निकट आ गया हो। समझ में नहीं आया कि ऐसी क्या प्राकृतिक घटना हो सकती है, जिससे यह स्पष्ट हो सके। दिमाग चकरा उठा। कानों को बहरा कर देनेवाला यह विस्फोट शीघ्र ही एक चलती-फिरती गरज में बदल गया, जो आरंभ में भी सुनाई पड़ी थी। शिविरों से निकलकर भयभीत सैनिकों की चीख-पुकार सुनाई दी। इसी बीच उन्हें भयातुर होकर इधर-उधर भागते हुए देखा। कर्नी को भी जोर-जोर से चिल्लाते सुना। कह रहा था, "इसका दोष भी लोग मेरे सिर मढ़ेंगे। मुझे क्या मालूम कि आखिर यह मुसीबत है क्या। कर्नी इसका उत्तर नहीं दे सकता।"

मैंने आँखें खोलीं। पहाड़ियाँ अब भी अंधकार में डूबी और कठोरता थीं। इसलिए न ये भूडोल था, न ज्वालामुखी का विस्फोट। आकाश पर दृष्टि डालते ही मुझे पुच्छल तारे जैसी कोई चीज दिखाई पड़ी, जो पश्चिम की ओर बढ़ रही थी। आग की यह चमक प्रतिक्षण छोटी और धूमिल होती जा रही थी।

"तारा टूटा है," मैंने चीखते हुए कहा, "अब कोई खतरा नहीं।"

और तब कर्नी पूरे जोर से चिल्लाया। उसकी आवाज के आगे सारा शोरगुल धीमा पड़ गया। पंजों पर खड़े होकर उसने आकाश की ओर दोनों हाथ उठा दिए।

"फीबी खत्म हो गई है।" फेफड़ों की भरपूर शक्ति से वह चिल्लाया, "वह फट गई। गई जहन्नुम में। देख कैप्टन, वह लाल सिरवाला कुत्सित तारा चकनाचूर हो गया। उसे भी पता चल गया कि कर्नी को हाथ लगाना कितना कठिन है। अपने कमीनेपन से फूल-फूलकर कुप्पा हो रही थी। यहाँ तक कि उसका 'बायलर' ही फट गया। कर्नी अब अभागा नहीं है। हमें खुश होना चाहिए।"

हंपटी डंपटी चढ़े दिवाल,
हंपटी फूटा खेल समाप्त।

आश्चर्यचकित होकर मैंने आसमान पर दृष्टि डाली और कर्नी के बजाय शनि को देखने लगा। किंतु शनि के निकट टिमटिमानेवाला वह छोटा सा लाल तारा, जिसे कर्नी अपना दुर्भाग्य नक्षत्र बताता था, गायब हो चुका था। मैंने उसे देखा था, आध घंटे पहले; इसमें कोई संदेह नहीं रह गया था कि प्रकृति की उस घटना ने उस नक्षत्र का आकाश से सफाया कर दिया था।

मैंने कर्नी की पीठ थपथपाई।

"भले आदमी," मैंने कहा, "चल, तेरा रास्ता तो साफ हुआ। लगता है, जैसे ज्योतिष भी तुझे वशीभूत करने में विफल हुई है। अब तेरी जन्मपत्री नए सिरे से बननी चाहिए। उसमें साहस और वफादारी को नक्षत्रों का ग्रहस्वामी बनाना चाहिए। तेरी जीत की कामना करता हूँ। अच्छा अब डेरे में तशरीफ ले जाइए और उन्मुक्त रहिए। दिन निकलने का ध्यान रखना।"

18 जुलाई को सबेरे 9 बजे मैं कर्नी को साथ लेकर आगस फ्रायस रवाना हुआ। साफ-सुथरे सूती सूट, सैनिक मुद्रा और अपनी पैनी दृष्टि के कारण वह ऐसा लग रहा था, जैसे वह किसी लड़ाकू अभियान के सदस्य का मूर्तरूप हो। मैंने उस समय की कल्पना की, जब तनतंत्र का नया पौधा फलने लगेगा और कर्नी राष्ट्रपति डान के अंगरक्षक का सेनापति बनकर इसी शान से चलेगा।

कारलस सेना और रसद लिये पीछे आ रहा था। शहर के बाहर उसे एक जंगल में रुकना था। उस समय तक उसे वहीं छिपे रहना था, जब तक आगे बढ़ने का आदेश न मिले।

शहर के उस पार डान की कोठी थी। मैं और कर्नी काले अंका होते हुए उसी ओर चले जा रहे थे। ऐस्पेरेंडी विश्वविद्यालय का शानदार भवन पार करते ही एक खुली खिड़की से झाँकते हुए हर्रगोबिज के गंजे सिर और चमकदार चश्मे पर मेरी दृष्टि गई। वे विश्वविद्यालय के भौतिकशास्त्र विभाग के प्राध्यापक थे। डान और मेरे मित्र तथा उस महान् लक्ष्य के समर्थक भी। बेतकल्लुफी से हाथ हिलाते हुए वे मुसकरा उठे।

आगस फ्रायस में कोई खास चहल-पहल न थी। लोग हमेशा की तरह बेफिक्री से आ-जा रहे थे; खुले सिरवाली औरतों की भीड़ साग-सब्जी और दूसरी चीजें खरीद रही थी। जलपान-ग्रहों में हमें चहल-पहल और वेणु के स्वर साफ सुनाई दिए। हम समझ गए कि हमारी प्रतीक्षा में डान ने यह जाल बिछाया है।

उसकी कोठी बहुत लंबी-चौड़ी थी, किंतु थी नीची। भवन के बाहर बहुत बड़ा सहन था, जो अनेक प्रकार के सुंदर वृक्षों और झाड़ियों से आच्छादित था। दरवाजे पर खड़ी थी एक वृद्धा। उसी ने आकर हमें बताया कि डान अभी नहीं जागे।

"उनसे कहना," मैंने कहा, "कैप्टन मैलीने और एक मित्र उनसे अभी मिलना चाहते हैं। शायद लंबी तान गए।"

भयभीत सी वह लौट आई।

"मैंने आवाज दी," उसने कहा, "कई बार उनकी घंटी भी बजाई, लेकिन

उन्होंने कोई जवाब नहीं दिया।''

मुझे उनका शयनकक्ष मालूम था। कर्नी और मैं वृद्धा से बचकर उधर ही लपक गए। पतले से दरवाजे में कंधा भिड़ाकर मैंने उसे खोल लिया।

आरामकुरसी पर डान आँखें बंद किए बैठे थे। सामने मेज पर नक्शे और किताबें पड़ी थीं। मैंने उनका हाथ छुआ। किंतु वह तो कई घंटे पहले मर चुके थे। कान से थोड़ा ऊपर उनके सिर में एक घाव था, जो शायद किसी गहरी चोट से हो गया था। रक्त-प्रवाह बहुत पहले ही थम चुका था।

वृद्धा से कहकर मैंने एक स्पेनी छोकरा बुलाया। हरवर्गीविज को जल्दी से लिवा लाने के लिए मैंने उसे रवाना कर दिया।

शीघ्र ही वे भी आ गए और हम लोग डान के इर्द-गिर्द घिरकर ऐसे खड़े हो गए, जैसे इस भयंकर पल में वे चेतना शून्य हो गए हों। इस तरह एक व्यक्ति की नसों का कुछ खून बह जाने से राष्ट्र-जीवन शून्य हो जाता है।

कुछ क्षण बीतने पर हरवर्गीविज ने झुककर मेज के नीचे पड़ी नारंगी जितना बड़ा एक पत्थर उठाया। बड़े गौर से वे उसे अपने विज्ञान-चक्षुओं से देखते रहे।

''टुकड़ा है,'' उन्होंने कहा, ''टूटे तारे का। पिछली रात शहर पर जितने विचित्र ढंग का तारा टूटा था, वैसा पिछले बीस बरस में नहीं देखा गया।''

प्रोफेसर ने तुरंत छत पर दृष्टि डाली। डान की कुरसी के ठीक ऊपर नारंगी के बराबर के सूराख से हमें नीलाकाश दिखाई दिया।

फिर एक सुपरिचित सी आवाज मेरे कानों में गूँज पड़ी और सिर चकराने लगा। कर्नी फर्श पर गिर पड़ा और अपने दुर्भाग्य नक्षत्र को खरी-खोटी सुनाने लगा। ऐसी गालियाँ, जिनमें रक्त नसों में ही जम जाए।

निस्संदेह फीबी मादा थी। हमेशा के लिए मिटने और नष्ट होने तक में जीत उसी की हुई।

कैप्टन मैलोने वर्णन करने में अदक्ष नहीं था। वह जानता था, कहानी कहाँ खत्म होनी चाहिए। मैं बैठा कहानी के अंत पर मुग्ध हो रहा था कि उसने कहानी का क्रम फिर से चालू करके मेरी तंद्रा भंग कर दी।

''वास्तव में,'' उसने कहा, ''हमारी योजनाएँ समाप्त हो गईं। डान की जगह लेनेवाला कोई न था। हमारी सेना ठीक वैसे ही छिन्न-भिन्न हो गई, जैसे सूर्योदय से पूर्व ओस की छोटी-छोटी बूँदें।''

एक दिन बाद मैं न्यूओरलीएंस लौट आया। और टुलेन विश्वविद्यालय के एक प्रोफेसर मित्र को मैंने सारी कथा कह सुनाई।

कथा समाप्त होते ही वह हँसा और पूछ बैठा कि उसके बाद कर्नी के भाग्य के बारे में मुझे कुछ जानकारी है ? मैंने कहा, "नहीं," उसके बाद मैंने उसे कभी नहीं देखा, किंतु मुझसे विदा होते समय उसने यह विश्वास प्रकट किया था कि भविष्य में वह सफल होगा, क्योंकि उसका बुरा ग्रह नष्ट हो चुका है।

"निस्संदेह," प्रोफेसर बोला, "अच्छा है। वह एक बात न जानने के कारण अधिक प्रसन्न है। यदि शनि की नवीं संगिनी फीबी उसके दुर्भाग्य का कारण है, तो वह ईर्षालु अब भी उसके जीवन पर दाँत लगाए है। शनि के निकटवाले नक्षत्र को ग्रह स्थिति के कारण वह फीबी समझता था। शायद अलग-अलग वक्त में उसने शनि के निकटवर्ती विभिन्न तारों को वही कुत्सित नक्षत्र समझा है। असल फीबी नक्षत्र को तो किसी अच्छे दुरबीन से ही देखा जा सकता है।"

लगभग एक साल बाद। कैप्टन मैलीने ने बताना शुरू किया, "पीयड्रास मंडी से गुजरनेवाली एक गली को मैं पार कर रहा था। एक बड़ी मोटी स्त्री ने, जिसके मुँह की रंगत गुलाबी और वस्त्र काली सैटिन के थे, सड़क पटरी को अपने लहीम-शहीम शरीर से घेरकर मुझे धक्का सा दिया। उसके पीछे एक मरियल सा आदमी साग-सब्जी और दूसरे सामान से लदा चला आ रहा था।

कर्नी था, किंतु बदला हुआ। मैंने रुककर उससे हाथ मिलाया। बेचारे की पूरी बाँह लहसुन, कालीमिर्च भरे थैलों से लदी हुई थी।

"कहो साथी, भाग्य के क्या हाल-चाल हैं ?" मैंने प्रश्न किया। मैं यही चाहता था कि उसे फीबी की असलियत बताऊँ।

"सुनिए," उसने उत्तर दिया, "मेरी शादी हो गई है, जैसा कि आप अनुमान लगा सकते हैं।"

"कर्नी," भीमकाय महिला ने गंभीर स्वर में कहा, "सड़क पर खड़े दिनभर बातें ही करते रहोगे क्या ?"

"आ रहा हूँ, फीबी प्रिये," कर्नी ने कहा और लपककर तेजी से उसके पीछे हो लिया।

कैप्टन मैलीने फिर चुप हो गया।

"फिर भी, क्या तुम भाग्य में विश्वास करते हो ?" मैंने प्रश्न किया।

"अरे आप ?" कहकर वह अर्थपूर्ण ढंग से मुसकराया।

□

आखिरी पत्ती

—ओ. हेनरी

वाशिंगटन स्वेक्यर के पश्चिमी भाग में छोटी-छोटी गलियाँ पगलों की तरह पैर फैलाए हुए हैं। फटे वस्त्र की धज्जियों की भाँति वे और भी तंग और टेढ़ी-मेढ़ी हो गई हैं। अमेरिकी लोग इन्हें 'प्लेसेज' कहते हैं। इन प्लेसेज में यत्र-तत्र बड़े विचित्र घुमाव होते हैं। किसी समय एक कलाकार को यहीं एक बड़ी लाभदायक सूझ हाथ लगी थी। मान लीजिए, कोई एजेंट उधार बेचे रंग, कागज और कैनवास के पैसे उगाहने के लिए इधर आ टपके और इन गलियों के चक्कर खाता, अनजान ही यदि वह जहाँ से चला था, वहीं आ पहुँचे और तब सोचे कि उधार का पैसा तो एक भी नहीं मिला।

अस्तु पुराने ग्रीनविच गाँव की इसी विशेषता से आकर्षित होकर अनेक कलाकार इधर आ गए। किसी को उत्तर दिशा में खिड़कीवाले मकान की तलाश थी तो कोई अठारहवीं सदी के चोटीदार क्वार्टर के लिए धूल छान रहा था और कोई डच फैशन की अट्टालिका के लिए ही। किराया सभी कम चाहते थे। खैर, उन्होंने सिक्स्थ एवेन्यू से थोड़े-बहुत बरतन-भाँड़े मँगा लिये और उनकी अपनी बस्ती बस गई।

एक तिमंजिले के ऊपरी भाग में सू और जोंसी का स्टूडियो था। जोंसी का असल नाम था—जोना; किंतु स्नेहवश बोलचाल में वह कहलाती थी 'जोंसी'। इन दोनों में से एक तो थी मैन की और दूसरी कैलीफोर्निया की। पहली बार एट्थ स्ट्रीट के एक होटल में उनकी भेंट हुई थी और वहीं उन्हें यह अनुभव हुआ कि उनकी रुचि में गहरी समानता है। कला-क्षेत्र से लेकर खान-पान और पहनाव-उढ़ाव, सभी में ऐसी एकता, जिसके कारण उनका मिला-जुला स्टूडियो बना।

यह मई की घटना है। नवंबर में एक ठंडा और अदृश्य नवागंतुक आया। डॉक्टरों ने उसे निमोनिया की संज्ञा दी, दबे पाँव उसने बस्ती में प्रवेश किया। जहाँ-तहाँ उसने लोगों को अपनी बर्फीली उँगलियों से छुआ। पूर्वी भाग में उस विनाशी ने साहसपूर्वक लंबे-लंबे पग बढ़ाए और बीसियों को अपना शिकार बना लिया। किंतु प्लेसेज की काई भरी तंग गलियों को उसने धीरे-धीरे रौंदा।

मिस्टर निमोनिया, समझिए, कोई साहसी सज्जन तो थे नहीं। भला बताइए एक दीन-हीन स्त्री कैलीफोर्निया की ठंडी हवा से जिसका रक्त पतला हो चुका था, क्या उस बदमाश के खूनी पंजे के उपयुक्त थी। अपनी लौह चारपाई पर पड़ी-पड़ी वह डच फैशन की छोटी खिड़की के शीशों से पड़ोस के मकान की सूनी दीवार को देखा करती।

एक दिन सबेरे व्यस्त डॉक्टर ने अपनी भूरी और कुंतल भौंहों के संकेत से सू को बुलाया। "कहना चाहिए रुपए में दो आने उम्मीद है", थर्मामीटर का पारा गिराते हुए उसने कहा और वह भी तब, जब उसे स्वयं जीने की इच्छा हो। लोग जब ताबूत बनानेवाले के पक्ष में कतार बनाने लग जाते हैं, तब तो हमारी चिकित्सा-प्रणाली निरी मूर्खता भर रह जाती है। तुम्हारी उस छोकरी ने तो चंगी न होने का निश्चय कर लिया है। क्या वह कुछ चाहती है ? जी हाँ, चाहती तो थी, किसी दिन नैपिल की खाड़ी का चित्र बनाती। सू बोली, "चित्र! मरी कहीं की! अरे दुबारा ध्यान देने योग्य भी कोई चीज उसके दिमाग में है ? उदाहरण के लिए इनसान को ही ले लो।"

"आदमी!" सू ने आश्चर्य से कहा, "क्या इनसान इस योग्य है; किंतु नहीं डॉक्टर इस तरह की तो कोई बात नहीं है।"

"अच्छा तब तो यह कमजोरी है।" डॉक्टर ने कहा, "चिकित्सा के द्वारा जो कुछ मैं कर सकता हूँ, उसके लिए भरसक प्रयत्न करूँगा। किंतु मेरा मरीज ही जब अपनी शवयात्रा का मानसिक चित्र खींचने लग जाता है, तब मैं भी औषधियों की निरोगकारी शक्ति से पचास प्रतिशत संभावनाएँ कम कर लेता हूँ। लेकिन यदि हाँ, तुम ऐसा प्रयत्न करो कि वह शरदकालीन वस्त्रों के फैशन पूछने लग जाए, तब मैं रुपए में एक आने के बजाय दो आने स्वास्थ्य लाभ का विश्वास दिला सकता हूँ।"

डॉक्टर के चले जाने पर सू अपने कार्यालय में जाकर खूब रोई। इतनी कि उसका जापानी रूमाल आँसुओं से तर हो गया। फिर हाथ से ड्राइंग-बोर्ड लिये बड़े आत्मविश्वास से वह जोंसी के कमरे में गई। उसकी चाल में एक अजीब मस्ती थी और वह लापरवाही से सीटी बजाती जा रही थी।

जोंसी खिड़की की ओर मुँह किए निस्पंद पड़ी थी। यह सोचकर कि वह सो गई है, सू ने सीटी बजाना बंद कर दिया।

बोर्ड ठीक करने के उपरांत उसने किसी पत्रिका की कहानी के लिए रेखाचित्र बनाना आरंभ किया। नौसिखिए लेखक, जो पत्रिकाओं के लिए कहानियाँ लिखकर साहित्य-जगत् में पथ-निर्माण करते हैं, नए कलाकार उन्हीं कहानियों के लिए चित्र बनाकर चित्र-जगत् में।

सू घुड़सवारी के एक प्रदर्शन का चित्रण कर रही थी। उसकी तूलिका नायक के लिए चश्मा, ब्रीचेज और ग्वाला अंकित करने में व्यस्त थी। तभी उसने एक धीमी सी आवाज सुनी। बार-बार वही शब्द। तत्काल ही वह चारपाई के निकट जा पहुँची।

जोंसी की आँखें पूरी खुली थीं। खिड़की के बाहर टकटकी लगाए वह उलटी गिनती गिन रही थी।

बारह उसने कहा, कुछ देर बाद ग्यारह और तब एक साथ ही दस, नौ, आठ, सात। सू ने बड़ी व्यग्रता से खिड़की के बाहर दृष्टि दौड़ाई और यह जानने का प्रयत्न किया कि आखिर वह क्या है, जिसे यह गिन रही है। किंतु वहाँ निर्जन सहन के अतिरिक्त कुछ भी न था। पड़ोस के मकान की पिछली दीवार भी 20 फीट दूर थी। एक पुरानी आयवी बेल थी। जड़ के पास गठीली और घुनी सी। दीवाल की आधी ऊँचाई तक वह चढ़ी हुई थी। शिशिर के ठंडे श्वासों ने पत्तियाँ गिरा दी थीं। लता का ढाँचा भर रह गया था। उसकी नंगी सी शाखाएँ गिरती दीवार की ईंटों से चिपकी हुई थीं।

"क्या बात है सखी?" सू ने प्रश्न किया।

"छह," जोंसी ने धीरे से कहा, "वे अब और भी तेजी से गिर रही हैं। तीन दिन पहले सौ के लगभग थीं। गिनते-गिनते सिर में दर्द हो गया। किंतु अब आसान है। एक और गिरी केवल पाँच रह गईं।"

"पाँच क्या, प्रिये? बताओ न अपनी सूडी को।"

"पत्तियाँ : आयवी बेल की। जब आखिरी पत्ती झड़ जाएगी, तब मैं चिरविदा ले जाऊँगी, तीन दिन से मुझे ऐसा ही लग रहा है। क्या डॉक्टर ने तुम्हें नहीं बताया है?"

"ओह नहीं! मैंने ऐसी मूर्खतापूर्ण बात कभी नहीं सुनी है।" सू ने गंभीर मजाक के लहजे में कहा, "आवयी लता की इन पुरानी पत्तियों का तुम्हारे स्वास्थ्य-लाभ से क्या वास्ता और तुझे यह बेल प्रिय है। नटखट, पगली न बन, क्योंकि डॉक्टर ने आज सबेरे ही बताया था कि अब तेरे स्वस्थ हो जाने की संभावना प्राय:

निश्चित सी है। जो कुछ उसने कहा था, उसे समझ। उसने कहा था, रुपए में चार आने उम्मीद है। न्यूयॉर्क में मोटर की सवारी करते हुए या किसी नई इमारत के निकट से निकलते समय भी हमें जीवन की इतनी ही आशा रहती है, समझी! अब थोड़ा सा शोरवा लेने का प्रयत्न कर। सूडी को आज्ञा दो, ताकि वह रेखाचित्र पूरा कर संपादक के हाथ बेच आवे और उन पैसों से अपनी बीमार बच्ची के लिए पुर्तगाली मदिरा और अपने लिए थोड़े से कबाब खरीद सके।''

''अब और मदिरा लाने की कोई जरूरत नहीं,'' जोंसी ने खिड़की पर आँखें गड़ाए-गड़ाए कहा, ''एक और गिरी। नहीं, मुझे अब शोरवा न चाहिए। ठीक चार बची हैं। मैं चाहती हूँ अँधेरा होने तक मैं आखिरी पत्ती भी झड़ती देख पाऊँ। फिर मैं भी चली जाऊँगी।''

''जोंसी प्रिये,'' उसकी ओर घूरते हुए सू ने कहा, ''वायदा करो कि तुम आँखें बंद किए रहोगी। खिड़की की ओर तब तक न देखोगी, जब तक मैं काम खत्म न कर लूँ। कल तक यह चित्र मुझे देना है। मुझे प्रकाश चाहिए या फिर परदा गिरा दूँगी।''

''दूसरे कमरे में न बना लोगी?'' जोंसी ने खिन्न होकर कहा।

''उससे तो मैं यहीं रहना पसंद करती हूँ,'' सू बोली, ''इसके अलावा मैं नहीं चाहती कि तुम आयवी पत्तियों को देखती रहो।''

''जैसे ही काम पूरा हो जाए, मुझे बता देना।'' आँखें बंद कर गिरी हुई पत्ती को देख निश्चल और श्वेत जोंसी ने कहा, ''क्योंकि मैं आखिरी पत्ती को गिरते देखना चाहती हूँ। प्रतीक्षा करते-करते थक गई हूँ। सोचते-सोचते जी ऊब गया। मैं चाहती हूँ कि मोह-ममता और स्वामित्व के सभी बंधन ढीले कर लूँ और किसी थकी-माँदी क्षुद्र पत्ती की तरह हवा की लहरों पर तैरकर मिट्टी में मिल जाऊँ।''

''सोने का प्रयत्न करो,'' सू ने कहा, ''उस दीन-दुखिया बूढ़े मजदूर को चित्रित करने से पहले बेरमैन को बुला दूँ। वही तो मेरा मॉडल है। एक मिनट भी न लगेगा। जब तक मैं लौट न आऊँ हिलने-डुलने का प्रयत्न न करना।''

बूढ़ा बेरमैन भी एक चित्रकार था। इसी मकान की सबसे निचली मंजिल में वह भी रहता था। साठ पार कर चुका था। माइकल एंजिलो द्वारा बनाए चित्र, मूसा के पौराणिक चित्र में जैसी दाढ़ी अंकित है, वैसी ही बेरमैन ने भी रख छोड़ी थी। कला के क्षेत्र में बेरमैन असफल ही रहा। चालीस वर्ष की सतत साधना के उपरांत भी उसकी तूलिका-कला की देवी के चरण छू न सकी। हमेशा ही जीवन की सर्वश्रेष्ठ कृति अंकित करने की घड़ी उसे निकट जान पड़ती। किंतु अब तक उस कृति की रूपरेखा भी आरंभ न हुई थी। वर्षों तक विज्ञापन और व्यापार की

दिशा में आड़ी-तिरछी कूची फेरने के अतिरिक्त वह कुछ भी न कर सका था। बस्ती के उन नौसिखिए कलाकारों से, जो किसी पेशेवर का भार वहन नहीं कर सकते थे, बेरमैन उनके लिए मॉडल बनाकर ही थोड़े-बहुत पैसे कमा लिया करता था। जमकर ठर्रा ढालता। पर बात फिर भी अपनी भावी सर्वश्रेष्ठ कृति की करता। बाकी तो वह काफी बुड्ढा था। किसी में भी कोमलता का आभास मिलते ही मुँह बनाना उसका स्वभाव बन गया था। बेरमैन अपने को उस शिकारी कुत्ते की तरह समझता था, जिसे खासतौर पर ऊपर के स्टूडियो को इन दोनों कलाकार तरुणियों की रक्षा के लिए ही तैनात किया गया हो।

नीचे की कोठरी के धूमिल प्रकाश से सू को बेरमैन के शरीर में जुपीटर बेरी की तीव्र गंध लगी। कोने में रखे एक स्टैंड पर कोरा कैनवास टिका था। विगत के पच्चीस वर्षों से वह कैनवास ऐसे ही पड़ा-पड़ा बेरमैन की सर्वश्रेष्ठ कृति की पहली रेखा अंकित होने की प्रतीक्षा कर रहा था। सू ने उसे जोंसी की आकांक्षा से अवगत कराया और यह भी बताया कि उसे डर है, जोंसी जो स्वयं भी पत्ती की तरह नाजुक है—कहीं दुनिया से जीवन-सूत्र अधिक क्षीण होते ही सदा के लिए झड़ न जाए।

अंगारे जैसी लाल आँखों से आँसू बहाते हुए वृद्ध बेरमैन इस मूर्खतापूर्ण कल्पना पर घृणा और उपहास से चीख पड़ा।

"क्या?" वह चिल्लाया, "दुनिया में ऐसे मूर्ख भी हैं, जो इसलिए मरना चाहते हैं कि बेल से पत्तियाँ झड़ जाती हैं। नहीं, मैंने ऐसा कभी नहीं सुना। नहीं, मैं तुम्हारे लिए मूर्ख मजदूर का मॉडल नहीं बनूँगा। क्यों तुम ये बेकार की बातें उसके दिमाग में आने देती हो।" बोली वह बेचारी नन्ही सी मिस जोंसी।

"वह बहुत बीमार है और कमजोर भी," सू ने कहा, "बुखार के कारण उसके दिमाग में बड़े सड़े-गले विचार और बड़ी विचित्र सी इच्छाएँ आ जमी हैं। ठीक है, मिस्टर बेरमैन, अगर आप मॉडल नहीं बनना चाहते तो न बनिए, लेकिन मेरा खयाल है बुढ़ऊ, तुम हो बड़े भयंकर जीव—हद दर्जे के बातूनी।"

"तुम भी बिल्कुल स्त्री हो।" क्रोध, भय और पीड़ा सी व्यक्त करते हुए वह बोला, "कौन कहता है कि मैं मॉडल बनकर न बैठूँगा। चलो मैं तुम्हारे साथ ही चलता हूँ। आधे घंटे से मैं यह कहने का प्रयत्न कर रहा हूँ कि मैं मॉडल बनने को प्रस्तुत हूँ। भगवन् यह जगह ऐसी नहीं है, जहाँ मिस जोंसी जैसी अच्छी लड़की बीमार पड़ी रहे। किसी दिन मैं अपने जीवन की सर्वश्रेष्ठ कृति चित्रित करूँगा और फिर हम सब चले जाएँगे। हे परमेश्वर!"

जब मैं ऊपर गई, तब जोंसी सो रही थी। सू ने खिड़की पर परदा डाल दिया

और बेरमैन को दूसरे कमरे में चलने का संकेत दिया। भयभीत होकर उन्होंने खिड़की से झाँकते हुए आयवी लता पर दृष्टि डाली। क्षणभर मौन होकर वे एक-दूसरे को देखते रहे। मूसलधार वर्षा हो रही थी। ठंडे पानी के साथ-साथ बर्फ भी गिर रही थी। बेरमैन उसी मुद्रा में बैठ गया, जैसे एक दीन-दुखिया मजदूर उलटी चायदानी को चट्टान समझकर उसी पर टिक गया था।

घंटे भर सोकर अगले दिन सबेरे जब सू उठी तो उसने देखा। जोंसी की झंपी, किंतु फूली हुई आँखें खिड़की के हरे परदे पर जमी हुई थीं।

''हटा दो इसे, मैं देखना चाहती हूँ।'' उसने गुनगुनाते हुए आज्ञा दी। अनमनी होकर सू ने उसका पालन किया। किंतु अरे मूसलधार वर्षा और हवा के तूफानी झोंकों के बाद भी यह जीवन के समान लंबी रात का सामना करती रही। ईंट की दीवार के सहारे अभी तक आयवी लता की एक पत्ती जमी हुई थी। बेल पर यही आखिरी पत्ती है। तने के निकट गहरी हरी है, किंतु इसके दाँतेदार किनारों पर पतझड़ और विनाश का हलका पीलापन आ गया है। धरती से बीस फीट की ऊँचाई पर यह अब भी एक शाख से साहसपूर्वक चिपकी हुई है।

''यही आखिरी पत्ती है।'' जोंसी ने कहा, ''सोचती थी, रात को यह अवश्य गिर जाएगी। तेज हवा मुझे सुनाई दी थी। आज यह गिर जाएगी और मैं भी उस समय मर जाऊँगी।''

उदासी भरा मुँह तकिए की ओर झुकाती हुई सू बोली, ''मेरा खयाल करो सखि, अपना नहीं करती तो न सही। पर मेरा क्या होगा।'' किंतु जोंसी ने कोई उत्तर नहीं दिया। संसार में यदि कोई सबसे अधिक एकाकी है तो वह है—आत्मा, जो अपनी सुदूर और रहस्यमयी मंजिल तय करने को तैयार होती है। ज्यों-ज्यों मित्रता और सांसारिक संबंध-सूत्र ढीले होते जाते हैं, त्यों-त्यों मृत्यु निकट होने की कल्पना भी दृढतर होती जाती है।

धीरे-धीरे दिन बीत गया। साँझ के धुँधलके से आयवी लता की पत्ती दीवार से सटी और तने से अच्छी तरह चिपकी हुई उन्हें साफ दिखाई देती रही। फिर रात्रि के आगमन के साथ-साथ उत्तर की तीखी हवा उन्मुक्त होकर पींगें भरने लगी। मेह की बूँदें खिड़की से टकरा-टकराकर छज्जे पर बहती रहीं।

दिन का प्रकाश फैलते ही हृदयहीन जोंसी ने परदा उठाने की आज्ञा दी।

आयवी लता की पत्ती यथावत् थी।

जोंसी पड़ी-पड़ी बहुत देर तक उसे देखती रही और तब उसने सू को बुलाया। गैस के चूल्हे पर मुरगी का शोरबा पक रहा था और सू उसे चला रही थी। ''मैं

अच्छी नहीं हूँ सूडी,'' जोंसी ने कहा, ''न जाने क्या कारण है कि पत्ती अब भी वहीं जमी है। शायद यह दिखाने के लिए कि मैं कितनी दुष्ट हूँ। मृत्यु की इच्छा करना पाप है, अब मेरे लिए तुम थोड़ा शोरबा ला सकती हो। थोड़ा दूध भी, मदिरा उसी में डाल लाना। नहीं, पहले शीशा ले आ और फिर मेरे इधर-उधर तकिए लगा देना। सहारा लेकर बैठ जाऊँगी। देखूँगी कैसे पकाती है।'' घंटे भर बाद उसने कहा, ''सूडी मुझे आशा है कि किसी दिन मैं नैपिल की खाड़ी चित्रित करूँगी।''

दोपहर बीते डॉक्टर आया। उसके रवाना होते ही सू भी हाल में जाने का बहाना करके उसके पीछे लग ली।

''रुपए में आठ आने,'' डॉक्टर ने सू का प्रकंपित और छोटा सा हाथ पकड़ते हुए कहा, ''ठीक देखभाल कर लो तो सफल हो जाओगी और अब मुझे दूसरा मरीज भी देखना है। यहीं नीचे तो रहता है। बेरमैन उसका नाम है। मेरा खयाल है, वह भी किसी तरह का कलाकार है। उसे भी निमोनिया है। बूढ़ा है, कमजोर है, असर गहरा हुआ है। उसके बचने की कोई उम्मीद नहीं, लेकिन आज वह अस्पताल चला जाएगा। वहाँ ज्यादा आराम रहेगा।''

अगले दिन डॉक्टर ने कहा, ''तुम्हारी जोंसी को अब कोई खतरा नहीं। तुम जीत गईं। इसे खुराक और देखरेख चाहिए।''

दोपहर बाद सू चारपाई के पास गई। जोंसी पड़ी-पड़ी बड़े संतोष से नीली ऊन का एकदम व्यर्थ सा एक स्कार्फ बुन रही थी। सू ने उसके गले में बाँह डाल दीं।

''मुझे तुमसे कहना है चुहिया रानी,'' उसने कहा, ''आज अस्पताल में बेरमैन का निमोनिया से देहांत हो गया। केवल दो दिन बीमार रहा। पहले दिन सबेरे नीचे की कोठरी से दर्द और बेबसी से कराहते हुए उसे संतरी ने देखा था। उसके जूते, कपड़े बिल्कुल तर थे। बरफ जैसे ठंडे। वे यह नहीं समझ सके कि ऐसी भयंकर रात में वह गया कहाँ था और फिर उन्हें एक लालटेन दिखाई दी, जो अब तक जल रही थी। एक सीढ़ी भी, जो अपने निश्चित स्थान से हटाई जान पड़ती थी। कई ब्रश बिखरे पड़े थे। एक प्लेट भी थी, जिस पर हरा और पीला रंग मिलाया गया था और खिड़की के बाहर देखो प्रिये! दीवाल पर आयवी लता की उस आखिरी पत्ती को। क्या तुम्हें इस पर आश्चर्य नहीं हुआ कि आखिर क्यों यह तेज हवा से हिली-डुली नहीं। ओफ यह बेरमैन के जीवन की सर्वश्रेष्ठ कृति है। जिस रात पत्ती गिरी थी, उसी रात उसने इस तने पर इस पत्ती को चित्रित कर दिया था।''

□

भाईचारा

—ओ. हेनरी

खिड़की के रास्ते घुसकर वह कुछ देर निस्तब्ध खड़ा रहा। उचित भी था, क्योंकि कुशल चोर कुछ उठा-धरी करने से पूर्व थोड़ी-बहुत देर ठहरता अवश्य है।

इस इमारत में एक महाशय रहते थे। कोठी के बाहरी दरवाजे और बाहरी परकोटे पर फैली हुई बिना कटी-छँटी बेल से चोर को यह पता चल गया कि घर की मालकिन समुद्र किनारे के किसी सार्वजनिक स्थान पर डटी होगी। किसी हमदर्द नाविक से कह रही होगी, मेरे भावुक और एकाकी मन को आज तक कोई नहीं समझ सका।

तीसरी मंजिल की सामनेवाली खिड़की से लैंप का धूमिल प्रकाश झाँक रहा था। यों रात भी काफी हो गई थी। वह समझ गया कि गृहस्वामी आ गया है और शीघ्र ही बत्ती बुझाकर सो जाएगा। जैसे वर्ष का सितंबर मास चल रहा था, वैसे ही उनके जीवन का भी सितंबर था। ढलते हुए वर्ष और जीवन के इन्हीं क्षणों में घर का बड़ा-बूढ़ा साज-सज्जा और तड़क-भड़क को सारहीन समझने लगता है। उसकी यही इच्छा होती है कि उसका जीवनसाथी लौटकर घर आ जाए। औचित्य और नैतिकता चिरंजीवी हो।

चोर ने सिगरेट सुलगाई। माचिस के धूमिल और तंग प्रकाश में उसकी समस्त योजना जैसे और भी स्पष्ट होकर उसके मस्तिष्क में घूम गई। वास्तव में वह था भी तीसरी कोटि का चोर।

चोरों की इस तीसरी कोटि को अभी तक न तो मान्यता ही मिली है और न लोग इस वर्ग के लोगों को चोर ही मानते हैं। पुलिस ने हमें पहली और दूसरी

कोटि से तो अवगत करा ही दिया है। इनका वर्गीकरण नितांत सरल है। उनके बीच केवल वेशभूषा का ही अंतर है।

हाथ आ जाने पर जो वेशभूषा की दृष्टि से भी फटेहाल निकले, उस पतित को निकृष्ट श्रेणी में गिना जाता है और यह समझा जाता है कि उसकी कोई नैतिकता नहीं। पाशविक वृत्तियों का वह जैसे मूर्तिमान प्रतीक हो। उस पर यहाँ तक संदेह किया जाता है कि वह कोई हताश अपराधी है, जो जान हथेली पर लिये फिर रहा है।

दूसरी कोटि का चोर वह है, जिसे सफेदपोश कहा जा सकता है। व्यावहारिक जीवन में उसे रैफिल या कूड़ा कहकर संकेत भर कर देते हैं। दिन के प्रकाश में वह निश्चित रूप से भला आदमी जान पड़ता है। सूटबूट पहनकर ठाठ से नाश्ता करता है और जाहिर यह करता है कि कमरे की दीवारों पर कागज आदि सजाना उसका पेशा है, किंतु अँधेरा होते ही उसका चोरी का कुत्सित धंधा शुरू हो जाता है।

उसकी माँ ओसिन ग्रीव की एक अत्यंत ही संपन्न और सम्मानित महिला है। हवालात में पहुँचते ही वह तुरंत पुलिस गजट और नेलफायल की माँग प्रस्तुत करता है। संघ के प्रत्येक राज्य में उसकी एक-न-एक पत्नी अवश्य मिलेगी। प्रेयसियों का तो कहना ही क्या?

हमारी कहानी का नायक चोर नीले रंग का एक स्वेटर पहने था। वह न तो रैफिल यानी सफेदपोश था और न नर्क के किसी हैड रसोइए की तरह फटेहाल ही। चेहरे पर नकाब, पैरों में गमशूज या जादुई लालटेन उसके पास नहीं थे। हाँ अड़तीस बोर का एक रिवॉल्वर अवश्य उसकी जेब में पड़ा था। विचारमग्न होकर वह पिपरमेंट गम चूस रहा था।

घर के फर्नीचर को ग्रीष्मकालीन धूल-धक्कड़ से बचाने के लिए उसपर नए-नए कवर चढ़ा दिए गए थे। असल माल था दूर तिजोरियों में। किंतु चोर को स्वयं भी कोई ठोस माल हाथ लगने की आशा न थी। उसका लक्ष्य तो वह कमरा था, जिसके धुँधले प्रकाश में एकाकीपन का भार हलका करने के भरसक प्रयत्नों के पश्चात् गृहस्वामी खर्राटे ले रहा था। उसने सोचा, खाली हाथ जाने से तो जो कुछ हाथ आ जाए, वही अच्छा। पेशे और लाभ की दृष्टि से यह संगत ही था। छुट्टे पैसे, घड़ी, कामदार स्टिकपिन तो कोई बड़ी बात थी नहीं। न होने का कारण भी नहीं था। खिड़की खुली रह गई थी, यह वह देख ही चुका था और इसीलिए उसने खतरा भी उठाया।

बड़ी सावधानी से दरवाजा खोलकर वह कमरे में घुसा, गैस की ज्योति उसने धीमी कर दी। गृहस्वामी अभी तक पड़े सो रहे थे। शृंगारदान पर बहुत सी चीजें

बिखरी पड़ी थीं। चाभियों का गुच्छा, मुड़े-मुड़ाए नोट, गुलाबी रेशम की हेरयबो, सिगार के टुर्रे और ब्रीमी सिल्टजर की बिना खुली बोतल, जो शायद सबेरे के लिए रखी थी।

चोर ने शृंगारदान की ओर गिने-चुने तीन पग बढ़ाए। चारपाई में पड़े गृहस्वामी के मुँह से सहसा एक धीमी, किंतु दर्द भरी आवाज निकली और उसकी आँखें खुल गईं। अनजाने ही उसका सीधा हाथ तकिए के नीचे पहुँच गया और वहीं रह गया।

''पड़े रहो,'' चोर ने बातचीत के सामान्य लहजे में कहा, ''जानते हो, तीसरे दर्जे के चोर ज्यादा बात नहीं करते।'' नागरिक ने पड़े-पड़े चोर की रिवॉल्वर के गोल सिरे पर दृष्टि डाली और वहीं जड़वत् हो गया।

''हाथ ऊपर करो—दोनों हाथ।'' चोर ने आज्ञा दी।

उन महाशय की छोटी सी, किंतु नुकीली दाढ़ी थी—खिचड़ी जैसा रंग, कुछ भूरे-कत्थई से बाल—जैसे कोई दंत चिकित्सक हो। नागरिक के चेहरे पर कठोरता, घबराहट, सम्मान और खीज की रेखाएँ सुस्पष्ट थीं। वह उठकर बैठ गया। दाहिना हाथ उसने सर से ऊँचा उठा लिया।

''दूसरा भी,'' चोर ने हुक्मराना स्वर में कहा, ''धोखे में रखकर तुम बाएँ हाथ से गोली चला सकते हो। दो तक गिनना तुम्हें आता है या नहीं आता? जल्दी करो।''

''दूसरा नहीं उठ सकेगा।'' विवशता व्यक्त करते हुए नागरिक के मुँह पर व्यथा सी अंकित हो गई।

''उसमें क्या बात है?''

''कंधे में गठिया है।''

''सूजन भी है क्या?''

''थी तो सही, जाती रही।''

चोर क्षणभर यथावत् पिस्तौल ताने खड़ा रहा। शृंगारदान की लूट पर उसकी दृष्टि गई और तब कुछ उलझन सी व्यक्त करते हुए उसने चारपाई पर पड़े मनुष्य की ओर घूरना शुरू किया। गृहस्वामी ने भी कुछ परेशानी से मुँह बनाया।

''खड़े-खड़े मुँह न बनाओ,'' उसने झिड़कते हुए कहा, ''चोरी करने आए हो, करते क्यों नहीं? पड़ा तो है सामान।''

''क्षमा कीजिए,'' चोर ने खीसें निकालते हुए कहा, ''किंतु मैं स्वयं भी इसी रोग से पीड़ित हूँ। आपके लिए यह अच्छा ही हुआ कि गठिया मेरी चिरसंगिनी है। मेरी भी बाईं बाँह में यही रोग है। मेरे अतिरिक्त यदि और कोई होता तो तुम्हारी बाईं बाँह न उठते ही धमाका कर देता।''

''कितने दिन से है?'' नागरिक ने पूछा।

''चार साल से। मेरा खयाल है इतना ही नहीं। एक दफा हो जाए तो जीवन भर पीछा नहीं छोड़ती। मैं तो इसी निष्कर्ष पर पहुँचा हूँ।''

''कभी रैटिल साँप का तेल भी आजमाया?'' नागरिक ने कौतूहल व्यक्त किया।

''मनों,'' चोर ने कहा, ''जिन साँपों का तेल मैंने इस्तेमाल किया है, अगर उनकी पंक्ति बनाई जाए तो शनिग्रह से अठगुनी दूर लंबी निकले और उनकी खड़बड़ाहट की आवाज वालपैरायजी और इंडियाना से टकराकर लौट आए।''

''कुछ लोग चैसीलम की गोलियाँ इस्तेमाल करते हैं।'' नागरिक बोला।

''शुद्ध बेवकूफी है,'' चोर ने कहा, ''पाँच महीने खाईं, लाभ न हुआ। उस साल कुछ राहत अवश्य मिली थी, जब मैंने फिंकैलहम का सत गिलिअड दर्दहरन पुल्टिस और पाट का पैन पल्वरायजर आजमाया था। लेकिन मेरा खयाल है, जेब में हिरन की आँख रखने से ही यह जादू कारगर हो सका।''

''किस समय आपको अधिक कष्ट रहता है?—सुबह या शाम?'' नागरिक ने प्रश्न किया।

''रात में,'' चोर ने उत्तर दिया, ''तब मैं अत्यधिक व्यस्त होता हूँ। सुनो, हाथ नीचे गिरा लो या शायद न गिरा सको। क्या तुमने वलकरस्टफ का रक्तशोधक भी आजमाया है?''

''मैंने? कभी नहीं। आपको रह-रहकर दर्द उठता है या हर समय बना रहता है?'' चोर चारपाई के पाँयते बैठ गया। रिवॉल्वर उसके घुटनों पर टिकी थी।

''सहसा हो उठता है,'' उसने कहा, ''और तब, जब मैं इससे बचना चाहता हूँ। इसी के कारण मुझे दुमंजिलों का धंधा छोड़ना पड़ा। क्योंकि कभी-कभी तो मैं बीच में ही अटक जाता। मुझे तो इस पर विश्वास नहीं कि डॉक्टर-वाक्टर इसकी कुछ सही दवा बता सकेंगे। अपना भी यही समझो। हजार डॉलर फूँक चुका हूँ, किंतु लाभ रत्ती भर नहीं हुआ। आपके कहीं सूजन भी है क्या?''

''हाँ, सबेरे तड़के या फिर जब मेह बरसने को होता है। हे भगवान्!''

''मैं बता सकता हूँ कब,'' नागरिक ने कहा, ''नमी की एक बदली भी फ्लोरिडा से न्यूयॉर्क की ओर आती है। यदि कभी ऐसे थिएटर गृह से भी गुजरने का अवसर आ जाए, जहाँ बरसात या बादल का मैटिनी शो चल रहा हो तो बाईं बाँह में दंत पीड़ा से भी अधिक दर्द हो उठता है।''

''यह तो एकदम नर्क-यंत्रणा है।'' चोर ने कहा।

''बिल्कुल ठीक कहते हो।''

चोर ने रिवॉल्वर पर दृष्टि डाली और उसे पुनः जेब में डालकर आराम से बैठने का प्रयत्न किया।

''अच्छा यार,'' उसने कहा, ''कभी ओपोल्डक का लेप भी आजमाया?''

''खाक,'' नागरिक ने बिगड़ते हुए कहा, ''कहोगे कि होटल का मक्खन भी लगाऊँ।''

''बिल्कुल ठीक,'' सहमति सी व्यक्त करते हुए चोर ने कहा, ''बच्चे की उँगली में खुरसट लगने पर इससे बढ़िया क्या चीज है। मरहम का काम करता है। गठिया के लिए मैं और आप दोनों ही ने अपनी ओर से कुछ उठा नहीं रखा। पर हमें तो एक ही चीज मिली, जिससे कुछ आराम मिलता है। वह है पीना। ठीक है न? चलो चलकर थोड़ी सी पीएँ। बेतकल्लुफी के लिए माफी चाहता हूँ, किंतु हाय, दर्द फिर उठा।''

''एक हफ्ते से,'' नागरिक ने कहा, ''मैं बिना सहायता के कपड़े भी नहीं पहन पाता। मुझे भय है टॉमस अभी सो रहा है और ...''

''अच्छा बिस्तर छोड़ो,'' चोर ने कहा, ''मैं पहनाऊँ तुम्हें कपड़े।''

संकोच तूफान की भाँति नागरिक पर छा गया। उसने दाढ़ी सहलाते हुए जैसे इसकी सूचना दी। ''बात बड़ी अजब सी है, उसने कहना आरंभ किया, यह रही तुम्हारी कमीज।''

चोर ने कहा, ''पहन लो। मैं एक आदमी को जानता हूँ, जिसने कहा था कि आंबरी के मरहम से दो सप्ताह के भीतर वह दोनों हाथों से चार घोड़े की बग्घी हाँकने लग गया था।''

दरवाजे से निकलते समय नागरिक सहसा घर की ओर लौटने लगा। पैसे लाना तो भूल ही गया, उसने सफाई सी दी।

चोर ने उसकी दाहिनी आस्तीन पकड़ ली। ''चलो भी,'' उसने खुलकर कहा, ''दावत मेरी तरफ से। पैसे रहने दो। कीमत चुकाने भर को अपने पास है। हाँ, तो कभी विच हैजिल और विंटरग्रीन का तेल भी आजमाया है?''

□

दुनिया और दरवाजा

—ओ. हेनरी

कहानी-लेखन भी एक कला है—चकमा देने की कला। क्योंकि कहानी की सफलता ही इस बात पर निर्भर है कि पाठक उसे पढ़ता जाए—एक ऐसा सत्य समझकर, जो किसी भी गल्प से अधिक आश्चर्यजनक तो हो, मगर जिससे गप्पबाजी का भान भी न हो। मैं नहीं जानता, घटनाओ के जिन ताने-बानों का जाल मैं अपने पाठक के लिए बुन रहा हूँ, उनमें कितना सत्य है। पर हाँ, अलसिसैरी जलयान के भंडारी ने मुझे बहलफ यही बताया है कि इन रहस्यों का पता उसे पोत के एक उच्च अधिकारी से चला है, किंतु अधिकारी को उन सबकी जानकारी कैसे हुई, इसपर स्वयं भंडारी को आश्चर्य था।

हाँ तो आर्मी में ही कहानी-लेखन के सिलसिले में जिस मान्यता की ओर मैंने संकेत किया था, उसे चुनौती देते हुए भी मुझे खुशी है। विशेषकर इसलिए भी कि एक दिन कहानी में ही मुझे एक सिपाही के मुँह से यह सुनने को मिला कि असलियत की दुनिया में ऐसी घटना अब तक सुनने में नहीं आई।

जो भी हो, अमेरिका के जाने-माने उद्योगपति हेजज फरगुसन साहब जब भी तफरी की ठानते तो इसकी खबर प्राय: उन सभी को लग जाती, जो ऐसे शिकारों की ताक में ही रहा करते हैं। बस फिर क्या था, हैजज महोदय की चहेती टैक्सियों से लेकर नर्तकियों तक का बनाव-शृंगार होता। मदिरालय और नाचघरों में तो जैसे जान आ जाती।

यों न्यूयॉर्क जैसे शहर में जहाँ होटल के बैरे भी निजी कार रखते हैं, दस-पाँच लाख के आदमी को कोई पूछता भी नहीं। मगर हैजज साहब की बात ही और थी। वे महानुभाव इस शान और खुले हाथ से पैसा बहाते, जैसे लक्ष्मी से

इन्हें मोह ही न हो। फिर भला पैसा ऐंठनेवाले ही उनकी उदारता से पूरा-पूरा लाभ क्यों न उठाते ? आखिर कलारी को इससे क्या कि आपके घर एक जून खाने को भी है या नहीं। वह तो आपका मूल्यांकन अपने बिल की रकम से करता है। आपके बैंक-बैलेंस से नहीं।

इस रंगीन साँझ को जब हैजज महोदय व्यापार की चिंताओं से पल्ला झाड़ते हुए हवाखोरी के लिए निकले तो मुसाहिबों का एक पूरा काफिला उनके साथ हो लिया। उनके दाएँ-बाएँ चलनेवालों में उनके दलाल मित्र मरीयम और वैड भी थे। चहल-कदमी करते हुए हैजज और उनके मित्र कोलंबस सर्किल जा पहुँचे, जहाँ कोलंबस की भव्य मूर्ति के निकट ही दो माझी उस महान् नाविक को केवल इसलिए बुरा-भला कह रहे थे कि वह खुश्की की टोह में इतना भटकता फिरा, काश वह मदिरा के किसी सागर की तलाश कर पाता। उनमें से एक ने लंबी साँस लेते हुए कहा।

रात बड़ी तेजी से अपना काला दामन फैलाती जा रही थी। आधी रात बीते भी हैजज और उनके युग्म मित्र घनी बस्ती से दूर-बहुत दूर एक कैफे में डटे हुए थे।

हैजज स्वभाव से ही कुछ अक्खड़, हठी और झगड़ालू था। लहीम-शहीम का गठा हुआ बदन और उसपर मदिरा का सुरूर। इतना होते हुए भी वह स्वयं को सँभाले हुए था। उनमें आपस में एक व्यर्थ का झगड़ा उठ खड़ा हुआ था। स्थिति धीरे-धीरे गंभीर होती गई। गाली-गलौज ने तर्क-वितर्क की जगह ले ली और नौबत चुनौती तक जा पहुँची। मरियम के वाग्प्रवाह प्रचंडरूप धारण करते जा रहे थे।

हैजज बौखला उठा, उसने एक कुरसी उठाई और घुमाकर मरियम के सिर पर दे मारी। मरियम ने बड़ी चपलता से वार बचा लिया और क्रोधावेश में हैजज के सीने पर रिवॉल्वर दाग दी। हैजज जो अभी तक हवा में उछल पड़ा था, लड़खड़ाकर गिर गया और देखते-देखते मिट्टी के ढेर की तरह निष्क्रिय हो गया।

तत्परता वेड की अपनी विशेषता थी। तुरंत ही मरियम को पास के दरवाजे से वह बाहर ले गया। कैफे से कुछ दूर दौड़कर वे एक बग्घी पर सवार हो गए। पाँच मिनट दौड़ने के पश्चात् बग्घी सहसा एक मदिरालय के सामने रुकी, जहाँ की बत्तियों का प्रकाश रात्रि के इस प्रहर भी चहल-पहल की शहादत दे रहा था।

"जल्दी करो मरियम। तुम मेरा इंतजार करना। मैं आया। देखूँ, वहाँ क्या हाल है ?" एक ही साँस में वेड ने कहा, "और देखो, दो से ज्यादा न पीना, सिर्फ दो जाम," चलते-चलते उसने कहा।

एक बजे के लगभग वह फिर लौटा। मरियम की तंद्रा भंग करते हुए उसने कहा, मैं और एंबुलेंस वहाँ एक ही साथ पहुँचे। डॉक्टर कहता है कि वह मर गया, चाहो तो एक प्याला और ले लो। इस झगड़े को मैं सुलझाता रहूँगा। मगर तुम्हें फौरन भाग जाना चाहिए। मेरे खयाल में कुरसी को कानून कोई घातक अस्त्र नहीं मानता। फिर भी तुम्हारी भलाई इसी में है कि तुम अब दूर का रास्ता लो।

मरियम ने झगड़ते हुए सर्दी की शिकायत की और एक जाम की फरमाइश भी। तुमने देखा होगा, उसके हाथ पर नीली-नीली नसें कितनी स्पष्ट थीं। मुझे वे असह्य थीं, एकदम असह्य; मरियम नशे में बके जा रहा था।

"ये लो, पीओ और चलो। मैं तुम्हें सलामती से निकाल ले जाऊँगा।" वेड ने आत्मीयता भरे स्वर में कहा।

वह अपने वायदे का पक्का निकला। अगले दिन एक मोटे से जहाज पर मरियम को विदाई देते हुए उसने कहा, "यहाँ से जितनी दूर जा सको, उतना ही अच्छा है।"

अधिक बातचीत का अवकाश भी न था। एक के बाद दूसरा जहाज बदलते हुए मरियम पनामा जा पहुँचा और वहाँ से उसने बलाओ का रास्ता लिया। रास्ते में जलयान लापाज के एक छोटे से बंदरगाह पर रुका। वहाँ का प्राकृतिक सौंदर्य देखकर मरियम मुग्ध हो गया। पहाड़ की बर्फीली चोटियाँ बादलों में मुँह छिपाए जैसे उसे बुला रही थीं। हरी-भरी घाटी को देख वह यहाँ उतर पड़ा और चल दिया शहर की ओर।

अमेरिकी दूतावास के मिस्टर काल्ब मरियम से मिलकर बेहद खुश हुए। पर ये तो उनकी आदत में शुमार था। अमेरिकी नागरिकों को वे अपना सखा, बांधव, आका, सभी कुछ समझते थे। वे मरियम को लिये-लिये फिरे और अपने सभी मित्रों से उसका परिचय कराया। समुद्र-तट पर केले के सघन-कुंज के निकट था एक होटल। जो भी थोड़े-बहुत यात्री पीरू के इस उदासी भरे शहर में आ फँसते, उन्हें इस होटल में मनपसंद भोजन मिलता। काल्ब के साथ मरियम को यहाँ पहली बार आने का अवसर मिला। होटल का एक अजीब समाँ था—कहकहे, खामोशी, चहलकदमी, प्लेटों की खनक और न जाने क्या-क्या! लोग अपनी-अपनी जगह जमे हुए थे। मरियम भी खोया-खोया सा विचारों के साथ उलझा था, तभी काल्ब ने परिचय का दौर आरंभ कर दिया। मरियम उन सबसे हाथ अवश्य मिलाता जा रहा था, पर बड़ा अनमना सा होकर। उसके हाथों में जैसे पाला मार गया हो।

भोजन के पश्चात् मरियम होटल के एक विशाल कक्ष में वरमोंट निवासी

बिब के पास जा बैठा। बिब भी एक ही आदमी था—गजब का पियक्कड़। सामने अंतरिक्ष तक फैली हुई सागर की अनंत जलराशि पर रुपहली चाँदनी बह रही थी। मरियम को लगा, जैसे उसके विगत और वर्तमान के बीच यही सबकुछ है। उसे लगा, जैसे हत्या की भयंकरता धीरे-धीरे विलीन हो रही है। जैसे दूरी ने उसकी मानसिक उद्विग्नता को कम कर दिया है। बिब जरूरत से ज्यादा बातून था—बेचारे की वही-वही बातें कौन सुनता और कब तक सुनता? आज उसे भी नया शिकार मिला था। बस बिब की धुआँधार वार्त्ता बरसाती नाले की भाँति समस्त संकोच और झिझक के बीच तोड़ती हुई चल पड़ी।

"साल भर बाद मैं स्वदेश लौट जाऊँगा।" बिब ने कहा, "मैं जानता हूँ, जगह यह भी अच्छी है, पर हम श्वेतों के उपयुक्त नहीं। जब-तब यहाँ बरफ में भी चलना पड़ेगा, शान से रहने का भी अवसर मिलेगा और पुलिस की झिड़कियाँ भी खानी पड़ेंगी। इतना होते हुए भी लापाज स्वप्निल जग की एक झाँकी तो है ही और हाँ, यहाँ श्रीमती कोनेंट भी तो हैं। हममें से जो भी यहाँ की जिंदगी से बुरी तरह ऊब जाता है या डूब मरने की सोचता है, तब तो वही एकमात्र संबल रह जाती है। उसके द्वारा प्रणय प्रस्ताव का ठुकराया जाना, डूब मरने से तो अच्छा है ही। फिर भी न जाने क्यों, कुछ लोगों को डूब मरने में भी मजा आता है।"

"क्या बहुत से लोग उन्हें चाहते हैं?" मरियम ने जिज्ञासा प्रकट करते हुए कहा, "अन्यत्र तो नहीं। पर यहाँ तो वही एकमात्र हमारे वर्ग की है। औरों की न पूछो। उनमें गेहुँए से लेकर उलटे तवे जैसी मिलेंगी। श्रीमती कोनेंट यहाँ करीब एक साल से टिकी हैं। पर वे हैं कहाँ की, यह भी एक पहेली है। कभी अपना देश बताती हैं फ्लोरिडा, कभी केपकोड, कभी ओशखोश और कभी कुछ।"

"कोई रहस्य लगता है!" मरियम ने गुनगुनाया।

"हुँ-हुँ। देखने में ऐसा ही लगता है। बातें तो काफी स्पष्ट हैं, पर आखिरकार स्त्री है। काश कि मिस्र की रहस्यमयी स्फिंक्स मूर्ति बोल उठे तो यही कहेगी—हे प्रभु! भोजन के लिए अधिकाधिक मेहमान आ रहे हैं, लेकिन यहाँ रेत के सिवा क्या है। किंतु श्रीमती कोनेंट से मिलकर तुम रहस्य की बात एकदम भूल जाओगे और दूसरे लोगों की तरह प्रणय प्रस्ताव कर बैठोगे।"

यही कहानी का पूर्वार्द्ध जीवन की कटुता से भरपूर है। कोमलता का सूत्रपात होता है। उस घटना से जब पहली भेंट में ही परिमय कोनेंट से प्यार की भीख माँगता है।

कोनेंट के काले वस्त्र, सुनहरी केशपाश , पथराई सी आँखों में बसी कोई

याद सभी उसे रहस्यमय लगे। जैसा कि बिब पहले ही कह चुका था, देवीजी के व्यवहार में कुछ रूखापन, किंतु स्पष्टता थी। बातचीत के दौरान उसने लूसियाना के अनेक मित्रों की अस्पष्ट सी चर्चा की। लापाज पर वह मुग्ध थी। यहाँ की जलवायु उसे अनुकूल जान पड़ी। यहाँ की अलमस्त जिंदगी उसे पसंद थी और इसलिए उसने संतरे का एक कुंज खरीद डालने का निश्चय कर लिया था।

इस रहस्यमयी स्त्री के साथ मरियम की कोर्टशिप कोई तीन महीने अबाध गति से चलती रही। यद्यपि वह स्वयं इससे बेखबर था। विगत की घटनाओं पर उसे हार्दिक पश्चात्ताप था। कोनेंट से घुल-मिलकर मानो वह इसी का प्रायश्चित्त कर रहा था, पर बाद को उसे पता चला कि प्रायश्चित्त और गमगीनी उसका स्वभाव बनते जा रहे हैं। अज्ञातवास की इस अवधि में उसे अपने परिवार और परिजनों का कोई समाचार भी न मिला था। वेड कहाँ है, कैसा है, मरियम को यह भी न मालूम था। उसके निश्चित पते से भी वह अनभिज्ञ था। फिर पत्र लिखते हुए भी उसे डर लगता था। उसने यही उपयुक्त समझा कि इस जिज्ञासा को हृदय में ही दबाए रहे।

एक दिन दोपहर को मरियम और श्रीमती कोनेंट घूमने निकले। किराए के दो टट्टुओं पर सवार होकर वे पहाड़ की तलहटी में जा पहुँचे। सामने चश्मे का बर्फीला पानी तूफानी गति से बह रहा था। सुरापान के लिए उन्हें यही स्थान उपयुक्त जान पड़ा और वे दो प्याले पीने के लिए रुक गए। बिब की भविष्यवाणी सही निकली, क्योंकि मरियम ने यहाँ पहुँचकर स्पष्ट शब्दों में कोनेंट से विवाह करने का इरादा व्यक्त कर डाला।

क्षण भर के लिए कोनेंट की आँखों में प्यार और करुणा चमकी, फिर सहसा उसकी मुखाकृति कठोर हो गई। माथे पर कुछ रेखाएँ उभरीं और मिटीं। उसकी आँखों में एक अनोखी बहशियत देखकर मरियम का सारा नशा काफूर हो गया।

"क्षमा कीजिए मुझे अपना इरादा बदल देना चाहिए।" कोनेंट का हाथ छोड़ते हुए उसने कहा, "मैं तुम्हारे विवाह योग्य नहीं, क्योंकि मैं खूनी हूँ। खूनी-हत्यारा। न्यूयॉर्क में मैंने एक ऐसे व्यक्ति की हत्या की है, जो मेरा दोस्त था। मैंने उसे गोली मार दी। बड़ी बुजदिली से मैंने उसकी जान ले ली। मैं अच्छी तरह समझता हूँ, नशे का बहाना व्यर्थ है। मैं प्रणय की आकांक्षा दबा न सका और वह हमेशा-हमेशा मेरे हृदय की धड़कनों में समाई रहेगी। कानूनी शिकंजे से बचने के लिए मैं यहाँ भाग आया हूँ। यह सब जान लेने के बाद तुम मुझसे मिलना-जुलना भी पसंद न करोगी।"

पास खड़े नीबू की कोंपलों को बड़े यत्न से तोड़ते हुए श्रीमती कोनेंट बोलीं, ''ठीक है, लेकिन यह सब आप पर निर्भर है। मैं आपसे छिपाना नहीं चाहती, पति को विष देकर मैंने स्वयं वैधव्य का आलिंगन किया है। कोई भी आदमी हत्यारी से प्रेम नहीं कर सकता। मेरा खयाल है, अब आप भी मुझसे मिलना पसंद न करेंगे।''

यह कहकर उसने मरियम पर निगाह डाली। चेहरे पर पीलापन छाया हुआ था। आँखें जड़वत् खुली थीं। हतबुद्धि सा होकर वह कोनेंट को घूर रहा था। जैसे कोई गूँगा-बहरा हो और आश्चर्य में डूबकर चेहरे से उसका कथन समझने का प्रयत्न कर रहा हो।

कोनेंट के पलक स्थिर हो गए, बाँहों की जैसे जान निकल गई। पग बढ़ाकर वह मरियम के निकट आ गई। बड़े दर्द भरे स्वर में बोली, ''मुझे इस तरह न घूरो मरियम। चाहो तो बुरा-भला कह लो, चाहो तो पीठ फेर लो, पर ऐसे न घूरो। क्या मैं पिटने लायक थी? मेरी पीठ पर, बाँहों पर तुम चोट के निशान देख सकते हो। एक साल से ज्यादा बीत गया। क्रोधावेश में वह मुझे कसाई की तरह पीटता था। मेरी जगह यदि कोई संन्यासिन भी होती तो उसके विरुद्ध उठ खड़ी होती। यह सही है मरियम कि मैंने उसे मार डाला। उस दिन की गाली-गलौज केवल एक दिन के लिए ही नहीं थी, वह तो उसका नित्यक्रम था। सोने से पूर्व वह मुझे रोज ही सुस्त कहता, बेतहाशा पीटता और अंत में मेरे सब्र का प्याला छलक उठता। आखिर उस दिन मध्याह्न में मैं विष ले आई।''

अपना दुखड़ा जारी रखते हुए कोनेंट ने कहा कि ''मेरे सोने से पहले हर रात वह एक नशीला पेय पीता था। वह भी मेरे हाथ से, इसलिए कि वह जानता था कि इसकी गंध भी मुझे असह्य थी। उस रात जब नौकरानी ने मुझे पात्र थमाया तो मैंने उसे किसी तरह टाल दिया और उसकी अनुपस्थिति में ही अपने बक्से से निकालकर एक चम्मच से अधिक टिंचर अकोनायट पेय में मिलाकर उसे पिला दिया। एक चम्मच तो तीन को मारने के लिए काफी था। बैंक से अपनी कुलजमा पूँजी छह हजार डॉलर मैं पहले ही निकाल चुकी थी। यह धनराशि और जरूरत का दूसरा सामान लेकर मैं सबकी निगाहें बचाकर घर से निकल पड़ी। अध्ययन-कक्ष के निकट से जब मैं दबे पैर गुजर रही थी, तभी मैंने उसे लड़खड़ाकर कोच पर गिरते हुए देखा था। रात की गाड़ी से मैं न्यूऔरलींस और वहाँ से वरमूडा जा पहुँची और अंत में यहाँ लापाज में आकर लंगर डाल दिया। बोली, इसपर तुम क्या कहते हो मरियम? क्या अब भी कुछ कह सकते हो?''

मरियम में जैसे चेतना लौट आई।

"मुझे माफ कर दो प्रिये। मैं तुम्हें चाहता हूँ। मुझे इसकी चिंता नहीं कि तुमने क्या किया। सारा संसार ..."

"मरियम तुम मेरे हो जाओ। मेरे, मेरी दुनिया, मेरी उम्मीदों और सपनों का संसार।"

कोनेंट की आँखें भर आईं। शरीर को ढीला छोड़ते हुए वह मरियम की ओर गिरी। वह गिर ही पड़ती, अगर वह उसे सहारा न देता।

हे भगवान्! ऐसे दृश्यों का वार्त्तालाप भी कृत्रिम और काव्य सा लगता है। विवशता है, क्योंकि यही तो हम सबके अंतर में सोई हुई कोमलतम भावनाओं को छू लेता है। यदि मामूली नौकरानी का भी चित्त चंचल हो जाए तो शायद वह भी दमयंती और पद्मावती की भाषा बोलने लगे।

वे दोनों अब खुश थे। ओरिला दल मार होटल में मरियम ने अपनी सगाई की घोषणा कर दी। मरियम की ओर पीठ किए, जो आठ विदेशी और चार वहीं के मित्र बैठे थे, उन सभी ने मरियम की पीठ थपथपाते हुए बधाई की रस्म सी अदा की। मदिरालय का व्यवस्थापक उस दिन की भागदौड़ में अच्छी तरह थक गया था। उसके चेहरे से खीज और जलन स्पष्ट झलक रही थी। हाँ तो वे खुश थे—बेहद खुश। गणित के साधारण नियम से मिलान के बाद उनकी उन दोनों की मानसिक उद्विग्नता और गुनाहों का बोझ भी जुड़ जाना चाहिए था, किंतु मुहब्बत का कानून इसे नहीं मानता। क्योंकि अकेले-अकेले जिस व्यथा को वे अनुभव कर रहे थे, वह अब आधी भी शेष न बची थी। दुनिया और यथार्थ पर जैसे उन्होंने परदे डाल दिए थे। एक-दूसरे के व्यक्तित्व में उन्हें अपनी दुनिया नजर आने लगी थी। कोनेंट का नया जीवन शुरू हुआ था। उसकी आँखों में बसी यादें और बहशियत मिट चुकी थी। एक छोटे से टीले पर खजूर और क्लेबाश के झुरमुटों में वे अब एक सुंदर सा बँगला बनाने जा रहे थे। दो मास बाद उनका बाकायदा विवाह निश्चित हो चुका था। यों उनके समय का अधिकांश गृह-निर्माण चर्चा में बीत जाता। वे सोचते थे कि दोनों की मिली-जुली पूँजी से वे फलों या लकड़ी का धंधा कर लेंगे। उसकी आय से चैन की बंसी बजाएँगे। हर रात जब मरियम कोनेंट से विदाई लेकर अपने होटल जाने लगता तो वे अभिवादन करते हुए एक-दूसरे को कहते, मेरी दुनिया यह थी। उनकी खुशी उनके प्रेम में परिस्थितिवशात् एक ऐसा दर्द था, जो प्रेम को चरम विकास तक पहुँचा देता है। विदित होता था, उनका गुनाह या दुर्भाग्य या जो कुछ भी कहिए, एक चिरंतन और अटूट बंधन था।

एक दिन सागर के उस छोर से जहाँ लहरें आकाश को चूमती हैं, एक जहाज

लापाज की ओर आता दिखाई दिया। जाँघिया और बनियान पहने लापाज का सारा शहर जैसे समुद्र की ओर उमड़ पड़ा, क्योंकि जहाज का आना ही उनके मनोरंजन का एकमात्र साधन था। हवाई जहाज की कलाबाजियों और सर्कस का मजा भी उन्हें इसी में मिलता। मुक्ति-दिवस की खुशियाँ और शाम की चाय का आनंद भी।

जहाज जब काफी निकट आ गया तो जानकारों ने पहले ही घोषणा कर दी थी कि यह पजारी जहाज है, अमुक जगह जाएगा।

किनारे से कोई एक मील की दूरी पर जहाज ने लंगर डाल दिया और शीघ्र ही एक नौका लहरों पर तैरती हुई किनारे की ओर आती दिखाई दी। टहलता-टहलता मरियम भी वहीं जा पहुँचा। सागर के उथले पानी में कैरीबियन नाविक नौका को बलपूर्वक खींचे ला रहे थे। जहाज का कप्तान, भंडारी और उनके साथी दो यात्री तट को रौंदते हुए होटल की ओर बढ़ रहे थे। उन नवागंतुकों के प्रति सहज कौतूहल से मरियम की आँखें उधर ही जा लगीं। उनमें से एक की चाल-ढाल उसे परिचित सी जान पड़ी। बड़े गौर से उसने फिर देखा तो उसका नसों में प्रवाहित होनेवाला रक्त जहाँ का तहाँ जम गया। सदा की भाँति अक्खड़, झगड़ालू और भीमकाय हैजज—हैजज, जिसे उसने मार डाला था, बड़ी मस्ती से उसकी ओर चला आ रहा था। फासला मुश्किल से दस फीट रहा होगा।

मरियम को देखते ही उसका चेहरा रक्तिम हो उठा। अपने स्वाभाविक स्वर में उसने कहा, "हैल्लो मरियम, तुमसे मिलकर बड़ी खुशी हुई। यहाँ मिलने की आशा भी न थी। क्वीनवी, ये हैं मेरे पुराने दोस्त मरियम, इनमें मिलो मरियम, ये हैं मिस्टर क्वीनवी।"

मरियम ने बरफ जैसा ठंडा हाथ पहले हैजज और फिर क्वीनवी की ओर बढ़ा दिया।

"अर···र···तुम्हारे हाथ तो बरफ हो रहे हैं। मालूम होता है तबीयत खराब है। और चेहरा भी तो पीला पड़ रहा है। यहाँ क्या मलेरिया की शिकायत रहती है? पास में कोई मदिरालय नहीं है क्या? हो तो वहीं ले चलो, कुछ दवा-दारू कर ली जाए।"

मरियम अब भी सदमे की सी हालत में था। वह उन्हें द लमार होटल की ओर लिवा ले गया। रेतीले रास्ते को तय करते हुए हैजज ने कहा, "मैं क्वीनवी यहाँ कुछ व्यापार-धंधे की तलाश में आए हैं। हम लोग अभी-अभी कौमप्रीशियत, लीमा और वालपेरोजी से लौट रहे हैं। कप्तान का कहना है कि वहाँ चाँदी की खदानों में अच्छा मुनाफा हो सकता है। ये लो, रास्ता बातों-बात में कट गया। वह

कैफे कहाँ है मरियम। इस जरा सी सोडा वाटर की दुकान में?''

क्वीनवी को मदिरालय में बिठाकर हैजज उसे एक तरफ ले गया।

''इसके क्या मानी है? उस मूर्खतापूर्ण झगड़े के कारण तुम अब भी रूठे हुए हो?'' मरियम को बड़ी हमदर्दी से डाँटते हुए उसने कहा।

मेरा खयाल था...मैंने...सुना...वे कह रहे थे...कि तुम...कि मैंने...लड़खड़ाते हुए मरियम ने यही अस्फुट शब्द कहे।

''खैर न तुमने...न मैंने...एंबुलेंस के उस मूर्ख डॉक्टर ने वेड को बतलाया था कि ताबूत ही मेरा उचित स्थान होगा, शायद इसलिए कि मैं थक गया था और मैंने साँस लेना बंद कर दिया था। एक प्राइवेट अस्पताल में कई महीनों रहा, लेकिन अब तो तुम्हारे सामने हूँ—पहले जैसा हट्टा-कट्टा वेड। और मैंने तुम्हें ढूँढ़ने के हर संभव प्रयत्न किए, पर तुम्हारा कोई पता न चला। और अब आओ मरियम हाथ मिला लें और उन बातों को दिल से निकाल डालें। दोष मेरा भी उतना ही था, जितना तुम्हारा। वाकई गोली लगने से मुझे लाभ ही हुआ, क्योंकि अस्पताल से लौटने के बाद मैं घोड़े सा मजबूत और तंदुरुस्त, आया हूँ। आओ, वे छलकते हुए प्याले हमारा इंतजार करते होंगे।''

''बड़े भाई मैं नहीं जानता, तुम्हें किन शब्दों में धन्यवाद दूँ। मैं खैर, तुम जानते हो मरियम...गिड़गिड़ाया।

''अरे अब उसे छोड़ो भी,'' हैजज ने झटकते हुए कहा, ''क्वीनवी मर जाएगा, अगर हम लोग यहीं अटके रहे।''

ग्यारह बज चुके थे। गैलरी की शीतल छाया में बिब नाश्जे का इंतजार कर रहा था। मरियम होटल पहुँचते ही उधर बढ़ गया और उससे जा मिला। आज उसकी आँखों से एक अनोखी कांति बरस रही थी।

''देख रहे हो बिब। ये पहाड़, वह समंदर, वह आसमान और वह सुनहरी धूप।'' धीरे-धीरे हाथ से इशारा करते हुए उसने कहा, ''वे मेरे हैं बिब, सभी मेरे अपने।''

''अंदर जाओ और कम-से-कम आठ ग्रेन कुनैन ले लो। यहाँ के वातावरण से किसी के यह सोचने से कि वह धनकुबेर रॉकफेलर या जेम्स-ओ-नील है, काम न चलेगा।'' बिब ने मीठी चुटकी लेते हुए कहा।

होटल के भीतरी कमरे में जहाज का भंडारी अखबारों का एक बड़ा सा पुलिंदा खोल रहा था। इनमें से बहुत अखबार तो हफ्तों पुराने थे। मार्ग के बंदरगाहों से वे जहाज में इकट्ठे हो गए थे, ताकि आगे जहाँ जहाज रुके, उन्हें बाँट दिया

जाए। यात्रियों की इसी कृपा से तो सागर, पहाड़ और सुदूर जंगलों की सीमाओं में घिरे लोगों को समाचार और मन-बहलाव का कुछ मसाला मिल जाता है।

होटल का मालिक टिओ पंचो बड़ी तेजी से अखबारों के छोटे पैकेट बनाए जा रहा था। उसी समय एक छोकरा नंगे पैरों आ खड़ा हुआ—शायद यात्रियों की डाक लेने।

''खूब आए बच्चे। देखो, यह देना सिनोरा कोनेंट को। ये डॉक्टर श्लैगल··· ये···उनका नाम है और देखो, उन सब से कह देना कि पजारो तीन बजे पनामा रवाना हो जाएगा। किसी को कोई खत भेजना हो तो शीघ्रता से भेज दें, ताकि वे जल्दी-से-जल्दी वाहक के पास पहुँचा दिए जाएँ।''

श्रीमती कोनेंट को अपना पैकेट शाम के चार बजे मिला। पैकेट बाँटते-बाँटते लड़के को देर हो गई थी, क्योंकि रास्ते में एक गोह उसे मिल गई। सारा काम-धंधा भूलकर वह उसी के पीछे लग गया। मगर उससे देवीजी को कोई कष्ट न हुआ, क्योंकि उन्हें कोई पत्र भेजना भी न था।

घर के एक कक्ष में बर्थ पर पड़ी-पड़ी वह ऊँघ रही थी। विगत के खँडहरों से मरियम और उसने सपनों का एक महल खड़ा कर लिया था, शायद उसी का मजा ले रही थी। उन्हें इस बात पर संतोष था कि अंतरिक्ष तक फैले हुए संसार की चकाचौंध उनके जीवन में समा जाएगी। यथार्थ की दुनिया से उन्होंने आँखें मूँद लीं थीं। उसके दरवाजे बंद कर लिये थे।

होटल में शाम का खाना खाकर मरियम सात बजे उसके पास आने को कह गया था और वह भी नारंगी फीतेवाली ओढ़नी श्वेत वस्त्र पहन सागर के बालुकामय तट पर खजूर की छाया में मरियम के साथ घंटे-दो घंटे घूमने का निश्चय कर चुकी थी। मन-ही-मन संतुष्ट होकर वह प्रसन्नता से मुसकराई और अखबार के पुलिंदे से यों ही एक अखबार निकालकर पढ़ने लगी।

रविवासरीय पत्र की एक सुर्खी के पहले शब्द उसे व्यर्थ से जान पड़े। समाचार पुराना सा लगा, आगे बड़े-बड़े अक्षरों में लिखा था, लायड वी. कोनेंट की तलाक मंजूर हो गई। सेंट लुईस के सुप्रसिद्ध पेंट-निर्माता ने मुकदमा जीता··· पत्नी एक साल से लापता···रहस्यपूर्ण ढंग से गायब होने के बाद से कोई पता नहीं।

श्रीमती कोनेंट चौंककर उठ बैठीं। क्षण भर में रिकाले का आधा कॉलम वे पढ़ गईं। समाचार के अंत में लिखा था, स्मरण रहे, पिछले साल मार्च में वह एक दिन शाम को गायब हो गईं। अफवाह गरम थी कि शादी के बाद पति-पत्नी के संबंधों में कटुता पैदा हो गई थी। कोनेंट महोदय की पाशविकता संबंधी चर्चाओं

का भी अभाव न था, जिनके अनुसार उनकी गाली-गलौज ने कई बार मारपीट का रूप धारण कर दिया था। पत्नी के चले जाने के पश्चात् उसके शयनकक्ष की एक छोटी सी अलमारी से टिंचर अकोनायट की एक भरी बोतल भी मिली थी, जिससे इस बात का संकेत मिलता है कि उसने आत्महत्या की बात सोची होगी। अनुमान है, बाद को उसने यह विचार छोड़कर गृह त्याग दिया।

श्रीमती कोनेंट ने धीरे से अखबार छोड़ दिया और हाथ-पर-हाथ रखकर वह एक कोने में पड़ी एक कुरसी पर जा बैठी।

'मुझे सोचने दो। ईश्वर मुझे सोचने की शक्ति दो। बोतल तो मैं अपने साथ ले आई थी···रेल की खिड़की से मैंने उसे बाहर फेंक दिया, तब तो मैं यथावत् हत्यारी नहीं हूँ। मरियम मैं···हे ईश्वर ऐसा न हो कि यह स्वप्न ही रह जाए, हे ईश्वर!'

वह मकान के उस हिस्से में गई, जिसे उसने पीरू निवासी सज्जन और उनकी पत्नी से किराए पर ले रखा था। दरवाजे बंद करके वह कमरे में इधर-से-उधर कोई आध घंटे बड़ी उद्विग्नता से घूमती रही। मरियम का चित्र एक मेज पर सजा हुआ था। इसे उसने उठा लिया। असीम कोमलता भरी स्थिति के साथ उसे कुछ देर देखती रही। फिर उसकी आँखों से करुणा के चार आँसू ढुलक पड़े, जबकि मरियम कुछ दूर अपने कक्ष में था। दस मिनट तक वह निश्चल खड़ी रही।

धीरे-धीरे दरवाजा खुल रहा था। दरवाजे और शून्य के इस ओर वह स्वयं थी और था रोमांच तथा प्यार के भव्य भवन की निर्माण-सामग्री हवा में लहराते हुए खजूर वृक्षों का दृश्य—अमन, विश्राम और चिंतामुक्ति के स्वर्ग-द्वार पर सागर की लहरों का लोरी सा संगीत, अलमस्ती और निश्चिंतता भरा स्वप्निल संसार, हृदय की शांति, संगीत और काव्यमय जीवन।

कलाकारो, क्या तुम बता सकते हो कि श्रीमती कोनेंट ने दरवाजे के उस पार क्या देखा? तुम न बता सकोगे? या तुम बताना न चाहोगे? अच्छा तो फिर सुनो। उसके कल्पना चक्षुओं ने देखा कि वह एक बिसातखाने की दुकान में पहुँची रेशमी डोर के पाँच गोले और तीन गज कपड़ा उसने अपनी पुरानी बावरचिन के लिए एप्रेन बनवाने को खरीदा। 'श्रीमतीजी, पैसे क्या आपके नाम लिखे जाएँगे,' विक्रेता ने पूछा। ज्यों ही वह दुकान से निकली, एक स्त्री ने उसे अभिवादन करते हुए कहा, 'आपकी आस्तीन का यह नमूना कहाँ मिला?' मोड़ पर खड़े सिपाही ने अपना टोप छूकर उसे सलाम किया और सड़क पार करने में मदद दी। 'कोई मिलने तो न आया था?' घर पहुँचते ही उसने नौकरानी से प्रश्न किया। ''जी हाँ। श्रीमती वाल्ड्रन और जेकिंसन साहब की दो पुत्रियाँ।''

"ठीक है। मैगी, एक प्याला चाय लाओ," श्रीमती कोनेंट ने आदेश के स्वर में कहा।

श्रीमती कोनेंट अब दरवाजे की ओर बढ़ीं। पीरूवियन बुढ़िया ऐंजोला को बुलाया और कहा, मेटियो हो तो मेरे पास भेज दो।

बुड्ढा, किंतु मुस्तैद अधगोरा मैटियो मरी सी चाल चलता हुआ आ उपस्थित हुआ। "क्या कोई जहाज आज रात या कल यहाँ से जानेवाला है, जिसमें मुझे जगह मिल सके?" श्रीमतीजी ने प्रश्न किया।

"मेरा भाई आज ही आया है स्लूप से। कहता है, यहाँ से तीस मील दक्षिण की ओर एक स्टीमर में सिनकोना और डायवुड लादी जा रही है। कल तड़के ही वह सैनफ्रांसिस्को रवाना हो जाएगा।"

"मुझे तुम उसी स्लूप से स्टीमर तक पहुँचा दो। कर सकोगे इतना?"

"शायद!" अर्थपूर्ण ढंग से कंधा हिलाते हुए उसने कहा।

मेज की एक दराज से मुट्ठी भर रुपया देते हुए श्रीमती कोनेंट ने आज्ञा दी, "शहर के उस छोर पर स्लूप तैयार रखना। मल्लाहों का पूरा प्रबंध कर लो और छह बजे रवाना होने के लिए तैयार रहो। आधे घंटे बाद भूसे से आधी भरी एक गाड़ी यहीं ले आना और उनमें रखकर मेरा संदूक स्लूप तक पहुँचा देना, पैसा तुम्हें अभी और मिलेगा, बस जल्दी करो।"

मेटियो के पैरों में वह थकान न रही, भारीपन जाता रहा।

उच्च स्वर में श्रीमती कोनेंट ने कहा, "ऐंजिला, यहाँ आओ। सामान पैक कराने में मेरी मदद करो। बक्सा निकालो, पहले मेरे कपड़े। हिलो-डुलो भी। ये काली पोशाकें पहले, जरा जल्दी…।"

पहले-पहल उसे अपने निश्चय पर किसी प्रकार की दुविधा न हुई। उसका दृष्टिकोण साफ था। फैसला भी आखिरी। उसके लिए यथार्थ की दुनिया के दरवाजे खुल गए थे। यद्यपि मरियम के प्रति उसका अनुराग कम न हुआ, किंतु फिर भी उसे लगा, मानो वह अप्राप्य और दुराशा मात्र हो। सुख और आशामय भविष्य की कल्पना विलीन हो चुकी थी। उसने यह सोचकर स्वयं को संतुष्ट करना चाहा कि उसका त्याग अपने से कहीं अधिक मरियम के लिए था। अब उसका यह भार भी उतर गया। कम-से-कम साधारण गणित के नियम से मरियम का अपना भार उसके लिए असह्य न रह जाएगा। मन-ही-मन उसके तर्क-वितर्क और दलीलें चलती रहीं। कोटि-कोटि क्षीण स्वर शून्य में गूँज रहे थे, जिन्हें सुनने से अधिक उसने अनुभव किया। शक्तिशाली मशीन की गड़गड़ाहट की भाँति वास्तविक

संसार के स्वर जब एक ही लय में गूँजते हैं तो उनकी सतत पुकार भारी-से-भारी प्राचीरों को भी पार कर जाती है।

सामान लपेटते समय स्वप्निल संसार की एक छाया सी उसके स्मृति-पटल पर उभर आई। एक हाथ से वह मरियम का चित्र हृदय से सटाए हुए थी और दूसरे से जूतों की जोड़ी उसने बक्से में डाल दी।

ठीक छह बजे मेटियो वापस आया। उसने बताया, स्लूप तैयार है। मेटियो और उसके भाई ने बक्सा उठाकर गाड़ी में रखवा दिया। घास-फूस से ढककर वे उसे नगर के उस छोर पर ले गए, जहाँ से श्रीमती कोनेंट जहाज पर सवार होनेवाली थी। स्लूप में उसे लादकर वह देवीजी से आज्ञा लेने लौटा।

वह तैयार खड़ी थी। लेन-देन के सारे मामले ऐंजिला से तय करके वह आतुरता से उसी की प्रतीक्षा कर रही थी। काली रेशम का ढीला सा वही साया उसने पहन रखा था, जिसे पहनकर वह शीत की साँझ को घूमने निकलती थी। सर पर वही पुराना टोप और उसपर बँधा हुआ वही पुराना नारंगी रंग का फीता था।

सूर्यास्त का धूमिल प्रकाश कोहरे में छिपा हुआ था। शहर की अँधेरी और घास उगी गलियों से मैटियो उसे उस स्थान पर लिये जा रहा था, जहाँ स्लूप लंगर डाले खड़ा था। एक मोड़ पार करते समय उन्हें ओरिला दल मार होटल थोड़ी दूर दिखाई पड़ा। मिट्टी के तेल में जलनेवाले उसके लैंप नक्षत्रों की भाँति टिमटिमा रहे थे।

श्रीमती कोनेंट सहसा रुकीं। उसकी आँखों में चमक स्पष्ट थी और गुनगुनाहट में एक पीड़ा। जाने से पहले कम-से-कम एक बार उससे जरूर मिलना चाहिए। श्रीमतीजी ने कहा, लेकिन फिर भी उसके पूर्व निश्चय में कोई परिवर्तन नहीं हुआ। जल्दी से उसने एक युक्ति सोच निकाली, ताकि वह मरियम से मिल भी ले और उसे अनजाने चली भी जाए। उसने सोचा, होटल चलूँ, किसी से कहकर उसे बाहर बुला लूँ और कोई बहाना करके उसे सात बजे मिलने के लिए कहती जाऊँ ।

टोप उतारकर उसने मेटियो के हवाले किया और कहा, ''इसे रखो, लौटने तक मेरा इंतजार करना। मैं अभी आई।'' नारंगी फीता उसने अपने सुनहरे केशपाश पर लपेट लिया, ठीक वैसे ही, जैसे वह सूर्यास्त से पहले, घूमने से पहले, बाँध लेती थी और सीधे होटल की ओर चल पड़ी।

भारी-भरकम शरीरवाला होटल मैनेजर दूधिया सफेद पोशाक पहने वहीं गैलरी में अकेला खड़ा था।

"टियो, कष्ट तो तुम्हें होगा, जरा मिस्टर मरियम को बुला दो, मैं उनसे क्षणभर बात करना चाहती हूँ।" मोहक सी मुसकान बिखेरते हुए श्रीमतीजी बोलीं।

सम्मान प्रदर्शित करते हुए उसने वैसे ही अपना सर और कंधा झुका लिया, जैसे पीलवान के सामने हाथी।··· "सैन्योरा कोनेंट!" दरबारी के लहजे में बड़ी कठिनाई से उसने कहा, "आपको नहीं मालूम कि मरियम महाशय सायंकाल तीन बजे पजारी जहाज से पनामा के लिए रवाना हो चुके हैं।"

□

पैंडुलम

—ओ. हेनरी

"इक्यासी नंबर की सड़क आ गई, उतरने दो इन्हें।" नीली वरदीवाले चरवाहे ने जोर से कहा।

नागरिक रूपी भेड़ों का एक झुंड खड़बड़ करता हुआ नीचे उतरा और दूसरे झुंड ने उसकी जगह ले ली। घंटी बजी और ऊँचे मनहटन शहर की मवेशी गाड़ी खड़खड़ाती आगे बढ़ गई। जोन परकिंस भी छूटी हुए रेवड़ के साथ स्टेशन की सीढ़ियों से नीचे उतर गया।

धीरे-धीरे पग बढ़ाता वह घर की ओर चला। धीरे-धीरे इसलिए कि उसके दैनिक जीवन के शब्दकोश में 'शायद' नाम का कोई शब्द नहीं था। घर पर आश्चर्यजनक संभावनाएँ ऐसे व्यक्ति की प्रतीक्षा नहीं करतीं, जिसकी शादी हुए दो वर्ष बीत गए हों तथा जो किराए के कमरे में वैवाहिक जीवन के दिन पूरे करता हो। चलते-चलते जोन ने मन-ही-मन उस नीरस दिन के नित्यक्रम की निराशा एवं कड़वेपन से कल्पना की।

उसने सोचा, द्वार पर केटी से भेंट होगी। कोल्डक्रीम और बटरस्कॉच से सुरभित चुंबन से वह उसका स्वागत करेगी। कोट उतारकर वह 'लाउंज' पर विश्राम करेगा। सायंकालीन समाचार-पत्र में लीनोटायप के घातक अस्त्रों से रूसी और जापानियों की हत्या के दृश्य उसके सम्मुख आएँगे। भोजन के लिए 'पाट रोस्ट' होगा। थोड़े मसाले के साथ सलाद भी और तली हुई रूवर्ब। बोतल भरा स्ट्राबेरी का मुरब्बा जैसे उसपर चिपके हुए खालिसपन के सर्टिफिकेट से शरमा रहा होगा। खाना खाने के बाद केटी उसे पुराने-धुराने लिहाफ का नया पैबंद दिखाएगी। साढ़े सात बजेंगे, मेज-कुरसियों पर वे अखबार बिछा देंगे, ताकि छत से गिरनेवाली मिट्टी

से सामान खराब न हो। ऊपर की मंजिल में एक मोटे-ताजे महाशय व्यायाम भी तो इसी समय करते हैं। आठ बजते ही हाल के उस पारवाले कमरे में नौटंकीवाले हिक्की और मूनी बावले से होकर अपना फर्नीचर व्यवस्थित करने लग जाएँगे, उन्हें भ्रम जो रहेगा कि पाँच सौ डॉलर प्रति सप्ताह का ठेका लिये उनके पीछे हैमरस्टाइन आ रहा होगा। ऐसर 'शैफ्ट' के पारवाली खिड़की से एक सज्जन वेणु बजा उठेंगे। विगत दो वर्षों से जो बातें होती आ रही हैं, उनका नीरस क्रम आज भी ज्यों-का-त्यों रहेगा।

जोन जानता था कि वही-वही बातें होंगी। वह यह भी जानता था कि सवा आठ बजते ही वह साहस कर हैट के लिए हाथ बढ़ाएगा और उसकी पत्नी हमेशा की तरह झगड़ती हुई कहेगी—

'अब कहाँ जा रहे हैं आप, मैं भी तो जानूँ?'

'सोचता हूँ जरा मैकवलोस्की के यहाँ हो आऊँ। एक-दो बाजी पूल खेल पाऊँ।'

इन दिनों जोन की कुछ ऐसी ही आदत हो गई थी। दस-ग्यारह बजे तक लौट पाता। कभी केटी सो जाती, कभी जाग-जागकर प्रतीक्षा करती, ताकि अपने क्रोध की भट्ठी में वैवाहिक बंधनों को पिघलाकर थोड़ा-बहुत सोना निकाल ले। न्याय के दरबार में कामदेव को 'फ्रागमोर' भवन के उन कमरों के उन लोगों के लिए उत्तर देना होगा, जिन्हें उसने शिकार बनाया है।

आज की रात जोन जब घर पहुँचा तो उसे दैनिक जीवन के सामान्य क्रम में एक जबर्दस्त उथल-पुथल देखी। न केटी थी और न उसका स्नेहमयी, मृदुल चुंबन। तीनों कमरे कुछ ऐसे अस्त-व्यस्त पड़े थे, जिनसे उसे आशंका हो उठी। केटी का सामान इधर-उधर बिखरा पड़ा था। फर्श के बीच जूते पड़े थे, घुँघराले बालों की चिमटियाँ हेयर बो, पाउडर का डिब्बा, सभी चीजें, शृंगारदान कुरसी पर बेतरतीब पड़ी थीं। केटी का वह तरीका नहीं था, धंधे में उलझे हुए केटी के घुँघराले और सुनहरे बाल देखकर उसका हृदय बैठा जा रहा था। निश्चय ही उसे कोई दुश्चिंता और जल्दी रही होगी, क्योंकि कंघी करने के पश्चात् वह हमेशा अपने टूटे बाल कानस पर रखी नीली डिब्बी में डाल दिया करती थी, ताकि उनसे कभी अपनी चिरिच्छित चुहिया बना सके।

गैस की टोंटी में धागे के सहारे एक मुड़ा हुआ कागज ऐसे ढंग से लटक रहा था कि उस पर तुरंत दृष्टि पड़े। जोन ने उसे उठा लिया। श्रीमती का पत्र था, लिखा था—

"प्रिय जोन, अभी-अभी तार आया था। लिखा था—माँ सख्त बीमार है। साढ़े चार वाली गाड़ी से जा रही हूँ। वहाँ स्टेशन पर साम भाई मुझे मिलेंगे। आयस बॉक्स में गोश्त है। आशा है उन्हें गले की तकलीफ तो होगी ही। दूधवाले को पचास सेंट दे देना। पिछली बार बसंत में भी उन्हें गले का ही रोग था। कंपनी को गैस मीटर के बारे में जरूर लिख देना, भूलना नहीं और तुम्हारे अच्छेवाले मोजे ऊपर की दराज में रखे हैं। कल पत्र लिखूँगी।

जल्दी से

केटी"

वैवाहिक जीवन के विगत दो वर्षों में वह केटी से कभी अलग न हुआ था। एक रात को भी नहीं। हतबुद्धि होकर जोन पत्र को बार-बार पढ़े जा रहा था। वर्षों से जो क्रम चला आ रहा था, आज वह पहली बार टूटा था और उसी के कारण जोन स्तंभित रह गया था।

कुरसी पर केटी की ओढ़नी लटक रही थी। काली छींट की लाल ओढ़नी, जिसे वह खाना खाते समय ओढ़ा करती थी। रोजमर्रा के कपड़े जल्दी में इधर-उधर बिखर गए थे। उसका प्रिय 'बटर स्कॉच' कागज के थैले में एक तरफ पड़ा था। अभी तक उसकी सुतली भी न खुली थी। फर्श पर दैनिक अखबार का एक पन्ना पड़ा था। रेलवे टाइमटेबल काट लेने के कारण उसमें एक चौकोर छेद हो गया था। कमरे की प्रत्येक वस्तु जैसे किसी अभाव की सूचना दे रही थी। जैसे सबकुछ नीरस हो चुका था, जैसे कमरे की आत्मा, उसका जीवन उससे विदा ले गया हो। जोन उसी के अवशेषों में खड़ा-खड़ा एक अजीब एकाकीपन और परेशानी अनुभव कर रहा था।

यथासंभव उसने कमरे को व्यवस्थित करने का प्रयत्न किया। केटी के वस्त्रों को हाथ लगाते ही उसके शरीर में भय की एक बिजली सी कौंध गई। उसने कभी न सोचा था कि केटी के बिना वह कैसे रह सकेगा। उसके जीवन में वह इतनी घुल-मिल गई थी कि जैसे श्वास-प्रश्वासों में बसी हवा हो। बात तत्त्वत: यही थी किंतु जोन ने उस पर ध्यान भी न दिया। कुछ ही दिन की बात थी या अधिक-से-अधिक एक-दो सप्ताह की, किंतु उसे लगता, जैसे स्वयं मृत्यु ही उसके घर की शांति और सुरक्षा की ओर उँगली उठा रही हो।

जोन ने आइस बॉक्स में रखा गोश्त निकाला। कॉफी बनाई और अकेला ही भोजन करने बैठ गया। स्ट्राबेरी के मुरब्बेवाली बोतल पर खालिसपन की झूठी और

बेगैरत सनद उसके सामने थी। जिन नियामतों से वह कुछ समय के लिए वंचित हो चुका था, 'पाट रोस्ट' और सलाद उन्हीं की छाया मात्र थे। उसका घर उजड़ गया था, गले के रोग से पीड़ित सास ने उसके गृह देवताओं को ठोकर मारकर आसमान में उछाल दिया था। अकेले-अकेले भोजन करने के उपरांत जोन सामने की एक खिड़की के पास जा बैठा।

उसे धूम्रपान की इच्छा न हुई। बाहर शहर की चहल-पहल उसे जैसे अपनी मूर्खता और खुशी में सम्मिलित होने के लिए बुला रही थी। रात उसकी अपनी थी। चाहता तो वह भी बिना किसी को जवाबदेही किए चला जाता और उल्लास वीणा के तार छूता। वैसे ही निर्द्वंद्व होकर जैसे दूसरे मुदितवदन कुँआरे लोग भोर होने तक चाहे जितना घूमें, फिरें, पिएँ और ऊधम मचाते फिरें। कोई पूछने वाला नहीं। वाट जोहने को क्षुब्ध केटी भी नहीं, जो उसकी खुशी को हाथ लगा सके। चाहे तो सारी रात कमैक्वलोस्की के यहाँ दोस्तों के साथ पूल खेलता रहे, वैवाहिक बंधनों की वह लगाम ढीली पड़ चुकी थी, केटी जो चली गई थी।

जोन अपनी भावुकता के विश्लेषण का आदी न था। किंतु केटी के वियोग में जब वह अपने दस फिट चौड़े और बारह फिट लंबे कमरे में बैठा था, तभी सहसा उसे अपनी बेचैनी का सही रहस्य पता चला। घरेलूपन की नीरसता के कारण केटी के प्रति उसके विचार अचेतन मस्तिष्क के किसी कोने में दब गए थे। उसकी अनुपस्थिति ने उन्हीं में हलचल पैदा कर दी थी। क्या यह सही नहीं है कि कहावतें, धर्मोपदेश और दंतकथाओं को सुनते-सुनते हम पर कुछ ऐसा असर हो गया है कि हम संगीत का तब तक मूल्यांकन ही नहीं करते, जब तक कोकिल कंठी उड़ न जाए? यही बात क्या सत्य वचन, अलंकृत भाषा आदि पर भी लागू नहीं होती?

''दो आँखें होते हुए भी मैं अंधा हूँ, नीच हूँ'', जोन मुनमुनाया, ''क्योंकि वैसा ही केटी के प्रति मेरा व्यवहार है। नित्य ही रात को चला जाता हूँ, बजाय इसके कि रात को उसके पास रहूँ। यारों से सटकर पूल खेलता हूँ। बेचारी यहाँ अकेली रह जाती है। उसके मन बहलाव के लिए कुछ भी नहीं और मैं, मैं मजे की छानता हूँ। जोन, तुम दिखावटी हो। निम्न श्रेणी के दंभी, उस छोकरी के लिए अब ये बातें छोड़नी होंगी। अब से उसे भी ले जाया करूँगा, ताकि वह भी तफरी का आनंद ले सके। बस इसी मिनट से मेकवलोस्की मंडल छोड़ा।''

जी हाँ, खिड़की के उस पार शहर का अट्टहास जोन को आमोद-प्रमोद में सम्मिलित होने के लिए जैसे बुला रहा था और मेकवलोस्की के यहाँ लोग 'पूल' का मजा ले रहे थे। किंतु यह सब्जबाग और छीना-झपटी वियोगी जोन की आत्मा को

राहत नहीं दे सकते, जो उसकी चीज थी, वही छीन ली गई, जिसकी ज्यादा परवाह भी नहीं करता, कभी मजाक में टाल देता था, आज उसी के लिए मरा जा रहा था।

जोन के बाईं ओर एक कुरसी रखी थी और उसी पर लटकी हुई थी केटी की नीली 'शर्टवेस्ट', उस पर अब तक कुछ सिलवटें शेष थीं। आस्तीनों के बीच में पड़ी सिलवटें बाँह की एक-एक सिकुड़न की सूचना दे रही थीं। ऐसी सिकुड़नें जो आराम जोन के आराम और प्रसन्नता के लिए परिश्रम करते समय उसकी आस्तीनों पर बनती-बिगड़ती रहती थीं। कमीज से ब्लेवेल की भीनी, किंतु मोहक गंध आ रही थी। जोन ने उसे उठा लिया और उदास होकर उस मूक वस्त्र को बड़ी देर तक देखता रहा। केटी स्वयं कभी भी इतनी लापरवाही नहीं करती थी। जोन की आँखों में आँसू आ गए, जी हाँ आँसू! जब वह लौटेगी, उसे परिवर्तन दिखाई देगा। विगत की सारी कमी और लापरवाही जैसे वह चुका देगा, केटी के बिना जीवन भी क्या?

दरवाजा खुला देखा तो कंधे पर थैला लटकाए केटी चली आ रही थी। जोन हतबुद्धि सा होकर उसे घूरता रहा।

"मुझे जल्दी ही लौट आने की खुशी है।" केटी ने कहा, "माँ की तबीयत ऐसी खराब न थी, जो चिंता का कारण बन जाती। साम स्टेशन पर मिल गया था। कह रहा था कि सहसा उनकी तबीयत बिगड़ गई थी। तार देने के थोड़ी देर बाद ठीक हो गई। इसलिए मैं अगली गाड़ी से लौट आई। बिना कॉफी पिए मेरा दम सा निकल रहा है जोन।"

फ्रागमोर कमरों की तीसरी मंजिल में मशीन पूर्ववत् चल उठी। किसी को न उनकी खड़खड़ाहट सुनाई दी और न पहियों का शोरगुल। पट्टा आगे बढ़ा, स्प्रिंग काम कर उठा। गियर लगते ही पहिए अपने धुरे पर घूमने लगे।

जोन ने घड़ी पर दृष्टि डाली, सवा आठ बजे हैट उठाकर वह दरवाजे की ओर चला।

"अब कहाँ जा रहे हैं आप, मैं भी तो जानूँ, जोन?"

"सोचता हूँ जरा मैकवलोस्की के यहाँ हो आऊँ। एक-दो बाजी पूल की खेल आऊँ।"

□

कंदर्प और कुबेर

—ओ. हेनरी

रॉकवेल युरेका साबुन के वयोवृद्ध निर्माता एंटली रॉकवेल व्यवसाय से संन्यास ले चुके हैं। फिफ्थ एवेन्यू में उनकी अपनी कोठी है। पुस्तकालय की खिड़की से झाँकते हुए उन्हें सहसा हँसी आ गई। नीचे उनके शौकीन मिजाज पड़ोसी जीवान श्वेलायट प्रतीक्षा में खड़ी कार की ओर बढ़ रहे थे। सहसा उनकी दृष्टि कोठी के बाहरी मार्ग की इतालवी रिनेसाँ ढंग की स्थापत्य कला पर गई। श्वेलायट महाशय ने घृणा और तिरस्कार से नाक सिकोड़ ली।

'वाह रे टेसू!' पूर्व साबुन निर्माता ने व्यंग्य किया, 'अगली गरमियों में कोठी को लाल-नीले और सफेद रंग से पेंट कराऊँगा। तब देखूँ, कितनी नाक सिकोड़ेंगे।' मन-ही-मन उसने कहा।

ऐंटनी रॉकवेल, जिन्हें अब तक घंटी प्रयोग करने का अभ्यास न हो पाया था, लपके-लपके अध्ययन-कक्ष के द्वार पर जा पहुँचे और लगे चिल्लाने 'माइक', ठीक वैसे ही, जैसे कभी कंसास के मैदान में चिल्ला-चिल्लाकर दिशाएँ बहरी करते थे।

"बेटे से कहना," आए हुए कर्मचारी से उन्होंने कहा, "कहीं जाने से पहले वह मुझसे मिल ले।"

रिचर्ड के आते ही वृद्ध महाशय ने समाचार-पत्र एक ओर रख दिया। स्नेहभरी गंभीरता से उसके स्निग्ध और कांतिवान चेहरे पर दृष्टि डालते हुए वृद्ध महाशय एक हाथ से अपने श्वेत बाल सहलाने लगे और दूसरे से उन्होंने जेब में पड़ा चाभियों का गुच्छा खनखनाया।

"रिचर्ड," ऐंटली रॉकवेल ने पूछा, "जो साबुन तुम प्रयोग करते हो, उस पर कितना व्यय हो जाता है?"

रिचर्ड, जिसे कॉलिज से घर आए केवल छह मास हुए होंगे, कुछ चौंक सा गया। पिता के स्वभाव से वह अभी पूर्णरूपेण परिचित भी न हो पाया था। फिर पिता महाशय स्वयं उस पश्चिमी संसार की बाला के समान ही अप्रत्याशित जिसे पहली बार ही किसी भोज में आने का अवसर मिला हो।

"सोचता हूँ, छह डॉलर प्रति दर्जन।" रिचर्ड ने संक्षिप्त सा उत्तर दिया।

"और कपड़ों पर?"

"मेरा खयाल है, साठ डॉलर के लगभग।"

"निश्चय ही कुलीन हो।" ऐंटनी ने निर्णय सा देते हुए कहा, "मैंने सुना है, नई पीढ़ी के लोग दर्जन भर साबुन पर चौबीस डॉलर व्यय कर डालते हैं और कपड़ों पर तो सौ की सीमा भी पार कर जाते हैं। तुम्हारे पास पैसे की क्या कमी, चाहे तो उतना ही बिगाड़ो, जितना कोई और। लेकिन तुम उतना ही व्यय करते हो, जितना उचित और समुचित है। मैं स्वयं भी पुराना यूरेका साबुन ही प्रयोग में लाता हूँ, केवल भावुकता के कारण नहीं, वरन् इसलिए कि अभी तक के बने साबुनों में सबसे विशुद्ध यही है। एक बट्टी के लिए दस सेंट से अधिक व्यय करना पड़े तो समझ लो कि दुर्गंध और लेबिल खरीद रहे हो। किंतु पचास सेंट व्यय तुम्हारी पीढ़ी के नवयुवकों की स्थिति और अवस्था के उपयुक्त है। जैसा मैंने कहा, तुम कुलीन हो। लोगों का कहना है कि कुलीनता चलकर तीसरी पीढ़ी में आती है। उनकी तो छोड़ो। रुपए में सब शक्ति है। तुम भी पैसे के कारण ही कुलीन कहलाने के अधिकारी हुए हो। कुछ-न-कुछ अंशों में मैं भी पैसे के द्वारा ही कुलीन बना हूँ। किंतु वास्तविकता यह है कि मैं स्वयं भी उतना ही शिष्टाचार रहित, विनम्रताशून्य और अवांछनीय हूँ, जितने कि मेरे अगल-बगल रहनेवाले न्यूयॉर्कवासी महानुभाव, जिन्हें केवल इसलिए नींद नहीं आती कि मैं उनके बीच आ बसा हूँ।"

"कुछ ऐसी भी वस्तुएँ हैं, पिताजी," रिचर्ड ने उदासीनता से कहा, "जिन्हें रुपए से प्राप्त नहीं किया जा सकता है।"

"अब से ऐसा न कहना। मैं शर्त लगा सकता हूँ। विश्वकोश में मुझे अ से लेकर ह तक कोई ऐसी वस्तु नहीं मिली, जिसे रुपए के द्वारा खरीदा न जा सके। मैं तो अगले सप्ताह विश्वकोश का परिशिष्ट भी देख डालने की आशा करता हूँ। जहाँ भी आवश्यकता हो, धन मेरे पास है। बताओ वह क्या है, जिसे पैसे से न खरीदा जा सके।"

"केवल एक बात है," रिचर्ड ने कुछ पीड़ा सी व्यक्त करते हुए कहा, "और वह यह कि रुपया आपको किसी के निर्द्वंद्व सहवास में नहीं पहुँचा सकता है।"

"अच्छा तो यह बात है," सब बुराइयों की जड़ पैसे के भक्त ने गरजते हुए कहा, "बताओ यदि तुम्हारे दादा योरोप से यहाँ आने के लिए किराए की व्यवस्था न कर पाते, तब क्या किसी के सहवास पर एकाधिकार करने का विचार भी तुम्हारे मन में आता?"

रिचर्ड ने एक ठंडी आह भरी।

"मैं उसी बात पर आ रहा हूँ," वृद्ध महाशय ने स्वर से कर्कशता कम करते हुए कहा, "इसीलिए मैंने तुम्हें बुलाया था। दो सप्ताह से मैं यह अनुभव कर रहा हूँ कि तुम्हारी दशा ठीक नहीं है। जाने दो। मेरा खयाल है कि चाहूँ तो चौबीस घंटे के भीतर अचल संपत्ति के अतिरिक्त सवा करोड़ डॉलर व्यय कर डालूँ। हाँ, अगर जिगर का कोई रोग हो तो खाड़ी में रैंबलर जलयान तैयार है, कोयले-पानी से लैस। दो दिन में बहामा पहुँचा देगा।"

"आपका अनुमान बुरा नहीं पिताजी। कुछ अंशों में ठीक ही है।"

"ओह, ऐंटनी ने जिज्ञासा सी व्यक्त करते हुए कहा, "क्या नाम है उसका?"

अध्ययन-कक्ष में रिचर्ड ने इधर-उधर टहलना शुरू किया। पिता की सहानुभूति और सख्त भाव उसका विश्वास प्राप्त करने के लिए पर्याप्त थे।

"उससे प्रस्ताव क्यों नहीं करते। तुरंत स्वीकार कर लेगी। तुम्हारे पास पैसा। सौंदर्य है। भले लड़के हो। हाथ साफ हैं, उन पर यूरेका साबुन नहीं है। यों शिक्षा तुमने सामान्य विद्यार्थी की भाँति ही पाई है, किंतु इस पर ध्यान न देगी।"

"मुझे अवसर नहीं मिला।" रिचर्ड बोला।

"नहीं मिला तो ढूँढ़ निकालो," ऐंटनी ने समझाया, "किसी दिन उसे वाटिका विहार के लिए ले आओ। न हो तो गिरजे से लौटते समय उसके घर तक साथ लग लो। अवसर की बात है।"

"समाज की चक्की से आप परिचित नहीं हैं, पिताजी और वह तो उस नदी की भाँति है, जिसका प्रवाह ही चक्की की गति है। उसके समय का प्रत्येक घंटा, प्रत्येक क्षण हफ्तों पहले से बुक हो जाता है। वह मुझे मिलनी ही चाहिए अन्यथा पिताजी मेरे लिए यह शहर सदैव को कालापानी हो जाएगा। अपने हृदय की बातें मैं उसे लिख नहीं सकता। नहीं, मुझसे यह सब न हो सकेगा।"

"छिह," वृद्ध महाशय ने कहा, "तब क्या तुम्हारा यह आशय है कि मेरी समस्त संपत्ति से भी तुम उस छोकरी से घंटे-दो घंटे का समय नहीं ले सकते?"

"बहुत विलंब हो गया। परसों वह योरोप जा रही है दो वर्ष के लिए। कल सायं में उससे केवल कुछ क्षणों के लिए उससे एकांत में मिल सकूँगा। अभी तो

वह अपनी चाची के यहाँ है। लार्ज माउंट में। वहाँ तो जा नहीं सकता। किंतु कल सायं साढ़े आठ वाली ट्रेन पर बग्घी लेकर मिलने की मुझे अनुज्ञा मिल गई है। ग्रांड सेंट्रल स्टेशन से बॉडवे होते हुए हमें जल्दी ही वैलक थिएटर पहुँचना होगा। वहीं उसकी माँ और अन्य लोग सिनेमा लॉबी में हमारी प्रतीक्षा करेंगे। भला बताइए, इस आठ-सात मिनट के समय और परिस्थितियों में वह मेरा कोई प्रस्ताव सुन सकेगी? नहीं। फिर थिएटर या उसके बाद अवसर ही कहाँ रहेगा? नहीं पिताजी, यह एक ऐसी उलझन है, जिसे आपका रुपया नहीं सुलझा सकता। पैसे से हम समय का एक क्षण भी नहीं खरीद सकते। ऐसा हो सकता तो धनी लोग बहुत दिन जी पाते। कुमारी लेंट्री के जलयान पर सवार होने से पूर्व बात होने की आशा नहीं की जा सकती।"

"ठीक है बेटे रिचर्ड", वृद्ध ऐंटनी ने प्रसन्नता से कहा, "अब तुम क्लब जा सकते हो, मुझे प्रसन्नता है कि तुम जिगर से पीड़ित नहीं हो। किंतु मूजम देवता के मंदिर में छरपुरी जलाना न भूलना। तुम कहते हो, रुपए से समय नहीं खरीदा जा सकता? उचित भी है, पैसे से अनंतकाल का पुलिंदा बनाकर तो कोई तुम्हारे घर डाल न जाएगा। किंतु इतना मैंने देखा है कि सोने की खान में चलने से समय के पैरों पर भी खुरसटें लग जाती हैं।"

उसी रात हेलिन बुआजी आ टपकीं। बड़ी भली महिला हैं, शरीर पर पड़ी झुर्रियाँ जैसे उनकी अवस्था बताती हैं। धनाधिक्य से वे भी पीड़ित हैं। आहें सी भरती हुई वे अपने भाई ऐंटनी से मिलीं। ऐंटनी महाशय अब तक सायंकालीन समाचार-पत्र पढ़ रहे थे। देवीजी ने आते ही प्रेमियों के नैराश्य पर बातचीत आरंभ कर दी।

"इसके बारे में उसने मुझे सबकुछ बता दिया है।" ऐंटनी ने जम्हाई लेते हुए कहा, "मैंने उससे कह भी दिया है कि मेरी समस्त बैंकगत पूँजी प्रस्तुत है। इस पर उसने रुपए की निरर्थकता गिनानी आरंभ की। बोला, रुपए से काम न चलेगा। कहता था, समाज के नियम ही कुछ ऐसे हैं कि दस करोड़पति भी मिलकर उन्हें हिला-डुला नहीं सकते।"

"ओह ऐंटनी," दीर्घ निश्वास छोड़ते हुए ऐलिन बुआ ने कहा, "मैं चाहती हूँ कि तुम रुपए का इतना अधिक मूल्यांकन न किया करो। जहाँ तक सच्चे स्नेह का संबंध है, रुपए का कुछ भी मूल्य नहीं। प्रेम ही सर्वशक्तिमान है। काश कि उसने केवल कुछ पहले से कहा होता। वह हमारे रिचर्ड को मना नहीं कर सकती थी। किंतु अब मुझे भय है कि बहुत देर हो चुकी है। प्रस्ताव करने का उसे कोई अवसर न मिल पाएगा। तुम्हारी संपत्ति भी बेटे की प्रसन्नता वापस नहीं ला सकती।"

अगले दिन सबेरे ही ऐलिन बुआ ने एक सड़ी-घुनी डिब्बी से एक सोने की

अँगूठी निकालकर रिचर्ड को थमा दी।

"आज रात इसी को पहनना बेटे," वृद्ध ने कहा, "यह तुम्हारी माँ ने मुझे दी थी। उसने कहा था, प्रेमी को इससे सौभाग्य प्राप्त होता है। उसने यह भी कहा था कि जब तुम्हें प्रेमिका मिल जाए तो अँगूठी तुम्हें सौंप दूँ।"

बड़ी बुआ से अँगूठी लेकर रिचर्ड ने उसे छन्नी उँगली पर चढ़ाने का प्रयत्न किया, किंतु वह दूसरे पोरे से ऊपर न चढ़ सकी। उतारकर उसने सदरी की जेब में रख ली, जैसे कि सभी पुरुष करते हैं और तब उसने बग्घी के लिए टेलीफोन किया।

स्टेशन की चिल्लपों के बीच ही 8:32 पर कुमारी लैंट्री से उसकी भेंट हुई।

"माँ और दूसरे लोगों को अधिक प्रतीक्षा न करनी पड़े।" कुमारीजी ने दबे शब्दों में कहा।

"हाँ भई, जितनी जल्दी हो सके वैलाक थियेटर पहुँचा दो।" रिचर्ड ने कोचवान को आदेश दिया।

थर्टी फोर्थ स्ट्रीट पर रिचर्ड ने सहसा कोचवान को रुकने का आदेश दिया।

"मेरी अँगूठी गिर गई। अँगूठी माँ की है। मैं इसे खोना नहीं चाहता। आपको एक मिनट भी न रुकना पड़ेगा। जहाँ गिरी थी, मैंने देख ली है।" क्षमा-याचना सी करते हुए वह बग्घी से उतरकर चला गया।

वापस आने में उसे एक मिनट से कम ही लगा होगा। अँगूठी उसे मिल गई, किंतु इसी बीच एक कार आकर बग्घी के ऐन सामने रुक गई। कोचवान ने बाएँ से निकालने का प्रयत्न किया, पर वहाँ एक भारी वैगन रास्ता घेरे खड़ा था। दाएँ मेज-कुरसियों से ठसाठस भरा ठेला अड़ा निकला, जिसे शायद वहाँ रुकने का कोई कारण न था। अवसर की बात है बेचारे ने बग्घी पीछे हटाई तो हाथ से लगाम छूट पड़ी। इस तरह बग्घी वाहनों और घोड़ा गाड़ियों के भीड़-जाल में फँस सी गई। सड़क पर वाहनों का यह जमाव कुछ वैसा ही था, जैसा बड़े शहरों में कभी-कभी व्यापार और आवागमन को कुछ क्षणों के लिए सहसा स्थगित सा कर देता है।

"हाँकते क्यों नहीं?" कुमारी लैंट्री ने व्यग्रता से कहा, "हमें देर हो जाएगी।"

रिचर्ड उठकर खड़ा हो गया और उधर देखने लगा। ब्राडवे, सिक्स्थ एवेन्यू और थर्टी फोर्थ स्ट्रीट चौराहे के विशाल क्षेत्र में जहाँ तक उसकी दृष्टि गई वैगन, ट्रक, बग्घी, ठेले और कारें ठसी हुई थीं। जैसी किसी तरुणी ने बाईस इंच की करधनी में छब्बीस इंच मोटी कमर धँसा दी हो। हर ओर से वाहनों का प्रवाह बढ़ता जा रहा था। पूरे वेग से खड़खड़ाती हुई यहीं आ-आकर वे क्रमहीन भीड़ में मिलती जा रही थीं। उनके पहिए गतिहीन हो रहे थे। वाहनों के इस ठहराव पर चालकों की

खीज सामूहिक बड़बड़ाहट का रूप ले चुकी थी। विदित होता था, जैसे मनहटन का सारा ट्रैफिक उन्हें घेरकर अचल हो गया हो। फुटपाथों पर खड़े सहस्त्रों दर्शकों में वृद्ध-से-वृद्ध न्यूयॉर्कवासी ने भी सड़क पर कभी इतना बड़ा जमाव नहीं देखा था।

"मुझे अत्यंत खेद है," अपने स्थान पर बैठते हुए रिचर्ड ने कहा, "लगता है जैसे हम लोग फँस गए। घंटे भर से कम में यह भीड़ न छँट पाएगी। दोष मेरा ही था। यदि मुझसे अँगूठी न गिरती तो हम ..."

"देखूँ तो कैसी है अँगूठी।" हाथ बढ़ाते हुए कुमारीजी ने कहा, "जब हमारे बस की बात ही नहीं थी, व्यर्थ की चिंता क्यों? थिएटर भी निरी बेवकूफी है।" खैर उसी रात ग्यारह बजे के लगभग किसी ने धीरे से ऐंटनी साहब का दरवाजा खटखटाया।

"चले आओ," ऐंटनी महाशय चिल्लाए। लाल रंग का गाउन पहने वे समुद्री डाकुओं के करिश्मों संबंधी पुस्तक पढ़ रहे थे।

ये और कोई नहीं एलिन बुआ थीं। अपनी आकृति और श्वेत कैशपाश के कारण साक्षात् देवी जैसी लग रही थीं। भूल से जैसे वे धरती पर ही रह गई हों।

"उनकी शादी तय हो गई," ऐंटनी बुआ ने कहा, "उसने हमारे रिचर्ड से विवाह करने का वायदा कर दिया है। थिएटर जाते समय उनका रास्ता रुक गया था। बग्घी को जमाव से निकलने में दो घंटे के लगभग लग गए।"

अपनी बात जारी रखते हुए बुआजी बोलीं, "और हाँ भइया ऐंटनी, अब से अपने रुपए की शेखी कभी न बघारना। तुम्हें शायद यह नहीं मालूम कि एक छोटी सी अँगूठी जोकि सच्चे प्रेम की प्रतीक है, निष्काम और चिरंतन प्रेम की सूचक, वही हमारी रिचर्ड की प्रसन्नता का कारण बनी। सड़क पर यही तो उसके हाथ से गिर गई थी। इसी को खोजने वह बग्घी से उतरा, किंतु इससे पूर्व कि वे थिएटर रवाना हो पाते, सड़क पर सहसा वाहनों का एक भारी जमघट हो गया। बग्घी जब खड़ी थी, तभी उसने अपनी प्रेमिका से प्रस्ताव किया और उसके हृदय पर विजय पाई। सच्चे प्रेम की तुलना में रुपया-पैसा तो कूड़ा है।"

"ठीक है," ऐंटनी ने कहा, "मुझे खुशी है, बच्चे को मनचाहा मिल गया। मैंने उससे कह भी दिया था कि इस हेतु व्यय करने में कुछ भी न उठा रखूँगा, यदि..."

"पर भइया, तुम्हारे रुपए से क्या भला हो सकता था?"

"मैना, मेरा समुद्री डाकू एक भयानक मुसीबत में फँसा हुआ है। उसके जहाज में छेद हो गया है। धन से उसे इतना प्रेम है कि वह उसे डूबने नहीं देना चाहता। मैं अब इस अध्याय को समाप्त करना चाहता हूँ।"

''कहानी तो यहीं खत्म हो जानी चाहिए और मैं स्वयं भी अपने पाठकों की भाँति यही चाहता हूँ, किंतु सत्य की खोज में हमें गहराई तक जाना चाहिए।''

अगले दिन कैली नामक एक व्यक्ति ऐंटनी के यहाँ आया, तुरंत ही उसे अध्ययन-कक्ष में बुला लिया गया।

चैक बुक निकालते हुए ऐंटनी ने कहा, ''हाँ तो साबुन का यह बुदबुदा अच्छा रहा। पाँच हजार डॉलर तो तुम्हें मिल ही चुके हैं।''

''किंतु तीन सौ मुझे अपने पास से भी खर्च करने पड़े।'' कैली ने कहा, ''अनुमान से कुछ ऊपर ही व्यय हुआ। एक्सप्रेस वैगन और बग्घियोंवाले तो पाँच डॉलर में ही राजी हो गए, पर ट्रकों और दो घोड़ेवाली गाड़ियों पर हमें दस डॉलर तक व्यय करने पड़ गए। मीटर वाले दस डॉलर माँगते थे, किंतु बड़े भारवाहन बीस से कम पर न मिल सके और उन दो सिपाहियों ने बहुत पैसे ऐंठ लिये, पचास डॉलर से कम पर वे तैयार ही नहीं हुए। इन दो का पचास-पचास और शेष का पच्चीस तथा बीस में ही निपटारा हो गया। लेकिन रॉकवेल साहिब, यह तो देखिए कि काम भी क्या खूब हुआ। प्रसन्नता की बात है कि ब्रैडी साहब की दृष्टि उस जमघट पर नहीं पड़ी। मैं नहीं चाहता कि ईर्ष्या से उनका दिल टूट जाए और यह भी नहीं चाहता कि उस दृश्य की रिहर्सल हो। लड़का भी बिल्कुल ठीक समय पर ही पहुँचा। साँप भी रेंगकर दो घंटे से कम में उस ओर नहीं जा सकता था।''

''अच्छा भाई, यह लो अपने तेरह सौ,'' चेक काटते हुए ऐंटनी ने कहा, ''हजार तुम्हारे और तीन सौ वह, जो तुमने पास से व्यय किए हैं। धन की तो तुम उपेक्षा नहीं करते या करते हो कैली ?''

''मैं ?'' चौंककर उसने उत्तर दिया, ''निर्धनता का आविष्कारक मिल जाए, जो उसकी अकल ठिकाने लगा दूँ।''

कैली दरवाजे तक पहुँचा ही था कि ऐंटनी ने कहा, ''और कैली, तुमने उस भीड़ में एक बहुत सुंदर लड़का तो नहीं देखा, जो चारों ओर फूलों के बाण बरसा रहा हो ?''

''नहीं तो, मैंने नहीं देखा, फिर भी जैसा आप बताते हैं, यदि वैसा कोई रहा भी होगा तो मेरे पहुँचने से पूर्व ही सिपाही उसे पकड़कर ले गए होंगे।''

''ठीक है, वह मक्कार आया ही न होगा।'' हँसते हुए ऐंटनी ने कहा, ''अच्छा भई कैली, नमस्ते!''

□

मुगां का उपहार

—ओ. हेनरी

एक डॉलर सत्तासी सैंट। केवल इतना ही उनके पास था, जिसमें साठ सैंट की रेजगारी थी। रेजगारी—जो एक-एक सैंट करके बड़े प्रयत्नों से जमा हो पाई थी। उस एक-दो सैंट के लिए वह कभी पंसारी को मजबूर करती, कभी सब्जीवाले से चखचख करती और कसाई को घिसती। स्वभावतः उसका मोलतोल तब तक चलता, जब तक कंजूसी के इलजाम सुनते-सुनते उनके गालों पर लालिमा न दौड़ जाती। उन पैसों को डेला तीन बार गिन चुकी थी। कुल मिलाकर वे थे—एक डॉलर सत्तासी सैंट और अगले दिन पड़ना था बड़ा दिन।

कोई उपाय भी न था पुरानी कोच पर पड़कर आँसू बहाने के अतिरिक्त और कर भी क्या सकती थी। डेला ने किया भी यही। यही बातें हैं, जो मानव-मस्तिष्क में जीवन के प्रति उदासीनता के भाव उकसाती हैं—सिसकना, फफकना और मुसकराना—यही तो जीवन की धूप-छाँह है। और इन सब में फफकने का ही प्राबल्य है।

गृहस्वामिनी जब एक अवस्था के बाद दूसरी में प्रवेश कर रही है, तब उसके घर की हालत पर भी एक दृष्टि डाल ली जाए। आठ डॉलर प्रति सप्ताह किराए का कमरा है। यद्यपि वह वर्णन से बाहर की चीज तो नहीं है, किंतु हाँ, उसे देखकर एक बड़ा अभाव खटकता है।

नीचे दरवाजे पर लटक रहा था एक पत्र-पात्र, जो चिट्ठियों से प्रायः विमुख ही रहता था। बिजली की घंटी का बटन भी पास ही था, किंतु किसी जीवधारी मनुष्य की उँगली लाख प्रयत्न करने पर भी घंटी बजा न पाती। उसी से सटी नाम-पट्टिका पर लिखा था—मिस्टर जेम्स डिलिंघम यंग।

संपन्नता के उन दिनों के यही अवशेष थे, जब जेम्स साहब तीस डॉलर प्रति सप्ताह पाते थे। अब जब उनकी आय घटकर केवल बीस डॉलर रह गई थी, नाम

पट्टिका के अक्षर भी धुँधले दिखाई देने लगे थे। जैसे वे भी गंभीरतापूर्वक विनम्र और आडंबरहीन होने की सोच रहे हों। जेम्स जब घर लौटकर आते तो उनकी पत्नी डेला जिससे आप आरंभ में ही परिचित हो चुके हैं, उन्हें 'जिम' कहकर हृदय से लगा लेती। यह सब ठीक भी था।

डेला ने चुप होकर अपने गालों पर पाउडर पोता। खिड़की के पास खड़ी होकर उसने भूरी बिल्ली को मटमैले सहन की मटमैली दीवार पार करते देखा। कल बड़ा दिन है। पास में गिने-चुने वही एक डॉलर सत्तासी सैंट थे, जिनसे वह अपने जिम के लिए कोई उपहार खरीदना चाहती है। महीनों से पैसा-पैसा करके वह इतना ही जोड़ पाई है। बीस डॉलर प्रति सप्ताह बहुत नहीं होते। खरचे उसके अनुमान से अधिक ही रहते, ऐसा प्रायः देखा भी गया है। उसके पास एक डॉलर सत्तासी सैंट ही थे, जिनसे वह जिम के लिए कोई उपहार खरीदना चाहती थी। अपने जिम के लिए घंटों खुश होकर वह किसी श्रेष्ठ उपहार पर व्यय करने की योजना बनाती रही। चाहती थी, कोई ऐसी वस्तु जो सुंदर हो, कामयाब हो, असली हो और ऐसी हो, जो जिम के सम्मान के यथासंभव अनुरूप हो।

कमरे की खिड़कियों के बीच एक 'पीयर-ग्लास' लगा था। आठ डॉलरवाले कमरे में शायद आपने भी देखा हो। कोई दुबला-पतला और चुस्त आदमी ही उसकी लंबी-पतली धारियों पर पड़नेवाली छाया से अपनी आकृति का अनुमान लगा सकता है। डेला दुबली-पतली थी और इसलिए इस कला में सिद्ध हस्त थी।

सहसा खिड़की से हटकर वह शीशे के सामने आकर खड़ी हो गई। उसकी आँखों से अनुपम कांति बरस रही थी, किंतु बीस सेकंड में ही उसका चेहरा विवर्ण पड़ गया था। बड़ी फुरती से उसने अपने सुंदर केशपाश खोल दिए और उन्हें पूरी लंबाई में फैला दिया।

जेम्स दंपती के पास केवल दो ही वस्तुएँ थीं, जिन पर उन्हें विशेष अभिमान था। उनमें एक तो थी सोने की घड़ी, जो जेम्स के बाप-दादों के वक्त से चली आ रही थी और दूसरी थी डेला की सुंदर केशराशि। काश कि शेवा की महारानी वहीं किसी पास के कमरे में रहती होतीं तो डेला अपने बाल सुखाने के बहाने खिड़की में लटका लेती और इस तरह उन्हें आभूषण और उपहारों की तुच्छता पर लजाती। यदि कहीं महाराजा सुलेमान अपने कोष को गाड़-दबाकर नीचे दरबान बने खड़े होते तो जिम भी हर बार उनके सामने से गुजरते हुए अपनी घड़ी निकालता। सिर्फ इसलिए कि महाराजा को ईर्ष्या से दाढ़ी नोचते हुए देख पाता।

डिल्ला के सुंदर बाल अब उसके आस-पास झूलते हुए स्वर्णिम जलप्रपात की

तरह चमक रहे थे। वे उसके घुटनों तक पहुँचते थे, जैसे स्वयं ही कोई सुंदर परिधान हों। घबराकर उसने उन्हें जल्दी-जल्दी लपेटना शुरू किया। क्षण भर के लिए उसका निश्चय डगमगाया और वह शांत खड़ी रही। उसकी आँखों से आँसू की दो-चार बूँदें फटे हुए लाल फर्श पर चू पड़ीं।

पुरानी भूरी जैकेट उसने पहन ली। पुराना ब्राउन हैट भी। उसकी आँखें अब भी चमक रही थीं। भँवर की तरह उसके पेटीकोट की चुन्नटें स्पष्ट थीं। और वह दरवाजे से निकलकर जल्दी-जल्दी सीढ़ियाँ पार करती हुई सड़क पर जा पहुँची।

जिस जगह वह रुकी थी, वहाँ सायन बोर्ड पर लिखा था—सोफ्रोनी बालों का सामान। अपने को सँभालकर हाँफती हुई वह दुकान की सीढ़ी पर चढ़ गई। सामने खड़ी थी एक भीमकाय महिला। अपने श्वेतवर्ण और शांति मुद्रा के कारण वह मुश्किल से ही सोफ्रोनी मालूम देती थी।

"क्या आप मेरे बाल खरीदेंगी?" डेला ने प्रश्न किया।

"खरीदती तो हूँ," महिला ने उत्तर दिया, "जरा टोप उतारिए, देखूँ कैसे लगते हैं?"

सुनहरे जलप्रपात की भाँति डेला के केशपाश हवा में लहरा उठे।

"बीस डॉलर।" महिला ने अभ्यस्त से हाथ से जूड़ा उठाते हुए कहा।

"लाइए जरा जल्दी।" डेला ने कहा।

ओह अगले दो घंटे जैसे पर लगाकर उड़ गए। इस ऊल-जलूल रूपक को छोड़िए। वह दुकानों में जिम के लिए उपयुक्त सा उपहार ढूँढ़ रही थी।

अंत में उसे उपहार के लिए एक चीज मिल गई। निश्चय ही यह जिम के लिए थी और किसी के लिए नहीं। ऐसी दूसरी अन्य दुकान में न थी। और दुकानों को वह अच्छी तरह छान चुकी थी। यह थी जेब-घड़ी की चैन। डिजाइन सादी और उम्दा थी। कीमत माल की थी। तड़क-भड़क की नहीं। चीजों के लिए यह होना भी चाहिए। तो खैर यह चैन घड़ी के लिए भी उपयुक्त थी। उसे देखते ही डेला ने समझ लिया कि यह जिम को मिलनी चाहिए। यह भी उसी की तरह अच्छी है। शांति और कीमत का विवरण दोनों पर लागू होता है। चेन के लिए उसे इक्कीस डॉलर व्यय करने पड़े। शेष सत्तासी सैंट लेकर वह जल्दी से घर लौट आई।

घड़ी में यह चेन लगाकर जिम जब किसी के साथ होगा तो उसे समय जानने की भी जिज्ञासा हुआ करेगी। घड़ी तो शानदार थी, पर वह कभी-कभी उसे छिपे-छिपे देखता था। कारण यह था कि चेन के बजाय वह चमड़े का एक पुराना सा फीता इस्तेमाल करता था।

डेला जब घर पहुँच गई, तब कहीं उसका उन्माद उतरा और थोड़ी सी बुद्धि और तर्क को स्थान मिला। कर्लिंग आयरन निकालकर उसने गैस जलाई और उन बरबादियों को पूरा करने लगी, जो प्रेम से उदारता का योग होने पर उत्पन्न हो जाती है। यह एक बड़ा कार्य है, मित्रवर सचमुच ही यह महान् कार्य है।

चालीस मिनट के भीतर ही सिर के छोटे घने और घुँघराले बालों से वह कुछ वैसी ही दिखने लगी, जैसे पाठशाला से भागनेवाला कोई छात्र हो। बड़ी देर तक वह शीशे में अपनी छाया देखने का यत्न करती रही और मन-ही-मन आत्मालोचना भी।

'कहीं जिम मुझे मार न डाले,' उसने मन-ही-मन कहा, 'दुबारा दृष्टि डालने से पूर्व वह कहेगा कि मैं कोनी द्वीपवासिनी छोकरी जैसी लगती हूँ। किंतु मैं कर भी क्या सकती थी। हाँ एक डॉलर सत्तासी सैंट से क्या हो सकता था।'

सात बजे काफी बन गई। कचोरियों की तैयारी में कढ़ाही चूल्हे पर गरम हो रही थी। जिम कभी देर न करता था। जिस दरवाजे से वह घर में घुसता, उसी के पास वाले कोने में पड़ी मेज पर डेला बैठ गई। मोड़-माड़कर चेन उसने हाथ में ले रखी थी। पहली सीढ़ी पर जिम के पैर की आवाज सुनते ही क्षण भर के लिए डेला का मुँह फक पड़ गया। दैनिक जीवन की छोटी-से-छोटी बात के लिए भी उसे मन-ही-मन दुआ करने की आदत सी पड़ गई थी। वह गुनगनाने लगी, "हे ईश्वर! जिम को मैं अब भी सुंदर लगूँ।"

दरवाजा खोलकर जिम ने प्रवेश किया और अंदर से उसे बंद कर दिया। वह बड़ा थका और गंभीर दिखाई दे रहा था। बेचारा बाईस बरस का तो था ही और उस पर गृहस्थी का भार। नए ओवरकोट की उसे जरूरत थी। दस्ताने उसके पास थे नहीं।

जिम दरवाजे पर ही मूर्तिवत् खड़ा रह गया, वैसे ही जैसे विचल पक्षी की गंध पाकर शिकारी कुत्ता निश्चल हो जाता है। उसकी आँखें डिल्ला पर जमी थीं। उनमें एक भाव था, जिसे डेला समझ नहीं सकी और उससे वह भयभीत हो रही थी। उनमें क्रोध न था, आश्चर्य भी नहीं। अस्वीकृति, भय कुछ भी नहीं। कोई ऐसा भाव भी न था, जिसके लिए वह प्रस्तुत थी। जिम की आँखें उस पर गढ़ी जा रही थीं और चेहरे पर एक अजीब सा भाव झलक रहा था।

डेला मेज से हटकर उसके पास जा पहुँची। "प्यारे जिम" उसने कहा, 'मुझे इस तरह न घूरो। बाल कटाकर मैंने बेच दिए हैं, क्योंकि बड़े दिन पर तुम्हें उपहार दिए बिना मैं नहीं रह सकती थी। ये तो फिर बड़े हो जाएँगे। बुरा तो न मानोगे? मुझे ऐसा करना पड़ा। मेरे बाल बहुत जल्दी बढ़ते हैं। कहो 'उल्लासमय बड़ा

दिन।' आओ जिम, खुशियाँ मनाएँ। तुम्हें नहीं मालूम कैसा सुंदर, कैसा अच्छा उपहार लाई हूँ तुम्हारे लिए।''

''तुमने बाल कटा डाले ?'' जिम बड़ी कठिनाई से पूछ सका। जैसे अत्यधिक दिमागी श्रम करके भी वह एक साधारण सी बात न समझ सका हो।

''कटवाकर बेच भी दिए,'' डेला ने कहा, ''जो भी हो, क्या मैं तुम्हें अब उतनी अच्छी नहीं लग रही ? मेरे वे केशपाश नहीं, ऐं न ?''

जिम ने उत्सुकता से कमरे पर दृष्टि डाली।

''कहती हो बाल बेच लिये ?'' बड़ी मासूमियत से उसने कहा।

''अब उन्हें देखने की जरूरत नहीं,'' डेला ने कहा, ''वे बिक चुके हैं। बता रही हूँ, वे गए, चले गए। कल बड़ा दिन है। मुझ पर दया करो, क्योंकि वे तुम्हारे लिए ही गए हैं। हो सकता है कि मेरे बाल गिने-चुने हों।'' सहसा अपने कथन में गंभीरतापूर्ण मृदुलता लाते हुए बोली, ''किंतु मैं तुम्हें कितना प्रेम करती हूँ, इसकी कोई थाह नहीं, जिम। कहो तो कचोरियाँ ले आऊँ ?''

जिम जैसे चौंककर जाग उठा। डेला को उसने अपने बाहुपाश में जकड़ लिया। इसलिए पाठक कुछ देर के लिए किसी और दिशा में साधारण से मामले पर गंभीरता से विचार कर लिया जाए। सप्ताह में आठ डॉलर या वर्ष में दस लाख से क्या अंतर पड़ता है। कोई भी गणितज्ञ या हाजिरजवाब आदमी आपको गलत उत्तर देगा। मुगां साहिबान लाए तो बेशकीमती तोहफे थे, किंतु तोहफा उनमें न था। इस नैराश्यपूर्ण उक्ति का आगे चलकर समाधान हो जाएगा।

जिम ने अपने ओवरकोट की जेब से एक पैकेट निकालकर मेज पर फेंक दिया। ''गलत न समझ बैठना मुझे डेला,'' उसने कहा, ''मैं नहीं समझता कि बाल काटने से तुम्हारे प्रति मेरा लगाव कम होगा। किंतु यदि उस पैकेट को खोलकर देखोगी तो तुम्हें विदित हो जाएगा कि आखिर क्यों शुरू में मेरी वैसी हालत हो गई।''

रक्तहीन उँगलियों के कमजोर पोरों ने धागा तोड़कर कागज फाड़ा। और आनंदातिरेक से आत्मविभोर होकर उसके मुँह से एक चीख निकल पड़ी और तब आखिर में नारी स्वभावजन्य आँसू बह चले। परमेश्वर की सभी शांतिप्रदायिनी शक्तियों की उन्हें तत्काल आवश्यकता अनुभव हुई।

कंघे—पीछे और अगल-बगल लगानेवाले कंघों का पूरा सैट। ब्राडवे की एक दुकान में सजे इन्हीं कंघों की डेला अरसे से आस लगाए थी। कितना सुंदर सैट था। शुद्ध कछुए की खाल का बना। किनारों पर नग जड़े थे। केशराशि तो थी नहीं, किंतु उस पर लगे कंघों की छायावत् कल्पना ही मधुर थी। वह जानती थी कि कंघे

मूल्यवान हैं। हृदय से उन्हें पाने के लिए तरसती थी, किंतु यह साध पूरी होने की उसे रंचमात्र भी आशा न थी। अब वे उसके थे। किंतु वह सुंदर केशराशि, जिससे चिरिच्छत कंघों का भी सौंदर्य निखर उठता, जा चुकी थी।

कंघों को उसने हृदय से लगा लिया। बड़े प्रयत्न से वह उन पर अपनी धुँधली दृष्टि डाल सकी और मुसकराकर इतना कह सकी, ''मेरे बाल बहुत जल्दी बढ़ते हैं, जिम।''

और तब डेला एक झुलसी हुई बिल्ली की तरह उछल पड़ी। लगी हाय-हाय कर चिल्लाने।

जिम ने अपना सुंदर उपहार न देखा था। खुली हथेली पर रखकर उसने बड़ी उत्सुकता से जिम को वह चैन दिखाई। भद्दी किंतु मूल्यवान धातु जैसे डेला की उमंग भरी निर्मल आत्मा की छाया से चमक उठी।

''जिम, बताओ क्या चैन सुंदर नहीं है? इसके लिए सारा शहर छान मारा। अब तुम्हें दिन में सौ बार घड़ी की जरूरत पड़ा करेगी। लाओ घड़ी दो, देखूँ उस पर कैसी लगती है।''

बजाय उसे घड़ी देने के जिम लड़खड़ाकर कोच पर बैठ गया। सिर के नीचे दोनों हाथ दबाकर लगा मुसकराने।

''डेल,'' उसने कहा, ''हमें अपने बड़े दिन के उपहार कुछ दिनों के लिए एक तरफ रख देने चाहिए। वे इतने अच्छे हैं कि उन्हें तत्काल इस्तेमाल नहीं किया जा सकता। मैंने घड़ी बेच दी है, ताकि उसके पैसों से तुम्हारे लिए कंघे खरीद सकूँ और अब सोचता हूँ, तुम जाकर कचोरियाँ ले आओ।''

मुगां साहिबान जैसा कि आप समझते हैं, काबिल थे—आश्चर्यजनक रूप से बुद्धिमान, जो पालने में पड़े बच्चे के लिए उपहार लाया करते थे। उन्होंने बड़े दिन पर उपहार देने की कला का आविष्कार किया। योग्य होने के नाते उनके उपहार भी बुद्धिमत्तापूर्ण होते थे। संभवतः उनमें इस बात की भी गुंजाइश रहती थी कि जरूरत पड़ने पर एक ही तरह की दो वस्तुएँ आ जाने पर उन्हें बदला जा सके। यहाँ मैंने इस आठ डॉलर के कमरे में रहनेवाले उन दोनों मूर्ख बच्चों की घटनापूर्ण कथा सुनाने का प्रयत्न किया है, जिन्होंने अपनी मूर्खता के कारण घर की सर्वश्रेष्ठ निधियाँ बलिदान कर डालीं। किंतु अंत में बुद्धिमानों से मैं इतना अवश्य कहूँगा कि जितने लोग भी उपहार लेते-देते हैं, उनमें यही दोनों सबसे बुद्धिमान ठहरते हैं। इसलिए उनमें भी जो उपहार लेते-देते हैं, यही सबसे काबिल हैं। सब जगह यही बुद्धिमान हैं। वे मुगां साहिबान हैं।

□

मुर्ग मुसल्लम

—जमाल जदेह

नौरोज का त्योहार आने वाला था और यही दिन थे तरक्कियाँ मिलने के। दफ्तर में हम लोगों ने यह तय किया कि जिसे भी सबसे पहले तरक्की मिले, वह दूसरे साथियों को मुर्ग मुसल्लम की दावत देकर यह त्योहार मनाए, ताकि वे सब उसकी बेहतरी, बहदूदी और लंबी उम्र के लिए दुआ कर सकें।

हुआ यह कि मुझे ही सबसे पहले तरक्की मिली। लिहाजा बिला देरदार किए मैंने मुहायदे का मामला अपनी हाल ही में ब्याही बीवी के सामने रखा। वह कहने लगी, "शादी की मिठाइयाँ भी आपने दोस्त अहबावों में तक्सीम नहीं कीं, चुनाचे इस मौके पर जरा अच्छी तरह फर्ज अदा कीजिए। मगर एक बात है, जिससे मुझे परेशानी है और वह यह कि हमारे यहाँ बारह से ज्यादा आदमियों के लिए छुरी-काँटे या दूसरा सामान नहीं है। इसलिए या तो एक सेट और खरीद लिया जाए या फिर मेहमानों की तादाद सिर्फ ग्यारह रखी जाए, क्योंकि बारहवें होंगे आप खुद।"

मैंने कहा, "बेहतर जानती हो, त्योहार के इस मौके पर हम लोग कितने तंगदस्त हैं। दूसरा सेट या दीगर सामान खरीद नहीं सकते और अपने दोस्तों की तादाद भी तेईस या चौबीस से कम नहीं है।"

"कुल को एक साथ तो दावत दे नहीं सकते, जनाब," वह बोली, "ऊँचे ओहदेदारों को अभी बुला लीजिए और बाकी को और मौके का इंतजार करने दीजिए।"

"जानेमन! इससे अल्लाह खुश न होगा। यही तो एक मौका है, जब साल भर की बेरौनकी में इन छोटे दर्जे के बदमाशों को मौका मिला है, जिसके वास्ते वह घड़ियाँ गिन-गिनकर मौके का इंतजार कर रहे हैं और अपने पेट तैयार कर रहे हैं," मैंने कहा, "अगर मैंने अपने वायदे से निकल भागने की कोशिश की तो

यकीनन वह मेरे लिए बवालेजान हो जाएँगे। हमारे दरम्यान उन्हें भी उतना ही हक है, जितना दूसरों को। यह कैसा रहे कि हम किसी दोस्त या जान-पहचानवाले से एक पूरा सैट उधार माँग लें?"

"यह खयाल दिमाग से निकाल डालिए," वह बिगड़कर बोली, "शादी के बाद इस पहली दावत में, कमअजकम मैं आपको किसी से कुछ न माँगने दूँगी। आप नहीं जानते, ये बड़ा बदसगुन होता है और पहला बच्चा जाता रहता है।"

मैंने कहा, "तब तो कोई और रास्ता है नहीं। बेहतर हो, दावत दो दिन रखी जाए—कुछ लोग पहले दिन और बाकी दूसरे रोज।"

नौरोज के बाद आज पहला दिन है। इस्तकबाल और खातिरतवाजों के कुल इंतजामात मुकम्मल हो चुके हैं। मुर्ग मुसल्लम के अलावा लजीज दलिया, चुनिंदा मेढ़ों के कबाब, दो तरह का पुलाव और कई पकवान मय दीगर सामान के ढंग से तैयार हो रहे हैं। ससुराल से मिले एक आरामदेह पलंग पर पड़ा-पड़ा मैं सादिक हयात के बेनजीर अफसानों का मजा ले रहा था। जब मैं अपने मजे में मस्त था, तभी बेगम साहिबा कमरे में दाखिल हुईं। कहने लगीं, "एक दुबला-पतला नौजवान, नाम है मुस्तफा—खुद को आपके एक चचा का लड़का बताता है, आपको ईद की मुबारकबादियाँ पेश करने आया है।"

मुस्तफा मेरी बालिदा की मामी के मामू की लड़की का लड़का था। उम्र थी पचीस-छब्बीस साल। पास में फूटी कौड़ी न थी और जनाब थे—एकदम बेकार आवारा। बदनसीबी से दिमाग ठस था और उस पर नाक-नक्श ऐसा बदनुमा कि जितना इनसान सोच सकता है। जब वह कुछ कहना चाहता तो दसियों दफा रंग बदलता। फैले हुए मुँह से खड़खड़ाती सी आवाज निकलती, गोया जनाब के हलक में पीतल का टुकड़ा अटक गया हो।

"खुदा के वास्ते उससे कहिए कि मैं अब तक सोया हुआ हूँ और इस शैतान के बच्चे को चलता कीजिए। जाए अपने दादा के पास, अल्लाह उनकी रूह को राहत दे।" मैंने बेगम साहिबा से कहा।

"यह मेरा काम नहीं है," वह बोली, "खराब चीज से मालिक की असलियत पता चलती है। अल्लाह की यही मरजी है—कसम कुरान की, यह हजरत आपके हमखून, हमगोश्त हैं। फिर भी, आप उनसे खुद ही निपटिए। जहाँ तक मेरा सवाल है, मैंने तय कर रखा है कि आपके अजीज रिश्तेदारों से कभी कुछ भी वास्ता न रखूँगी, और कमअजकम इस नामाकूल लंढूर से तो और भी।"

मैंने देखा कि अब और कोई रास्ता नहीं है। और उस बदनसीब को जो भूखा

और नंगे पैरों इतनी दूर चलकर ईद के तोहफे में चंद पैसे पाने की उम्मीद से आया है, अगर मैंने नामुराद लौटाया तो अल्लाह भी इससे खुश न होगा। मुझे खयाल आया कि ये मुबारक त्योहार अजीज रिश्तेदारों की भलाई करने का बेहतरीन मौका है। लिहाजा मैंने उसे अंदर बुला लिया। वह सिर झुकाए कमरे में दाखिल हुआ।

मालूम हुआ कि अल्लाह के फजल से, मालिक उसे सलामत रखे, उसने इधर, पिछली बार जब मैंने उसे देखा था, तब से खासी तरक्की की है। कद लंबा हो गया था और बदसूरती में भी इजाफा। जनाब की उस गरीब मुर्ग जैसी लंबी गरदन, जो उस वक्त देगची में भूना जा रहा था, गंदे कॉलर से बाहर झाँक रही थी। आप समझे हुए थे कि दाढ़ी बनी हुई है, मगर पीले, लाल और कत्थई रंग के उँगली बराबर लंबे बाल कमीज के कॉलर की तहों से निकले हुए गरदन के इधर-उधर छितरे हुए थे—ठीक वैसे ही जैसे सड़े हुए पत्तों पर कीड़े चिपके रहते हैं। जहाँ तक लिवास का ताल्लुक है, उस बारे में जितना कम कहा जाए, उतना ही बेहतर होगा। लेकिन इतना मैं जानता हूँ कि जनाब का पैजामा इतनी बार धुल चुका था कि टखनों पर एक-एक बालिश्त के रकवे की धज्जियाँ उड़ गई थीं। टखने थे इस कदर सूजे हुए कि देखने वाला सचमुच ही ये सोचता कि यहाँ दो तरबूजे छुपाए गए हैं।

जबकि मैं इस अजीबोगरीब यानी कामयाब हस्ती को सर से पैर तक देख रहा था, उसी वक्त बेगम साहिबा बड़ी परेशान होती हुई आ धमकीं। कहने लगीं, ''खुदा की मार मुझ पे पड़े, मालिक आपको सलामत रखे—ये मुर्ग अगर आज मेहमानों को खिला दिया गया तो कल के लिए आप क्या इंतजाम करेंगे? लाए तो हैं आप एक मुर्ग और मुर्ग मुसल्लम के लिए वायदा कर रखा है तमाम दोस्तों से।''

बात दुरुस्त थी। वाकई जबरदस्त चूक हो गई थी। ''ऐसा नहीं हो सकता कि आधा आज परोस दिया जाए और बाकी कल?'' मैंने सवाल किया।

''क्यों अपनी तौहीन कराना चाहते हो? आधा मुर्ग परोसने की बात तो आज तक सुनने में नहीं आई। मुर्ग मुसल्लम की खूबसूरती इसी में है कि दस्तरख्वान पर उसे पूरा-का-पूरा बिना काटे परोसा जाए।''

दरअसल, दलील का वजन था उनकी तरफ। चुनांचे उसपर ऐतराज करना बेकार था। मामले की अहमियत का मुझे एहसास तो फौरन हो गया, मगर काफी सोच-समझ और बहस-मुबाहिसे के बाद भी कोई और चारा था नहीं, सिवाय इसके कि बाजार से जैसे भी मुमकिन हो, एक मुर्ग और मँगा लिया जाए। मैंने मन-ही-मन कहा, 'गोकि मुस्तफा है तो किसी काम का नहीं। निरा बुद्धू है। मगर उसके लिए तेहरान जैसे शहर में मुर्ग खरीद लाना तो बेशक उतना मुश्किल होगा

नहीं, जितना कि अमरीका की खोज या रुस्तम की गरदन तोड़ना। कमअजकम इतना तो वह कर ही सकता है।'

मैंने कहा, "भई मुस्तफा, मामला तो तुम समझ ही गए होगे। तुम पर मुझे नाज है। मेरी ख्वाहिश है कि तुम यह दिखा सको कि तुम कितने होशियार हो और बाजार से जैसे जिस कीमत पर भी मुमकिन हो, हमें एक मोटा सा मुर्ग ला दो।"

अपनी आदत के मुताबिक मुस्तफा पहले तो सुर्ख हो गया, फिर काला। आखिरकार एक बेसुरी सी आवाज, जैसे कि हुक्के में पानी डालते या निकालते वक्त होती है, जनाब के ऊबड़खाबड़ गले से निकली, "आप कहना यह चाहते हैं कि ईद के दिन मुर्ग मिलने की उम्मीद छोड़ देनी चाहिए, क्योंकि शहर भर में एक भी तो दुकान नहीं खुली।"

काफी गुस्से में झल्लाकर मैंने कहा, "तब मैं क्या करूँ?"

मुँह का थूक निगलते हुए पहले जैसी आवाज में वह बोला, "बाखुदा, मैं क्या कह सकता हूँ? आप जो चाहें करें, लेकिन मेरी राय में तो दावत टाल देना ही बेहतर होगा।"

"अल्लाह तुम्हें अक्ल बख्शे, घंटे भर में मेहमान आनेवाले हैं। दावत मंसूख कैसे कर सकता हूँ?" मैंने कहा।

"कह दीजिए कि आपकी तबीयत नासाज है और ये कि डॉक्टर ने आपको चारपाई से न उठने का मशविरा दिया है।" मुस्तफा ने राय दी।

"आज की सबेरे तो उनमें से कइयों से फोन पर बात कर चुका हूँ। कैसे कहूँ कि बीमार हूँ।" मैंने दलील दी।

"तो फिर यह कह दीजिए कि मुर्ग खरीदा तो था, मगर उसे कुत्ता ले भागा।" मुस्तफा बोला।

मैंने कहा, "मेरे दोस्तों को तुम नहीं जानते। दुधमुँहे बच्चे नहीं हैं वो। यह कहकर कि उनकी वालिदा के दूधों को दूध का कीड़ा ले गया, उन्हें फुसलाया नहीं जा सकता। वह कहेंगे, ऐसी-तैसी तुम्हारी—तुम दूसरा मुर्ग मँगा सकते थे। दरअसल, वह उस कुत्ते को पेश कराने का इसरार करेंगे, ताकि उसे भी सुलझ लें।"

"किसी से कहला दीजिए कि आप यहाँ हैं ही नहीं और ये कि जियारत के लिए हजरते मासूमा के मजार पर गए हुए हैं।"

यह देखकर कि वह बिला वजह बके जा रहा है, जी में आया कि इस बेमानी बकवास को खत्म कराऊँ और जनाब को अलविदा कहूँ।

मैंने कहा, "मुस्तफा, जानते हो, यह क्या है? यह है मेरी तरफ से तुम्हें ईद

का तोहफा। ये नोट ले लो और जाओ। मैं चाहता हूँ, जितनी जल्द हो सके, आप यहाँ से तशरीफ ले जाएँ और मेरी बेगम साहिबा की तरफ से अजीज चच्ची को सलाम और नौरोज का मुबारक कहना। हमारी ख्वाहिश है कि हँसी-खुशी से भरे हजारहा नौरोज उन्हें मुबारक हों।''

जाहिरा तौर पर मुस्तफा का दिमाग कहीं और था। मेरी बात को गौर से सुनने की परवाह कहाँ थी उसे। अपने ही खयालात जाहिर करता हुआ बोला, ''अगर मुमकिन हो तो हम ऐसी तरकीब करें कि मेहमान लोग आज मुर्ग को हाथ भी न लगाएँ और कल उसी को फिर से गरम करके परोस दिया जाए।''

शुरू में यह सुझाव बड़ा बेतुका लगा। लेकिन बाद को ठंडेपन और गहराई से गौर करने पर ऐसा लगा, जैसे ये बेमानी और बेबुनियाद नहीं है। जैसे-जैसे मैंने इस पर ज्यादा सोचा, मुझे उम्मीद सी होने लगी और मेरे रात जैसे अँधियारे दिमाग में एक धुँधला सा सैयारा रौशन होने लगा। आखिरकार मेरा हौसला सरबलंद हुआ; मसर्रतों से दिल भर गया। मुस्तफा की तरफ मुखातिब होकर मैंने कहा, ''यह पहला मौका है, जबकि तुमने समझदारी की बात कही है। लेकिन देखो, महज तुम्हीं इस काम को अंजाम दे सकते हो। यह काम तुम्हें इस खूबी से करना चाहिए कि एक भी मेहमान मुर्ग से हाथ लगाने की बात तक न सोच सके।''

मुस्तफा कुछ मुस्तैद सा जान पड़ा। गोकि वह यह ठीक से न समझ सका था कि मेरा मकसद क्या है और मैं उससे कराना क्या चाहता हूँ, मगर फिर भी उसका चेहरा खुशी से चमक उठा। लहजे में जरा ज्यादा मुलायमियत और मिठास लाते हुए मैंने कहा, ''बैठ क्यों नहीं जाते? करीब आ जाओ, ये गद्देदार कुरसी ले लो। और हाँ भई! ये तो बताओ कैसे हो? क्या करते हो आजकल? बोलो, ये चाहते हो कि तुम्हें किसी अच्छे से धंधे में लगा दूँ और माकूल सी बीवी दिला दूँ। ये मिठाई क्यों नहीं खाते? बादाम वाली भी तो चखो, यजद से तोहफे में आई है।''

मुस्तफा—लंबे कद, झुकी कमर और ऐंचकताने मुस्तफा साहब रेशमी गद्दीदार कुरसी पर बैठ गए। बड़े भद्दे तरीके से हाथ उठाते हुए जनाब ने इस गैरमामूली मेहरबानी के लिए शुक्रिया अदा करना चाहा। लेकिन उनकी बात काटते हुए मैंने कहा, ''खुदा मुझे माफ करे। क्या कहते हो? तुम मेरे छोटे भाई हो। आज तुम्हें हरगिज न जाने दूँगा। पूरे एक साल बाद तो तुम यहाँ आए हो। तुम हमारे अजीज मेहमान रहोगे। तुम तो हमें एकदम भूल गए। कभी यह भी न सोचा कि तुम्हारा एक भाई भी रहता है यहाँ। बाखुदा, लगता है हमसे दिल भर गया है। आज की दावत में तुम जरूर शरीक हो। बीवी से कहकर तुम्हारे लिए अभी एक बढ़िया

सूट निकलवाता हूँ। दावत के वक्त पहिनने को।

"तुमसे मैं यह चाहता हूँ कि जब शुरुआती प्लेटें-दलिया, मेढ़ी के कबाब और चावल वगैरह दस्तरख्वान पर चुनी जा चुके और मुर्ग मुसल्लम लाया जाए तो कहना, 'बिरादरमन हमें बख्शिए अब। इससे ज्यादा अब न खा पाएँगे। पहले से ही पेट इतने तन गए हैं कि फटनेवाले ही समझिए। पैसा चाहे औरों का खरच हो, मगर पेट तो आखिर हमारे अपने हैं। दरअसल, बड़ा बुरा होगा, अगर हम ऐसे अच्छे मुर्ग को खा जाएँ—कुत्तों की तरह—महज खाने की गरज से। हजरात मैं आपसे बहुत अदब से दरख्वास्त करूँगा कि आप लोग मेजबान से यह कह दें कि इसे बिला हाथ लगाए वापस कर दिया जाए। और अगर आप इसरार ही करते हैं तो मौसमे बहार में किसी और दिन आकर ये अफसोसनाक कमी पूरी कर लेंगे। इसे खाने के लिए वह हमें ज्यादा मजूबर न करें, अगर वह हमारी मौत नहीं चाहते।' और अगर मैं फिर भी इसरार या जिद करूँ तो तुम बराबर इनकार किए जाना, बल्कि और ज्यादा जोर से और जैसे भी हो, दूसरों को हमराय कर लेना।"

मुस्तफा, जो अभी तक मुँह फैलाए गरदन ऊँची किए बड़े गौर से यह सुन रहा था, बड़े मजे से मुसकराया; जिसके मानी थे कि मेरी बात उसकी समझ में आ गई। अपने गले से काफी देर हुज्जत करने के बाद वह बोला, "समझ गया। इतमीनान रखिए। मैं अपने काम को बखूबी अंजाम दूँगा।"

ये सबक मैंने कई बार दोहराया। दोहराता रहा उस वक्त तक, जब तक कि उसे हिब्ज न हो गया। जब मुझे यह यकीन हो गया कि ये सारी बातें जनाब के ठस दिमाग में अच्छी तरह बिठाई जा चुकी हैं तो मैंने उसे दूसरे कमरे में कपड़े बदलने और सजने-सँवरने के लिए भेज दिया और अफसानों की किताब उठाकर खुद 'सयेह बेरोशन' पढ़ने लगा।

दो घंटे बाद तमाम मेहमान ठीक वक्त से आ पहुँचे और मेज के इर्दगिर्द पड़ी कुरसियों पर बैठ गए। ये लोग बड़ी बेकरारी से मुर्ग मुसल्लम का इंतजार कर ही रहे थे कि मुस्तफा साहब नया सूट, मोजे, चमचमाती हुई रेशमी टाई और शैमू बूट पहने हुए मस्त मोर की तरह कदम बढ़ाते हुए दाखिल हुए। अस्सरे नौ जनाब ने दाढ़ी बनाई थी; मुँह के दागों को पाउडर और क्रीम से भरा था; जुल्फों में चमक पैदा कर दी थी; कान, गरदन व नाक के बालों को बहुत बारीकी से साफ कर डाला था। वह खुद असल में खूबसूरती, चमकदमक, शानशौकत और खुशबू के पुतले बने हुए थे।

लग रहा था गोया सिनेमा का कोई मशहूरोमारूफ आशिक सितारा परदे के

पीछे से अपनी तमाम तड़क-भड़क के साथ हमारी महफिल को रौनक बख्शने आ मौजूद हुआ हो। मुझे ताज्जुब हो रहा था कि मेरे कपड़ों को अपने लंबे जिस्म पर उसने इतना 'फिट' कैसे किया है। लग रहा था, गोया जावेदानी (अनंत) दरजी ने ये कपड़े महज उसी के लिए तैयार किए हों।

पूरे इतमीनान से दुआ-सलाम करने के बाद मुस्तफा बड़े रोब और खामोशी से मेरी बगलवाली कुरसी पर आ बैठा। दोस्तों से उसका तार्रुफ कराते हुए मैंने उसे दारुस्सल्तनत (राजधानी) का निहायत ही काबिल और पढ़ा-लिखा नौजवान बताया। मैंने जब यह देखा कि वह अपने काम को बखूबी अंजाम दे रहा है तो मुझे मन-ही-मन खुशी हुई और इस बात पर फिर से इत्मीनान होने लगा कि जो कुछ उसने कहा है, पूरा कर दिखाएगा।

उसकी इन बातों पर अपनी मंजूरी करने के लिए मैंने एक गिलास अर्क से भर दिया, उसे मुस्तफा की खिदमत में पेश करते हुए कहा, ''लीजिए मुस्तफा साहब, शौक फरमाइए—इस्फहान के इस हुबाबी नशे का।''

''मैं असल में फ्रांस की 'स्टार कागनैक' स्तेमाल करता हूँ, मगर फिर भी चूँकि आपकी ख्वाहिश है, मैं इसे लिये लेता हूँ।'' उसने होंठ दबाते हुए कहा। एक ही साँस में सारी-की-सारी चढ़ा गया और मुझे गिलास लौटाते हुए कहने लगा, ''यह भी बहुत कुछ 'लेनिनग्राड वोडगा' जैसी ही है, जिसकी चंद बोतलें रूसी सफीर (राजदूत) ने मुझे बतौर तोहफा भेजी थीं। बेहतरीन चीज थी और मेरी ख्वाहिश है दोस्तो, आप लोग भी इसका जायजा लेते। लेकिन ये इस्फहानी शराब उससे किसी कदर भी कम नहीं। फारस के शराब बनानेवालों की अगर मुनासिब हिम्मत अफजाही की जाए तो वह, आप समझिए, यूरोप के शराबवालों को एक तरफ धकेल दे। मेहरबानी करके, एक गिलास और इनायत कीजिए।''

मुख्तसर ये कि जल्द ही इस बोतल की दो-तिहाई शराब और काफी दूसरे 'ड्रिंक्स' इस आलिम के पेट में पहुँच गए। यह कहने की जरूरत नहीं है कि जनाब ने प्लेटें साफ करने में भी कोई लापरवाही नहीं बरती। इस सबके अलावा शराब कबाब ने उसमें ऐसी तब्दीली पैदा कर दी थी, जिसे बयान नहीं किया जा सकता। यह काफी बातून हो चला था। अपनी बेलाग और धड़ल्ले की बातचीत, हाजिरजवाबी, तज्करों और हँसी-मजाक से उसने गोया तमाम लोगों को ढक लिया था और मेज पर उसी का रंग जम रहा था। अर्क ने उसकी जुबान पर शरबत का काम किया; जुबान की लड़खड़ाहट जाती रही और ऐसा लग रहा था कि गोया हजरत अली की शमशीर 'जुल्फिगार' म्यान से बाहर निकलकर चाँद को तराश रही हो।

यह दिलेर, जिसने कभी हमामजदेह, दाऊद और हजरत अब्दुल अजीम के जियारतगाहों से आगे सफर न किया था—शिकागो, मैनचेस्टर, पेरिस और यूरोप व अमरीका के दूसरे शहरों में हुए अपने तजुर्बे गिनाए जा रहा था और वह भी इस आसानी से कि अगर उसके कहे पर कोई भी शक-शुबहा जाहिर करता तो मैं उस शख्श को बुरा-भला कह डालता। फकत वही बोले जा रहा था, दूसरे महज सुनते रहे। और इसमें लुत्फ की बात तो यह थी कि बातचीत में बिला किसी तरह की रुकावट पैदा किए जनाब का निवाले-पर-निवाला चलता रहा। लग रहा था, जैसे उसके गले में दो नलियाँ हों—एक निवाले निगलने के लिए और दूसरी अनापशनाप बकवास के लिए।

नौरोज के तेरहवें दिन का तसकरा करते हुए उसने एक नज्म पढ़ी। सुननेवाले जोर-जोर से 'बहुत खूब', 'कमाल', 'वल्लाह' वगैरह कह रहे थे। वो साहबान, जो उसे सबसे ज्यादा आलिम माने बैठे थे, उन्होंने एक ही मिसरे को दो-दो तीन-तीन बार दोहरवाया। एक और साहब, जो अदब और शायरी में कुछ दखल रखते थे, इस कदर खुश हुए कि अपनी जगह से उठकर शायर के करीब जा पहुँचे और उसे चूमते हुए कहने लगे, "बाखुदा, आप हैं वाकई माहिर।" उन्होंने जब तखल्लुस के बारे में पूछताछ की तो मुस्तफा नफरत से भौंहें चढ़ाता हुआ बोला, "तखल्लुस की मैं गैरजरूरी समझता हूँ। मेरे खयाल में यह एक ऐसा रवाज है, जिसे खत्म कर देना चाहिए। मगर मरहूम अदीब पेशावरी की लगातार ख्वाहिश और इसरार का लिहाज करते हुए, क्योंकि जिंदगी के आखिरी दिनों में वह अपने बहुत करीब आ गए थे, मुझे 'उस्ताद' का तखल्लुस अपनाना पड़ा, जोकि उन्होंने खुद ही तजवीज किया था।" तमाम मुसाहिबों ने एक राय होकर तखल्लुस पसंद किया, यह सच जाहिर किया कि यही एक मुनासिब तखल्लुस है, जिसके आप मुस्तहक हैं।

इसी बीच दहलीज में रखे टेलीफोन की घंटी खनखना उठी। खानसामे की तरफ घूमते हुए मुस्तफा बोला, "कामरेड, मेरा खयाल है वजीरे खारिजा (विदेश मंत्री) मुझे चाहते हैं। कहना, अभी दस्तरखान पर हूँ। कुछ देर में खुद ही 'रिंग' कर लूँगा।" लेकिन पता चला कि गलत नंबर मिल गया था।

काश कि मेरी आँखें मुस्तफा की निगाहों से मिल जातीं तो मैं उसे खामोशी से खिराजे तहसीम (श्रद्धांजलि) अदा करता। मगर वह तो मुस्तैद था। हाल ही में हलाल हुए मुर्ग की तरह उसकी आँखें बड़ी तेजी से एक से दूसरी प्लेट पर दौड़ रही थीं। इसके अलावा उसे दुनिया में किसी चीज की परवाह न थी।

अब क्योंकि हलवा, मेढ़ी के कबाब, पुलाव, चावल और दीगर चीजें परोसी

जा चुकी हैं और सब लोगों के गलों से निकलनेवाली चबर-चबर आवाज ने एक तराने की शक्ल अख्तियार कर ली है, लिहाजा मौका है कि मुर्ग मुसल्लम लाया जाए। गोयाकि मैं उसके सिर को एक नजर देखने के इंतजार में हूँ। दिल की धड़कनें शुरू हो रही हैं और मैं खामोशी से दुआ कर रहा हूँ कि या अल्लाह, मुर्ग कल के लिए बच जाए। इसी वक्त एक मोटा सा भुना हुआ मुर्ग, जिस पर घी अब भी छनछना रहा था, लिये हुए खानसामा दाखिल हुआ। प्लेट को मेज के बीचोबीच रखकर वह चला गया।

पूरी मुस्तैदी से मैं वहीं जमा हुआ था। डर रहा था, कहीं मुर्ग की खुशबू से मुस्तफा साहब फिसल न पड़ें। खुदा का शुक्र है, न उसने अपनी ख्वाहिशात को बेकाबू होने दिया और न अपने वायदे को ही भूला। मुर्ग को देखते ही वह मेहमानों की तरफ घूम पड़ा। बोला, "हजरात, आप मुझसे इस बात पर इत्तिफाक करेंगे कि हमारे मेजबान का यह खयाल ज्यादा खुशगवार नहीं है। क्या अब भी हमें मुर्ग की जरूरत है? जहाँ तक मेरा अपना ताल्लुक है, गले तक ठँस चुका हूँ। अगर मेरी गरदन भी कलम कर दी जाए और ये मुर्ग मुर्ग न होकर 'आबेहयात' होता, तो भी मैं एक निवाला न लेता। यकीनन हम लोग यहाँ से सीधे सरकारी अस्पताल तो जाना नहीं चाहते। आदमी का पेट 'गावखूनी का कुआँ' तो है नहीं, जो कभी भरता ही नहीं, चाहे उसमें कितना ही पानी क्यों न बह जाए।" फिर उसने खानसामे को बुलाकर कहा, "सुनो कामरेड, इन हजरात की ख्वाहिश है कि तुम इस मुर्ग को हटाकर अंदर पहुँचा दो।"

मेहमान बड़ी अजीब उलझन में पड़ गए। उनकी समझ में नहीं आ रहा था कि आखिर करें क्या? मुर्ग मुसल्लम की ताजा खुशबू थी और उन्हें एक-दो निवाला चखने में जरा भी ऐतराज न था—अगर मुर्ग मुसल्लम का सिर्फ मेढ़ी के कबाबों से ही मुकाबला किया जाता तो। मगर आका उस्ताद जैसी ऊँची शख्सियत के ऐतराज को मद्देनजर रखते हुए वे खुद किसी नतीजे पर नहीं पहुँच सके। गोकि उनकी नजरें मुर्ग पर ही टिकी हुई थीं, मगर फिर भी उन्हें ले-देकर मुस्तफा की हाँ-में-हाँ मिलानी पड़ी। मैं समझा, हमारी चाल कारगर हो गई। मुस्तफा पर मैं हजार शाबाशियों की बौछार कर सकता था और उसके खुरदरे होंठों को चूम सकता था।

मैंने सोचा कि आगे से मुस्तफा को जेरे ऐतिहात रखूँ और उसके लिए कोई माकूल सी जगह तलाश दूँ। तो खैर, अपना सिर ऊँचा रखने और दोस्तों को अपनी नेकनीयती से मुतमइन करने के लिए मैंने छुरे जैसा बड़ा चाकू उठाया और अब्राहम की तरह, जिन्होंने इसमाईल को कुर्बान किया था, मुर्ग पर हमला बोलने के लिए

तैयार हो गया। यों जाहिर तौर पर मैं उस बेबस मुर्ग की बोटी-बोटी जुदा करने पर तुला हुआ था और साथ-साथ मुस्तफा से भी बार-बार यही इसरार कर रहा था कि वह सिर्फ एक निवाला तो ले ही ले—मेरी खातिर ही सही—ताकि बेचारे बावरची की मेहनत तो बेकार न जाए और उस गरीब को नाउम्मीदी न हो।

खुशकिस्मती से कस्साव ने मुर्ग की जुबान कलम कर दी। वरना मुझ जैसे दगाबाज बेईमान के बारे में वह जाने क्या-क्या कहता। मुख्तसर ये कि मेरे इसरार और मुस्तफा के इनकार में एक ऐसी होड़ चल रही थी कि कुछ मेहमानों ने यह जाहिर किया कि मुर्ग को हाथ न लगाया जाए और उसे ज्यों-का-त्यों, पूरा-का-पूरा वापस कर दिया जाए।

जबकि अपना जालबट्टा करीब-करीब कामयाब हो गया था, बदनसीबी से ही समझिए, मैं बिना सोचे-समझे बोल पड़ा, "हजरात, यह मुनासिब तो नहीं है कि मेवे से बने और यूरोप के खालिस मक्खन में तले मुर्ग को यों लौटाया जाए।" मुश्किल से ही यह लब्ज मेरे बदकिस्मत होंठों से निकल पाए होंगे कि मुस्तफा का कोई अंदरूनी स्प्रिंग जैसे ढीला हो गया। जनाब ने एकदम हाथ बढ़ाकर मुर्ग की एक टाँग घसीट ली और उसे चबाता हुआ बोला, "जब आप कहते हैं कि इसे मेवा से तैयार किया और यूरोप के खालिस मक्खन में तला गया है तो फिर अपने मुअज्जिज मेजबान को और ज्यादा नामुराद करना नामुनासिब होगा और यही वजह है कि हम लोगों को थोड़ा-थोड़ा चख लेना चाहिए।"

दूसरे, जिन्हें महज इशारे का इंतजार था, भूखे भेड़ियों की तरह मुर्ग पर टूट पड़े और पल भर में बेबस मुर्ग का गोश्त, हड्डियाँ—कुर्बानी के ऊँट के गोश्त और हड्डियों की तरह एक लंबी मंजिल पार कर गईं। यानी चबाई गईं, पेट में पहुँचीं, हजम हुईं और पूरे एक दर्जन गले और आँतों में ऊपर-नीचे होती हुई जज्ब हो गईं। अगर यहीं की एक मसल इस्तेमाल करूँ तो कहूँगा कि इन बदमाशों ने उस मुर्ग को ऐसे साफ कर दिया, गोया वह न कभी पैदा हुआ था और न कभी दुनिया में था।

कहा जाता है—आदमी पका मास खानेवाला जीव है। मगर ये हैरतनाक जानवर तो गोया पैदायशी चील-कौए थे। इस पर यकीन करना मुश्किल है कि ये भले आदमी छुरी-काँटों से लैस होकर, एक गधा जितना ढो सकता है उतना गोश्त सब्जी और गल्ला साफ करने के बाद अस्सरे नौ खाना शुरू कर देंगे। खुद अपनी आँखों से मैंने देखा था कि किस तरह इन गिद्धों ने मेरा लाल मुर्ग टुकड़े-टुकड़े कर खाया और किस तरह वह बेचारा इनके पेटों के कब्रिस्तान में इस तरह समा गया, जैसे कि दुनिया में उसका कभी कोई वजूद ही न था।

लगे हाथों एक-दो लब्ज आका उस्ताद के बारे में भी कह दूँ, जो हजरत फिर से खुशोखुर्रम नजर आ रहे थे। जबकि वह हजरत मेरे पतलून की जेब से निकाले हुए रेशमी रूमाल से अपने खूबसूरत होंठ एक खास अंदाज से पोंछ रहे थे, उसी वक्त उनके दिमाग में बेवकूफी से भरी कुछ याददाश्तें घूम गईं और उन्होंने स्विट्जरलैंड में शिकार के तजुर्बे सुनाने शुरू किए। आप बता रहे थे कि ये शिकार वहाँ के जंगलों में बड़े-बड़े आदमियों ने कराया था। स्विट्जरलैंड के एक बड़े घराने की बेहद हसीन छोकरी से हुई मुहब्बत की दास्तान सुनाई और ऐसी ही बहुत सी बातें कहीं, जिन्हें दोहराने की जरूरत नहीं है। लोगों ने इन बातों पर यकीन कर लिया, गोया ये भी कोई इलहाम हो रहा हो और मुतवातिर दाद-पर-दाद देते गए।

जबकि मैं अपने मुर्ग की उस मस्ती भरी तबाही और बरबादी पर गौर कर रहा था, उस वक्त मुझे गिरगिट जैसे मकसूम की तब्दीलियों और अदना इनसानों की मक्कारियाँ, बदमाश दुनिया की कमजोरियों और बदनुमा मुस्तफा की बेहयायी का खयाल आने लगा। टेलीफोन की घंटी फिर से खनखना उठी। मैंने उस शिकारी और माशूकाओं के हत्यारे की तरफ घूमते हुए कहा, ''आका मुस्तफा साहब, वजीरे दाखिला खुद टेलीफोन पर हैं और आपसे बात करने के लिए इसरार कर रहे हैं।'' इस लायका दोस्त ने मेरा मतलब ताड़ लिया और बड़ी दिलेरी से मेरे पीछे-पीछे कमरे से बाहर चला आया।

जैसे ही हम लोग कमरे से बाहर हुए, मैंने दरवाजा बंद किया और कसकर उसकी कनपटी पर तमाचा रसीद किया—ऐसा कि उसकी आवाज गूँज उठी और कहना चाहिए, मेरी पाँचों उँगलियों, हथेली और कलाई के निशान आका साहब के सुर्ख हुए चेहरे पर नख्श हो गए। मैंने कहा, ''कमीने बदमाश! गले तक तो ठुँसा हुआ था, फिर भी मुर्ग को देखते ही दगा दे गया और मुझे जिसने कि अपना राज तुम जैसे उजबक (गधे) तक महदूद रखा, उल्लू बना दिया। यह ले दूसरी धोखेबाजी के लिए।'' और मैंने एक तमाचा और जड़ दिया।

उसी तरह काँपती आवाज और लड़खड़ाती जुबान से, जैसे कि वह आदतन बोलता था और खाने के वक्त जिसका नामोनिशान भी न था, और जोर से साँस और हिचकियाँ लेते हुए उसने कहा, ''भाई हुजूर, मेरी क्या खता है? शायद आप भूल गए कि जब बात तय हुई थी, उस वक्त आपने महज मुर्ग का तस्करा किया था। उस वक्त आपने यह तो कहा न था कि मुर्ग को यूरोप के मक्खन में तला और बरगन के मेवों में तैयार किया गया है। आप यह मानेंगे कि गलती आपसे हुई, मुझसे नहीं।''

पहले ही से मैं इस कदर बौखलाया हुआ था कि कुछ भी मेरी बरदाश्त से बाहर था और इस बहानेबाजी की कोशिश ने तो मुझे करीब-करीब हैवान बना डाला। उसी वक्त दरवाजा खोलकर मैंने इस नाशुकरे कमीने को ऐसे धकेल बाहर किया, जैसे कि घी के कुप्पे में पड़े चूहे को निकाल फेंकता। और तब, दिमाग की बेचैनी दूर करने और अपने आपे में आने की गरज से मैंने सहन में चहलकदमी की और मुँह पर हलकी सी मुसकराहट लिये उस कमरे में दाखिल हुआ, जहाँ मेहमान बैठे थे।

वे सब-के-सब चौसर के इर्द-गिर्द घिरे हुए पाँचवाँ और छठा घर गिनने मैं खोए हुए थे और 'अफसर का घर' घेरने की कोशिश कर रहे थे। मैंने उन्हें बताया कि आका मुस्तफा खाँ को बड़ा अफसोस है कि आपसे इजाजत लिये बगैर उन्हें जाना पड़ा, क्योंकि वजीरे दाखिला (गृहमंत्री) ने अपनी निजी कार उन्हें इसी वक्त लेने के लिए भेजी थी और वह आपको परेशान भी नहीं करना चाहते थे।

इससे उन्हें बड़ा अफसोस हुआ। काफी देर तक वे लोग आका उस्ताद की खुशमिजाजी, काबिलीयत और गुफ्तगू के सलीके पर बकझक करते रहे और आखिर में उनका टेलीफोन नंबर पूछ बैठे, ताकि अपनी मजलिसों में वह उन्हें भी दावत दे सकें। और मैंने, आपसे क्या छुपाऊँ, बड़े इतमीनान से उन्हें गलत पता और टेलीफोन का गलत नंबर दे दिया।

अगले दिन मुझे खयाल आया कि आका उस्ताद के साथ-साथ मैंने अपने इन्हीं मनहूस हाथों से अपना सबसे बढ़िया और नया सूट भी फेंक दिया। लेकिन अब पछताने से क्या, जब चिड़ियाँ चुग गईं खेत। लिहाजा 'जैसा करो वैसा भरो' वाली अजीमुस्सान मसल को मद्‌देनजर रखते हुए मैं बाखुदा अहद करता हूँ कि जिंदगी में कभी तरक्की पाने की कोशिश न करूँगा।

□

कुँआरे की मृत्यु

—ए. सिंजलर

किसी ने दरवाजे पर दस्तक दी थी—बहुत धीरे से; लेकिन डॉक्टर तुरंत जाग गया। बत्ती जलाई और उठ बैठा। उसने अपनी पत्नी पर दृष्टि डाली। वह शांतिपूर्वक सो रही थी। डॉक्टर ने 'ड्रेसिंग गाउन' उठाया और हॉल में चला गया। स्लेटी शॉल ओढ़े जो वृद्धा वहाँ खड़ी थी, डॉक्टर ने उसे फौरन नहीं पहचाना।

''मालिक की हालत अचानक बहुत बिगड़ गई है,'' उसने कहा, ''क्या आप तुरंत चलने की कृपा करेंगे?''

डॉक्टर ने आवाज पहचान ली, यह थी उनके मित्र चिरकुमार की गृहस्वामिनी। डॉक्टर के मस्तिष्क में जो पहला विचार आया, वह था, 'मेरे दोस्त की अवस्था है पचपन साल। हृदय अस्तव्यस्त है वर्षों से, निश्चय ही मामला कुछ गंभीर है,' और उसने कहा, ''अभी आया, मेरा इंतजार करना।''

''क्षमा चाहती हूँ डॉक्टर, क्योंकि मुझे अभी दो लोगों के यहाँ जल्दी जाना है।'' और वृद्धा ने एक व्यवसायी और लेखक महानुभाव का नाम बताया।

''लेकिन उनसे तुम्हें क्या काम है?''

''मालिक उनसे पुनः मिलना चाहते हैं।''

''पुनः मिलना चाहते हैं?''

''जी हाँ।''

'वह अपने दोस्तों को बुलवा रहा है,' डॉक्टर ने सोचा, 'क्योंकि वह मृत्यु को बहुत निकट अनुभव कर रहा है।'

''तुम्हारे मालिक के पास और भी कोई है?'' डॉक्टर ने प्रश्न किया।

''जी हाँ,'' वृद्धा ने उत्तर दिया, ''जॉन है उसके पास—हर समय।'' और वह चली गई।

डॉक्टर अपने शयनकक्ष में वापस चला गया और जब वह जल्दी-जल्दी कपड़े पहन रहा था—कटुता की एक भावना उसके मस्तिष्क में उठ खड़ी हुई। यह एक पुराने और अच्छे मित्र के संभावित निधन का उतना शोक-संताप नहीं था, बल्कि इस बात की दर्द भरी अनुभूति थी कि वे सभी इतने वय के हो चुके हैं, यद्यपि यह अनुभूति उस समय न थी, जबकि वे छोटे थे।

डॉक्टर एक खुली हुई मोटर में बैठ, वासंती रात की कोमल किंतु भारी हवा में होता हुआ पड़ोस के उस स्थान में पहुँचा, जहाँ उसका मित्र रहता था। शयनकक्ष की खिड़की पर उसने दृष्टि डाली, जो पूरी तरह खुली हुई थी और जिससे होकर लैंप का पीला प्रकाश रात के अँधियारे में झाँक रहा था।

डॉक्टर सीढ़ियों पर चढ़ गया। नौकर ने दरवाजा खोला, गंभीरता से उनका स्वागत किया और अपने बाएँ हाथ को शोकपूर्ण ढंग से गिरा लिया।

"क्या?" डॉक्टर ने साँस रोकते हुए कहा, "क्या मैं वक्त निकल जाने के बाद आया?"

"जी हाँ," नौकर ने उत्तर दिया, "मालिक को गुजरे पंद्रह मिनट हो गए।"

डॉक्टर ने लंबी आह भरी और कमरे में चला गया। वहाँ पड़ा था उसका मृतक दोस्त—पतले, नीले, अधखुले होंठ, बाँहें चादर पर फैली हुई; उसकी छोटी सी दाढ़ी अस्तव्यस्त थी और बालों की कुछ भूरी जुल्फें उसके पीले-नम माथे पर फैल गई थीं। रेशमी आवरणवाला लैंप सिरहाने रखी मेज पर टिका हुआ था और उसकी लाल रोशनी तकिए पर पड़ रही थी।

डॉक्टर ने मृतक पर दृष्टि डाली।

'इसके पहले इस मकान में कब आया था?' वह मन-ही-मन सोचने लगा, 'याद आता है उस शाम बरफ गिर रही थी। पिछले जाड़ों की बात रही होगी।' सचमुच दोनों इस बीच मिले-जुले न थे।

बाहर सड़क पर आते हुए घोड़ों की टापें सुनाई दीं। डॉक्टर मृतक के पास से हट गया और खिड़की के उस पार रात की हवा में झूलती हुई टहनियों पर उसने दृष्टि डाली।

नौकर ने प्रवेश किया तो डॉक्टर ने पूछा कि यह सब कैसे हुआ?

नौकर ने उलटी और साँस लेने में कठिनाई के अचानक दौरे की एक परिचित सी कहानी कह सुनाई। उसके बाद उसका मालिक चारपाई से कूद पड़ा था। वह कमरे में इधर-उधर टहला; लपककर लिखने की मेज पर गया; लड़खड़ाता हुआ पुनः चारपाई पर लौटा। वहाँ प्यास से उसका दम घुटने लगा। दर्द से कराहते हुए,

उठने के अंतिम प्रयास में वह तकिए पर गिर गया।

डॉक्टर ने यह सुनकर सिर हिलाया और मृतक के माथे पर हाथ फेरा।

इसी समय एक गाड़ी आ गई। डॉक्टर खिड़की के पास गया। उसने सौदागर को उतरते और मकान पर प्रश्नसूचक दृष्टि डालते देखा। अनजाने ही डॉक्टर ने अपना हाथ ठीक वैसे ही गिरा लिया, जैसे नौकर ने उसके लिए दरवाजा खोलते समय गिराया था।

सौदागर ने झटके से गरदन पीछे की, जैसे वह इसे मानने से इनकार कर रहा हो। डॉक्टर महोदय ने कंधा हिलाया। फिर सहसा थकान सी महसूस करते हुए वे मृतक के पाँयते पड़ी कुरसियों पर आकर बैठ गए।

सौदागर एक पीला सा कोट पहने, जिसके बटन खुले हुए थे, अंदर आया। दरवाजे के निकट रखी हुई एक मेज पर टोप रखकर उसने डॉक्टर से हाथ मिलाया।

"कैसी भयानक बात है!" उसने कहा, "लेकिन यह हुआ कैसे?" और वह मृतक को संदेहपूर्वक घूरने लगा।

डॉक्टर जो जानता था, वही उसने बताया; साथ-साथ यह भी जोड़ दिया, "कि अगर कहीं मैं फौरन ही आ सका होता, तो भी कुछ न कर पाता।"

"आज ठीक एक हफ्ता हुआ," सौदागर बोला, "जब थिएटर में उससे बातचीत हुई थी। रात को मैं उसके साथ भोजन करना चाहता था, किंतु उसका अपना एक गोपनीय प्रोग्राम निश्चित था।"

"क्या, अब भी?" डॉक्टर ने उदासी से मुसकान बिखेंरते हुए कहा।

बाहर दूसरी गाड़ी आकर रुकी। सौदागर खिड़की की ओर गया। जब उसने लेखक को उतरते हुए देखा तो वह पीछे हट गया। अपनी मुद्रा से वह इस दुःखद समाचार की घोषणा नहीं करना चाहता था।

डॉक्टर ने अपनी डिब्बी से एक सिगरेट निकाल ली थी और उसे एक तरह की उलझन में घुमाता रहा था।

"अस्पताल के दिनों से यह मेरी आदत है," उसने माफी सी माँगते हुए कहा, "रात को रोगी के कमरे से निकलने पर मैं जो सबसे पहला काम करता हूँ, वह यह कि सिगरेट सुलगाता हूँ—चाहे मुझे मार्फिया का इंजेक्शन लगाना हो, चाहे मृत्यु प्रमाणित करनी हो।"

"तुम्हें मालूम है," सौदागर ने कहा, "कितने दिन से मैंने लाश नहीं देखी? चौदह साल से, जब पिताजी का शव ताबूत में रखा गया था, तभी से नहीं देखी।"

"लेकिन तुम्हारी पत्नी?"

''पत्नी को मैंने उसके अंतिम क्षणों में देखा था; किंतु उसके बाद नहीं।''

लेखक आ गया। उसने दोनों से हाथ मिलाए और पलंग पर प्रश्नसूचक दृष्टि डाली। फिर वह इरादतन पलंग की ओर बढ़ गया। बड़ी आत्मीयता से उसने मृतक को देखा तो भी उसके होंठों पर घृणासूचक वक्रता का अभाव न था।

'तो ये रहे।' लेखक ने मन-ही-मन कहा, क्योंकि मृतक ने खेल-खेल में यह प्रश्न उठाया था, कि देखें उसके घनिष्ट मित्रों में सबसे पहले किसकी अंतिम यात्रा आरंभ होती है। गृहस्वामिनी अंदर आई। आँखों में आँसू भरे वह चारपाई के पास आकर झुक गई। उसने सिसकियाँ लीं और हाथ मलती रही। लेखक ने अपना हाथ बड़े धीरे से, सांत्वना सी देते हुए उसके कंधे पर धर दिया।

सौदागर और डॉक्टर खिड़की के पास जा डटे। वासंती रात की गहरी हवा उनके मस्तक से अठखेलियाँ करने लगी।

''बात तो वास्तव में बड़ी अजीब सी है,'' सौदागर ने कहना शुरू किया, ''कि उसने हम सभी को बुला भेजा। क्या वह हमें एक साथ मृत्युशय्या के निकट देखना चाहता था? क्या उसे हमसे कोई खास बात कहनी थी?''

''जहाँ तक मेरा संबंध है,'' डॉक्टर ने उदासी से मुसकराते हुए कहा, ''इसमें कोई अजीब बात नहीं हो सकती, क्योंकि मैं डॉक्टर हूँ। और आप,'' सौदागर की ओर उन्मुख होते हुए उसने कहा, ''जब तक उसके व्यावसायिक सलाहकार रहे हैं। इसलिए संभव है, ये किसी अंतिम निर्देश का मामला हो, जो वह स्वयं ही आपको देना चाहता हो।''

''ऐसा हो सकता है।'' सौदागर ने कहा।

गृहस्वामिनी कमरे से बाहर हो चुकी थी और ये मित्र महानुभाव उसे बाहर हॉल में दूसरे नौकर-चाकरों से बात करते हुए सुन सकते थे। लेखक अब भी चारपाई के पास खड़ा, जैसे मृतक से मौन भाषा में वार्त्तालाप कर रहा हो।

''मेरा खयाल है,'' सौदागर ने फुसफुसाते हुए डॉक्टर को बताया कि ''पिछले दिनों हमारे दोस्त से इनका मिलना-जुलना कुछ अधिक रहा है। शायद ये इस प्रश्न पर कुछ रोशनी डाल सकें।''

लेखक निश्चल खड़ा मृतक की मुँदी हुई आँखों को टकटकी लगाए घूर रहा था। उसके हाथ, जिनसे उसने अपना चौड़ी किनारी का टोप पकड़ रखा था, पीठ पीछे जा मिले थे। अन्य दोनों व्यग्र हो रहे थे। सौदागर उसकी ओर बढ़ गया और खखारकर गला साफ करने लगा।

''तीन दिन हुए,'' लेखक बोला, ''मैं उसके साथ पहाड़ी और अंगूरी प्रदेश

में दो घंटे टहलने के लिए गया था। क्या आप यह जानना चाहेंगे कि उसने किस बारे में बातचीत की? स्वीडेन की एक यात्रा—जिसकी वह गरमियों के लिए योजना बना रहा था; एक नया पोर्टफोलियो जो लंदन में वाटसन ने प्रचलित किया; और आखिर में 'ड्यूमौंट' के बारे में। काफी हिसाबी तफसील से उसने एक हवाई जहाज की भी चर्चा की—जोकि आपसे साफ कह दूँ, मैं ठीक से समझ न सका। इतना निश्चित है कि वह मृत्यु के विषय में नहीं सोच रहा था। यह भी वास्तव में सत्य ही होना चाहिए कि एक निश्चित और विशेष अवस्था के बाद लोग इस बारे में सोचना भी बंद कर देते हैं।''

डॉक्टर बराबरवाले कमरे में चला गया था। यहाँ वह अवश्य ही सिगरेट सुलगाने का प्रयत्न करता। लिखने की मेज पर अष्टधातु की 'एशट्रे' में सफेद-सफेद राख की कल्पना उसे बड़ी अजीब सी लगी। उसे आश्चर्य हुआ कि आखिर अभी तक वह वहाँ है क्यों? उसे जब चाहे चले जाने का अधिकार था, क्योंकि उसे तो एक डॉक्टर की हैसियत से ही बुलाया गया था। उसकी आपसी मित्रता भी अलग हो चली थी।

'मेरे जीवन काल में,' डॉक्टर अपने विचारों में डूबता-उतराता सोचने लगा, 'यह नितांत असंभव है कि मुझ जैसा आदमी किसी ऐसे आदमी से दोस्ती बनाए रख सके, जिसका कोई पेशा न हो—और जिसने कभी कोई रोजगार-धंधा किया ही न हो। अगर वह धनी न होता तो क्या पेशा अपनाता? वह शायद साहित्य की ओर मुड़ता : वह था बहुत चतुर।' और डॉक्टर को मृतक के बहुत से कटु, किंतु तीखे व्यंग्य स्मरण हो आए—विशेष रूप से वे, जो उसने लेखक की स्मृतियों पर कसे थे।

लेखक और सौदागर अंदर आए। लेखक ने वहाँ एकांत में मेज के पास डॉक्टर को हाथ में सिगरेट दबाए देख भावभंगिमा से असहमति सी व्यक्त की। सिगरेट अभी तक बिना जली थी, लेखक ने अपने पीछे का दरवाजा बंद कर लिया। यहाँ किसी तरह वे एक हद तक दूसरी ही दुनिया में थे।

''आपका क्या अनुमान है?'' सौदागर ने प्रश्न किया।

''किस बारे में?'' लेखक ने कुछ विस्मृति सी व्यक्त की।

''किसलिए उसने हमें बुलाया था और वह भी हमीं को?''

लेखक ने किसी कारण विशेष को ढूँढ़ना अनावश्यक समझा। ''हमारे मित्र ने,'' उसने बताया, ''मृत्यु का आगमन अनुभव किया। अगर कहीं उसने एकाकी जीवन बिताया होता, कम-से-कम अपने अंतिम दिनों में, तो शायद न बुलाता! ऐसे

लोग जो स्वभाव से मिलनसार होते हैं, अपने इष्टमित्रों को अपने इर्दगिर्द देखना चाहते हैं।"

"उसकी एक रखैल थी तो!" सौदागर बोला।

"ओह! रखैल।" लेखक ने दुहराया और घृणा से भौंहें चढ़ा लीं।

इसी क्षण डॉक्टर का ध्यान लिखने की मेज के नीचे वाले दराज पर गया, जो अधखुला था।

"आश्चर्य है! उसकी वसीयत यहीं कहीं होगी!" उसने कहा।

"उससे हमें क्या?" सौदागर बोला, "कम-से-कम इस वक्त! जो हो, लंदन में उसकी एक शादीशुदा बहन भी तो रहती है।"

नौकर अंदर आया। बड़े अदब से उसने पूछा कि शवयात्रा, अंत्येष्टि और मातमी निमंत्रणों के लिए क्या व्यवस्था होनी चाहिए। वह जानता था कि मालिक की वसीयत उसके वकील के पास है; लेकिन उसे संदेह था कि उसमें इस बारे में कुछ निर्देश भी होंगे। लेखक ने कमरे में घुटन सी अनुभव की। खिड़की पर पड़े लाल परदे को एक तरफ खिसकाकर उसने खिड़की के दोनों पल्ले खोल दिए। वासंती रात्रि का गहरा नीला आँचल कमरे में प्रविष्ट हुआ।

डॉक्टर ने नौकर से पूछा कि आया को इस बारे में कुछ पता है कि मृतक ने उसे किसलिए बुलाया था। क्योंकि अगर डॉक्टर का खयाल सही था तो कोई साल भर पहले उसे इस मकान में डॉक्टर की हैसियत से बुलाया गया था।

नौकर ने, जो इस प्रश्न की प्रतीक्षा कर रहा था, अपनी सदरी की जेब से एक फूला-फूला सा बटुआ निकाला। बटुए में से कागज निकालते हुए उसने बताया कि सात बरस पहले उसके मालिक ने अपने उन मित्रों के नाम लिखे थे, जिन्हें वह अपनी मृत्यु के समय बुलाना चाहता था। ताकि यदि मृतक उस समय अचेतन हो तो नौकर उन महानुभावों को अपनी जिम्मेदारी पर बुलाने का प्रयास करता।

डॉक्टर ने नौकर के हाथ से कागज का वह टुकड़ा ले लिया और उस पर पाँच नाम लिखे देखे। जो वहाँ मौजूद थे, उनके अतिरिक्त एक नाम था, उस मित्र का, जिसे मरे कई बरस बीत चुके थे—दूसरे को वह जानता न था।

नौकर ने बताया कि ये बाद वाले सज्जन एक उद्योगी, जिनके यहाँ मृतक नौ या दस वर्ष पहले जाया करता था, और जिनका पता खो गया था या भुला दिया गया था।

तीनों ने एक-दूसरे पर बड़ी बेचैनी और उत्सुकता से दृष्टि डाली।

"इसका क्या तात्पर्य है?" सौदागर ने प्रश्न किया, "क्या अंतिम क्षणों में उसका कोई व्याख्यान देने का इरादा था?"

''अपने संबोधन में शोक-भाषण, निस्संदेह!'' लेखक ने जोड़ा।

डॉक्टर की आँखें मेज की खुली हुई दराज पर जा लगीं। और सहसा एक लिफाफे पर अंकित रोमन लिपि के ये शब्द उसकी ओर घूरने लगे—''मित्रों की सेवा में।''

''हल्लो!'' वह चिल्लाया। लिफाफा लिया, उठाकर अन्य मित्रों को दिखाया, ''यह तो हमारे लिए है।'' वह बोला, फिर वह नौकर की ओर घूम गया और उसने सिर हिलाकर यह संकेत किया कि अब उसकी (नौकर की) जरूरत नहीं है। नौकर चला गया।

''हमारे लिए?'' लेखक ने आँखें फैलाते हुए कहा।

''अब किसी संदेह की गुंजाइश नहीं है,'' डॉक्टर ने कहा, ''हमारा इस लिफाफे को खोलना उचित होगा।''

''यही हमारा कर्तव्य है।'' सौदागर ने समर्थन किया और ओवरकोट के बटन लगा लिये।

''चूँकि यह हम सबके लिए है।'' उसने यों ही कहा और मेज पर झुक गया, ताकि लैंप का प्रकाश कागज पर पड़ सके। उसके निकट खड़ा था सौदागर। लेखक वैसे ही बैठ गया।

''जरा जोर-जोर से पढ़िए।'' सौदागर बोला और लेखक पढ़ने लगा।

''मेरे इष्टमित्रों के लिए,'' वह मुसकराहट के साथ रुक गया—''हाँ! यह यहाँ भी लिखा है।'' और प्रशंसापूर्ण बेमन से पढ़ता गया, ''लगभग 15 मिनट हुए, जबकि मैंने अंतिम साँस ली थी। आप लोग मेरी मृत्युशय्या के इर्द-गिर्द इकट्ठे हुए हैं और इस चिट्ठी को साथ-साथ पढ़ने को समुद्यत हैं—यदि यह मेरे अंतिम समय में भी मौजूद हैं, यह मुझे जोड़ देना चाहिए। क्योंकि यह भी संभव है कि मेरे मस्तिष्क की दशा सुधर जाए।''

''क्या?'' डॉक्टर ने पूछा।

''मस्तिष्क की दशा में सुधार,'' लेखक ने दोहराया और पढ़ना जारी किया, ''और मैं इस पत्र को नष्ट करने का निश्चय कर बैठूँ, क्योंकि इससे मेरा रंचमात्र भी भला न होगा। यह कम-से-कम आप लोगों को कुछ घंटों की बेचैनी का कारण अवश्य सिद्ध होगा, यदि ये आपमें से किसी-न-किसी के जीवन को पूरे तौर पर जहरीला नहीं बना देता।''

''हमारे जीवन को जहरीला?'' डॉक्टर ने चश्मा पोंछते हुए आश्चर्य से दोहराया।

"जल्दी-जल्दी जरा!" सौदागर ने उखड़ती सी आवाज में कहा।

लेखक ने शुरू किया, "और मैं स्वयं से पूछता हूँ कि आखिर यह कैसा बुरा मजाक है, जो मुझे आज लिखने की मेज की ओर प्रेरित करता है और वे शब्द, कभी न पढ़ सकूँगा। और यदि कहीं ऐसा हो सकता तो उससे होनेवाली प्रसन्नता भी एकदम तुच्छ होगी। इतनी तुच्छ कि उस दुष्कृत्य के लिए, जिसे मैं पूरे आत्मबोध से करनेवाला हूँ, बहाने का काम भी न देगी।"

"हाँ!" डॉक्टर एक ऐसी आवाज में चिल्लाया, जो उसे अपनी नहीं मालूम हुई। लेखक ने उसपर खोजपूर्ण दृष्टि डाली और पढ़ने लगा—पहले की अपेक्षा अधिक तेजी से, किंतु थोड़े दिखावे के साथ—

"जी हाँ, यह एक बुरा मजाक है, इसके अलावा कुछ भी नहीं, क्योंकि वास्तव में आपके विरुद्ध मेरे पास कुछ भी नहीं है। अपने ढंग से मैं आप सबको चाहता भी हूँ, जैसे कि आप मुझे चाहते हैं। मैंने आपसे कभी नफरत नहीं की, और अगर मैं आप पर हँसा भी, तो कभी आपका उपहास नहीं किया। नहीं, एक बार भी तो नहीं—और कम-से-कम उन घंटों में, जिनकी इतनी व्यापक और दर्द भरी स्मृतियाँ आप जल्दी से मस्तिष्क के सम्मुख लाना चाहते हैं। तब यह कुत्सित मजाक किसलिए? शायद इसका कारण है एक ऐसी तीव्र इच्छा, जिसको भुला पाना जरूरी नहीं है—इच्छा थी कि संसार छोड़ते समय मेरी आत्मा पर बहुत से झूठ का भार न रहे। यदि मुझे थोड़ा भी इसका भान होता, जिसे लोग प्रायश्चित्त कहते हैं, तो मैं वह भी कर सकता था।"

"अरे, आखिर तक पढ़ डालिए!" डॉक्टर ने एक नए और आकस्मिक स्वर में कहा।

सौदागर ने बिना अधिक झिझके लेखक से, जो अपनी उँगलियों पर एक तरह की फालिज का सा चढ़ना अनुभव कर रहा था, पत्र ले लिया। जल्दी से उसने निगाह डाली और शीघ्रतापूर्वक पढ़ना शुरू किया :

"भाग्य की बात है, मेरे अजीज दोस्तो! और मैं उसे बदल भी नहीं सकता था। मैं आप सबकी नीतियों को पा चुका हूँ—जी हाँ, हरेक की।"

सौदागर सहसा रुक गया और उसने पहला पृष्ठ उलटा।

"नौ साल पहले लिखा गया था यह पत्र।" उसने कहा।

"पढ़िए।" लेखक ने पैनी आवाज में कहा। और सौदागर पढ़ता गया :

"वास्तव में हरेक की परिस्थितियाँ भिन्न थीं। उनमें से एक के साथ मैं महीनों ऐसे रहा, मानो हमारी शादी हो चुकी हो। दूसरा मामला ऐसा था, जिसे

दुनिया उन्माद की संज्ञा देने की आदी है। तीसरे में मामला इस हद तक बढ़ गया कि हमने साथ-साथ ही आत्महत्या करने की इच्छा की। चौथी को मैंने जीने से धकेल गिराया, क्योंकि मुझे धोखा देकर वह दूसरे से जा फँसी थी। और अंतिम तो सिर्फ एक बार ही मेरी रानी बनी।

"क्या अब भी आपकी साँस लौट रही है—मेरे अच्छे दोस्तो? तुम्हें ऐसा नहीं करना चाहिए। ये मेरी जिंदगी की शायद सबसे हसीन, खुशगवार और मुअत्तर घड़ियाँ थीं और उनकी भी। तो मेरे दोस्तो, इससे ज्यादा मुझे आपसे कुछ नहीं कहना। अब मैं इस पत्र को मोड़कर मेज की दराज में रखने जा रहा हूँ और वहाँ यह पड़ा रहेगा, जब तक मेरी मजाक का रुख नहीं बदलता; या उन क्षणों में जब मैं मृत्युशय्या पर पड़ा होऊँगा, ये आपके हाथों में नहीं पहुँच जाता, अलविदा!"

डॉक्टर ने सौदागर के हाथ से पत्र ले लिया और शुरू से आखिर तक सयत्न पढ़ा। तब उसने पास खड़े सौदागर पर घृणा और तिरस्कारपूर्ण दृष्टि डाली।

"यद्यपि आपकी पत्नी पिछले साल मर चुकी," डॉक्टर ने कहा, "तो भी यह सच्चाई जहाँ की तहाँ है।"

लेखक महाशय कमरे में इधर से उधर चहलकदमी कर रहे थे। कई बार उसने अपनी गरदन को, जैसे किसी दौरे में अगल-बगल झटका। सहसा वह भिंचे हुए दाँतों के छेद से फुसफुसाया, 'सुअर'; और फिर अपने सामने टकटकी बाँधे देखने लगा, जैसे हवा में विलीन हुई किसी चीज को खोज रहा हो।

वह यौवन से बोझिल उस प्राणी का मानसिक चित्र खींच रहा था, जिसे उसने कभी पत्नी के रूप में अपने बाहुपाश में जकड़ लिया था; उसके मस्तिष्क में उन अन्य स्त्रियों के चेहरे उभरे, जिन्हें वह बहुत पहले याद करता था, जिनके बारे में कभी सोचता था और अब जिन्हें भूल चुका था। किंतु अपने मस्तिष्क में वह केवल एक चित्र नहीं ला सका, जिसे लाना चाहता था, क्योंकि उसकी पत्नी के चेहरे पर झुर्रियाँ पड़ चुकी थीं और उसमें लेखक के लिए कोई आकर्षण भी न था।

और इसे तो एक अरसा हुआ, जब वह उसकी प्रेमिका थी; किंतु प्रेयसी के अतिरिक्त वह अब और ही कुछ हो चुकी थी, पहले से कहीं ज्यादा उदार—मित्र और सहयोगी। उसकी सफलताओं पर वह आत्माभिमान से भर उठा; उसकी निराशाओं ने उसे सहानुभूति से भर दिया और अब लेखक की सूक्ष्म दृष्टि उसके स्वभाव की तहों तक पहुँच रही थी।

लेखक को यह बुरा नहीं लगा कि मृतक को नीचतावश उससे ईर्ष्या हुई हो और उसने उसे छिपे-छिपे उसकी सहयोगिन को ले भागने की चेष्टा की हो। जहाँ

तक अन्य चित्रों का संबंध है, उनसे उसे क्या?

लेखक ने अपने मस्तिष्क में कुछ स्मृतियों को ताजा करने की चेष्टा की—कुछेक पुरानी, कुछ हाल की नई। ऐसी बहुत सी घटनाएँ थीं, जिन्हें वह अपने विविधतापूर्ण साहित्यिक जीवन में सँजो सकता था और जिनका क्रम चलने पर उसकी पत्नी हँसी या रोई थी। लेकिन वे स्मृतियाँ हैं, जितनी कि वे घड़ियाँ, जबकि उसकी पत्नी ने अपने को ऐसे आदमी की भुजाओं में गिरा दिया था, जिसकी कोई औकात न थी—बिना सोचे, बिना विचारे शायद।

वे घड़ियाँ उतनी ही विस्मृत हो चुकी थीं, जितनी कि गुजले हुए तकिए पर पड़े मृतक की खोपड़ी में उन घड़ियों की स्मृति। लेकिन शायद इस वसीयतनामे में निरे झूठ-ही-झूठ हैं—ऐसे झूठ, जिन्हें मृतक, आत्मविस्मृति ही जिसका भवितव्य है, जिसकी कृतियों पर मृत्यु का भी बस नहीं है, अंतिम प्रहार थे। यह असंभाव्य भी नहीं था, किंतु यदि सत्य भी हो, तो एक निम्न कोटि का प्रतिशोध था और हर हालत में असफल भी।

डॉक्टर ने सामने पड़े कागज पर दृष्टि डाली और अपनी सुशील, दयालु और वृद्धा होती पत्नी के विषय में सोचा, जो घर पर पड़ी सो रही थी। उसे अपने तीन बच्चों का भी खयाल आया : सबसे बड़े लड़के का, जो अपनी साल भर की सैन्य-सेवाएँ पूरी कर रहा था; लंबी-छरहरी पुत्री का, जिसकी मँगनी एक वकील से तय हो चुकी थी; और सबसे छोटी बच्ची का, जो इतनी सौंदर्यशालिनी और आकर्षक थी कि एक विख्यात कलाकार ने, जो हाल ही में उससे एक नृत्य समारोह में मिला था, उसे चित्रित करने की अनुमति माँगी थी। डॉक्टर ने अपने आरामदेह घर के विषय में भी सोचा।

वह सब जो मृतक के पत्र से उमड़ पड़ा था, उसे इतना असत्य तो नहीं लगा, जितना एक रहस्यमय ढंग से कुछ विशिष्टतापूर्ण और महत्त्वहीन। उस क्षण उसे मुश्किल से ही किसी नई बात का अनुभव हुआ हो।

चौदह या पंद्रह साल पहले जबकि उसे कुछ व्यावसायिक दिक्कतों से थकान का नशा सवार हुआ था। जब पत्नी और परिवार सहित उसने शहर छोड़ देने की योजना बनाई थी, तभी उसके मस्तिष्क में एक नए विचार का उदय हुआ था। उन्हीं दिनों उनसे एक ऐसी बहशियाना और लापरवाही की अवस्था में प्रवेश किया, जिसमें एक आश्चर्यजनक रूप से उन्मत्त स्त्री काम कर रही थी। इस स्त्री ने बाद को दूसरे प्रेमी के पीछे आत्महत्या कर ली।

कैसे डॉक्टर का जीवनक्रम अपने निजी ढर्रे पर चलने लगा, इस विषय में

उसे अब कुछ भी याद न रहा था। लेकिन यह सब हुआ उन दुर्दिनों में, जो बीमारी की तरह आए और चले गए, जबकि उसकी पत्नी ने उसे धोखा दिया। हाँ, ऐसा ही हुआ होगा और डॉक्टर को यह स्पष्ट भी हो गया कि वास्तव में वह पहले से इस बात को जानता था।

एक मर्तबा क्या वह इकबाल करने पर नहीं आ गई थी ? क्या उसने डॉक्टर को संकेत नहीं दिए थे ? तेरह या चौदह साल पहले··· ऐसा कब हुआ होगा ? गरमियों में छुट्टी का एक 'ट्रिप' था न—साँझ को दिन छिपे, किसी होटल के छज्जे पर ? व्यर्थ ही डॉक्टर ने इन मिटे हुए शब्दों को स्मरण किया।

सौदागर खिड़की के पास रजत-यामिनी की ओर टकटकी लगाए खड़ा था। अपनी मृतपत्नी को स्मरण करने का उसने जैसे पक्का इरादा कर लिया था। ज्यों-ज्यों उसने अपने अंत:करण को टटोला, त्यों-त्यों वह अपनी मृत पत्नी की स्मृति को ताजा करने में सफल होता गया। एक धुँधला-धुँधला सा भोर—दरवाजे पर पड़ा परदा। और उसके बाहर काले वस्त्र पहने वह ! सहानुभूति से हाथ मिलाती हुई पत्नी ! नथुनों में उसे कारबोलिक और बासी फूलों की गंध अनुभव हुई।

आरंभ में जो यह एक चित्र जैसा ही दिन था। अपनी बैठक में पियानो के ऊपर टँगी हुई उस बड़ी तसवीर को स्मरण कर सका, जो एक दाँतेदार चौखटे में जड़ी हुई थी। उस चित्र में स्वाभिमानिनी सी दिखनेवाली एक तीस वर्षीय महिला 'बाल' पोशाक में चित्रित की गई थी। तब वह एक ऐसी पीतवर्ण और काँपती सी युवावस्था के रूप में प्रकट हुई, जिसने कोई बीस वर्ष पहले सौदागर का प्रणय-प्रस्ताव स्वीकार किया था। फिर उसके सम्मुख एक स्त्री का चित्र उभरा, जो अपने पूर्ण शृंगार सहित थिएटर-बॉक्स में बैठी, यद्यपि रंगमंच पर दृष्टि जमाए थी, किंतु आंतरिक दृष्टि से उससे कोसों दूर थी। इसके बाद उसे उस उन्मादिनी जीन का स्मरण हो आया, जिसने सुदूर यात्रा से लौटने पर अप्रत्याशित ढंग से उसका स्वागत किया था।

शीघ्र ही सौदागर का ध्यान उस हताश सजलनयनी की ओर गया, जिसकी नीली आँखें भारी-भारी थीं और जिसने अपनी तमाम भद्दी मजाकों से अपने जीवन को विषाक्त बना डाला था। उसके उपरांत उसने स्तंभित सी स्नेहमयी माँ को एक हलका सा 'मातमी प्रतीक' पहने अपने बीमार बच्चे की शय्या के निकट देखभाल करते देखा था। फिर भी उसका बच्चा मर गया। सबसे आखिर में उसने एक पीले से प्राणी को देखा, जिसका शरीर एक ऐसे कमरे में टेढ़ा हुआ पड़ा था, जिससे ईथर की गंध आ रही थी। उसका मुँह इस दयनीयता से फैल गया था और

उसके माथे पर ठंडे पसीने की ऐसी बूँदें झलक रही थीं, जिसके कारण सौदागर की आत्मा दया से काँप गई।

सौदागर जानता था कि ये सभी और सैकड़ों अन्य चित्र, जो उसकी अंतर की आँखों के सम्मुख अविश्वसनीय गति से पल भर को आए थे—थे एक ही प्राणी के, जिसे वर्ष भर पहले समाधि में रखा जा चुका था। जिसकी मृत्यु पर वह रोया था और जिसके बाद उसने स्वयं को बंधनमुक्त अनुभव किया।

उसे लगा, जैसे इन सारे चित्रों में उसे कोई एक चुन लेना चाहिए, ताकि उसकी प्रतिक्रिया कोई निश्चित रूप ले सके। क्योंकि इस तरह शून्य में टटोलने से उसे ऐसा अनुभव हो रहा था, मानो क्रोध और लज्जा उसे उछाल रहे हों। सौदागर वहाँ अनिश्चिततापूर्वक खड़ा था और मकान के बाहर बगीचों को देख रहा था; जो चाँदनी के रुपहले प्रकाश में हलके पीले और लाल से झिलमिला रहे थे तथा पीली पुती हुई दीवारों की तरह दिखाई दे रहे थे। दीवारें, जिनके पीछे केवल हवा थी।

"अच्छा नमस्ते।" कहकर डॉक्टर उठ खड़ा हुआ।

सौदागर उसी की ओर घूम पड़ा। बोला, "मुझे भी अब यहाँ और ठहरकर क्या करना है!"

लेखक ने पत्र उठा लिया था। पत्र को मोड़-तोड़कर उसने अपने कोट की जेब में ठूँस लिया और बगलवाले कमरे का दरवाजा खोला। धीरे-धीरे वह मृत्युशय्या के निकट जा पहुँचा और अन्य लोगों ने उसे पीछे शव पर दृष्टि डालते पाया। और तब वे अलग हट गए।

हॉल में पहुँचकर सौदागर ने नौकर से कहा, "अंत्येष्टि के बारे में, संभव है वकील के पास जो वसीयत है, उसमें कुछ निर्देश हों।"

"और देखो," डॉक्टर बोला, "अपने मालिक की बहन को, जो लंदन में रहती है, तार देना न भूलना।"

"इत्मीनान रखिए, हुजूर!" नौकर ने सामने का दरवाजा खोलते हुए कहा।

लेखक लपककर दरवाजे पर उनसे जा मिला।

"मैं आप दोनों को ले चलता हूँ।" डॉक्टर ने, जिसकी गाड़ी प्रतीक्षा में खड़ी थी, कहा।

"धन्यवाद! नहीं," सौदागर बोला, "मैं पैदल चला जाऊँगा।" उसने उन दोनों से हाथ मिलाए और बस्ती की ओर जानेवाली सड़क पर चल दिया। अपने चेहरे पर मंद समीर का संस्पर्श अनुभव कर जैसे उसे सुखानुभूति हो रही थी।

लेखक डॉक्टर के साथ ही गाड़ी में बैठ गया। उद्यान में चिड़ियों की

चहचहाहट शुरू हो रही थी। गाड़ी सौदागर से आगे निकल गई और उन तीनों ने अपने-अपने टोप विनम्रता से क्षण भर को उठा दिए। उनमें से प्रत्येक के चेहरे की मुद्रा एक सी परिलक्षित हो रही थी।

"क्या जल्द ही हमें आपका दूसरा नाटक भी देखने को मिलेगा ?" डॉक्टर ने लेखक से प्रश्न किया।

लेखक ने अपने नवीनतम नाटक की तैयारी में आनेवाली असाधारण कठिनाइयों की चर्चा शुरू की और उसे यह भी स्वीकार करना पड़ा कि प्रस्तुत नाटक में उन सभी चीजों पर, जिन्हें आमतौर पर पवित्र समझा जाता है, चलते-फिरते प्रहार किए गए हैं। डॉक्टर ने सिर हिलाया और ध्यान देकर नहीं सुना। न लेखक ने ही डॉक्टर की बात ठीक से सुनी, क्योंकि लेखक के मुँह से निकलनेवाले सुपरिचित वाक्य भी ऐसे लग रहे थे मानो उसने उन्हें कंठस्थ कर रखा हो।

डॉक्टर का घर आते ही दोनों उतर पड़े और गाड़ी आगे बढ़ गई।

डॉक्टर ने घंटी बजाई। वे दोनों यों ही खड़े रहे; बोले कुछ नहीं। दरबान जैसे ही निकट आया, लेखक बोला, "तो नमस्ते, प्रिय डॉक्टर!" फिर धीरे से नाक सिकोड़ते हुए वह कहने लगा, "श्रीमतीजी को मैं यह सब नहीं बताऊँगा, यह तो आप समझते ही हैं।"

डॉक्टर ने कनखियों से उस पर दृष्टि डाली और मधुर-मधुर मुसकराया।

दरवाजा खुल गया। उन्होंने एक-दूसरे से हाथ मिलाया। डॉक्टर अंदर दाखिल हुआ और दरवाजा झटके से बंद हो गया। लेखक भी चला गया।

उसने अपनी जेब टटोली। जी हाँ, पत्र उसी में था। 'लेखक की पत्नी इसे अपने पति के अन्य कागजों में ऐहतियात से सील करा पाएगी।' उसने सोचा। अपनी आश्चर्यजनक कल्पना के द्वारा वह पहले से पत्नी को अपनी समाधि के निकट धीरे-धीरे यह कहते सुन सका, "ओह! कितने अच्छे थे तुम, कितने महान्!"

□

अंतर्द्वंद्व

—ई.ए. पो

सचमुच बेचैन था—बेहद बेचैन; मेरे हाथ-पाँव बुरी तरह फूल गए। अब भी बेहाल हूँ; लेकिन यह आप कैसे कह सकते हैं कि मैं पागल हूँ। इस मर्ज ने मेरी समझबूझ और चेतना को और भी तीव्र कर दिया है—नष्ट नहीं किया, कुंठित भी नहीं। सुनने की शक्ति तो अत्यंत ही तीव्र हो गई। धरती और स्वर्ग का सभी कुछ मैंने सुना। नर्क का भी मैं बहुत कुछ सुन सका। तब मैं पागल कैसे हूँ? सुनिए और इस पर गौर कीजिए कि कितनी शांति और स्वाभाविकता से मैं आपको समूची कहानी सुना सकता हूँ।

यह बताना तो असंभव है कि आखिर यह विचार मेरे मस्तिष्क में आया कैसे; लेकिन एक बार जब वह उठा, तो दिन-रात मँडराता ही रहा। लक्ष्य कुछ न था, आवेश भी नहीं था। मैं उस बुड्ढे को प्यार करता था। उसने मेरा कोई अनिष्ट नहीं किया था—कभी बेइज्जत भी नहीं। उसकी संपत्ति पर मेरा दाँत न था।

मैं समझता हूँ, उसका कारण थी उसकी आँख! हाँ, वही इसका कारण थी। उसकी एक आँख गिद्ध से मिलती-जुलती थी नीली-पीली आँख और उस पर एक आवरण। इससे जब वह मुझे देखता तो मेरी नसों में बहनेवाला खून जम जाता; इसलिए धीरे-धीरे मैंने उस बुड्ढे की जान ले लेने का निश्चय कर लिया—और इस तरह उस आँख से सदा के लिए छुटकारा पा लेने का भी।

बस इतनी सी बात है। आप मुझे पागल समझते हैं! पगले कुछ नहीं जानते। आपको मुझ पर भी दृष्टि डालनी चाहिए और यह देखना चाहिए कि किस होशियारी से मैंने श्रीगणेश किया—किस सजगता से, कितनी दूरदर्शिता के साथ और किस फरेब के साथ मैंने अपना काम शुरू किया। मैं शायद बुड्ढे के प्रति इतना दयालु

कभी नहीं था, जितना कि उसकी हत्या करने से पहले के सप्ताह में रहा।

हर रात—आधी रात के समय मैं कुंडी उतारकर उसके दरवाजे को खोल लेता—आह! कितने धीमे से! और तब, जब मैं अपना सिर प्रवेश करने के लिए जगह बना लेता, मैं एक लालटेन अंदर बढ़ाता, उसे बिल्कुल ढककर, ताकि उसकी रोशनी बाहर न जा सके। फिर मैं अपना सिर भी अंदर बढ़ाता।

आप शायद यह देखकर हँस पड़ते कि किस चालाकी से मैं ऐसा करता था। मैं हौले-हौले अपना सिर बढ़ाता था—अत्यंत धीमे, ताकि उस बुड्ढे की नींद न टूट जाए। इस तरह सेंध में से सिर निकालने-निकालने में मुझे एक घंटा लग जाता था, और तब कहीं मैं देख पाता कि बुड्ढा अपनी चारपाई पर पड़ा है।

भला बताइए, क्या कोई भी पागल इतना चतुर हो सकता है? फिर जब मेरा सिर पूरे तौर से कमरे में पहुँच जाता था, तब बड़ी सावधानी से मैं लालटेन की बत्ती बढ़ाता था। सावधानी से इसलिए कि लालटेन के अंजर-पंजर खड़खड़ाते थे—और मैं उसे सिर्फ इतना ही बढ़ाता था कि रोशनी की एक पतली सी किरण उसकी गिद्ध जैसी आँख पर पड़ सके।

और ऐसा मैं हफ्ते भर करता रहा—सात लंबी रातें इसी में गुजारीं, हर रात निशीथि के लगभग, लेकिन वह आँख मुझे हमेशा ही बंद मिली, इसलिए कुछ कर पाना असंभव ही था। बुड्ढे से मुझे कोई परेशानी न थी। थी तो सिर्फ कुत्सित आँख से।

हर रोज सबेरे तड़के ही मैं धड़ल्ले से उसके कमरे में जाता और उत्साहपूर्वक उससे बातचीत करता। बड़ी आत्मीयता से उसका नाम लेकर मैं उसे पुकारता और पूछता, कहो रात कैसी गुजरी? इस तरह आप देखते हैं कि वह अत्यंत ही बुद्धू रहा होगा। वास्तव में इसी संदेहवश मैं उसे हर रात ठीक बारह बजे देखता, जबकि वह सोया होता था।

आठवीं रात को दरवाजा खोलने में मैंने हमेशा से ज्यादा सावधानी बरती। घड़ी की सुई जिस गति से बढ़ती है, मेरा हाथ उससे भी धीमा था। उससे पहले किसी भी रात को मुझे अपनी शक्तियों की थाह न मिली थी—सावधानी की थाह। बड़ी कठिनाई से मैं अपने विजयोल्लास को दबा सका।

वहाँ मैं था—धीमे-धीमे दरवाजा खोल रहा था, स्वप्न में भी उसे मेरे इन कृत्यों और विचारों का भेद न मालूम हुआ होगा। इस विचार से मुझे हँसी सी आई और इसे शायद बुड्ढे ने सुन लिया; क्योंकि वह सहसा चारपाई पर हिलने-डुलने लगा था, जैसे कि वह चौंक पड़ा हो।

आप सोचते होंगे कि मैं पीछे हट गया। नहीं। उसके कमरे में निबिड़ अंधकार था; क्योंकि डाकुओं के डर से रोशनदान अच्छी तरह बंद कर दिए गए थे। इसीलिए मैं समझ गया कि वह दरवाजे को खुलते नहीं देख पाएगा—और मैं सधे हाथ से उसे खोलता ही गया।

मेरा सिर दरवाजे के अंदर था और मैं लालटेन खोलने ही वाला था कि मेरा अँगूठा खिसककर लालटेन के ढक्कन पर जा पड़ा और वह बुड्ढा चारपाई पर उछलकर चिल्लाया, "कौन है ?"

मैं एकदम शांत रहा और कुछ बोला नहीं। पूरे एक घंटे तक मैंने अपने शरीर की एक बोटी भी न हिलने दी। और इस बीच उसे लेटते हुए नहीं सुना। वह अब भी चारपाई में बैठा-बैठा आहट सी ले रहा था—जैसे कि मैं रात के बाद रात, मृत्यु के कुएँ से उठनेवाले स्वरों को सुना करता था।

तत्काल ही मुझे कराहने का हलका सा स्वर सुनाई पड़ा और मैं समझ गया कि यह मृत्यु के आतंक की सूचना दे रहा है। इस कराह में दर्द नहीं था, दुःख नहीं था—मगर नहीं। इसमें एक लड़खड़ाती सी धीमी आवाज थी, जो आत्मा से उस समय उठती है, जब मृत्यु का भय व्यक्ति पर हावी हो जाता है।

मैं इस स्वर से भली-भाँति परिचित था। कई रातों में, ठीक आधी रात के करीब, जबकि सारी दुनिया सो जाती थी, ऐसी ही आवाज मेरे अपने सीने में उठती थी, जो अपनी भयंकर गूँज के उस आतंक से जो मुझे विचलित करता था, गहरी होती जाती थी। मैं कहता हूँ, यह आवाज मेरी जानी-पहचानी थी।

मैंने समझ लिया कि बुड्ढा क्या अनुभव कर रहा है। मुझे दया भी आई, किंतु मन में मैं खुश हो रहा था। मैं यह भी जान गया कि पहली बार की आहट के बाद से ही, जबकि उसने करवट ली थी, वह जाग रहा है। तभी से उसका भय भी बढ़-बढ़कर उसके हृदय और मस्तिष्क पर हावी होता जा रहा है। उसने उसे निराधार मानने का भी यत्न किया है, किंतु ऐसा कर नहीं पाया।

वह शायद खुद से कह रहा था, "कुछ नहीं है—हवा से चिमनी बजी है; चूहा फर्श पर दौड़ा होगा," अथवा "जरा सा झींगुर बोला होगा।" तो वह इस तरह के अनुमानों से दिल को तसल्ली दे रहा होगा, मगर उसने इनको बेकार पाया होगा। बिल्कुल बेकार, क्योंकि निकट आती हुई मौत ने उसपर अपनी काली छाया डाली होगी; और शिकार उसके दायरे में घिर गया होगा। इसी छाया के मातमी प्रभाव को उसने अनुभव किया होगा—यद्यपि कमरे में मेरे सिर की उपस्थिति अनुभव करने के लिए उसने कुछ भी देखा-सुना न होगा।

बड़े सब्र के साथ जब मैं बहुत देर तक उसके लेटने की प्रतीक्षा करता रहा, पर फिर भी वह न लेटा तो मैंने लालटेन को थोड़ा सा उघाड़ने का निश्चय किया। अतः मैंने उसे उघाड़ा। आप शायद सोच नहीं सकते—कितने आहिस्ता-आहिस्ता। अंत में प्रकाश की एक पतली सी किरण उतनी ही पतली, जितना कि मकड़ी के जाले का तार-दरार से निकलकर उसकी कुत्सित आँख पर न पड़ गई।

आँख खुली हुई थी—पूरी तरह फैली हुई। उसे देखते ही मैं क्रोध से पागल हो गया। मैंने उसे अच्छी तरह देख लिया। भद्दी नीली पुतली पर एक दूषित सा परदा, जिसे देखकर मेरी हड्डियों की मज्जा जम जाती थी; लेकिन मैं उस बुड्ढे के चेहरे या शरीर का कोई भाग नहीं देख पाया—जैसे किसी अंतश्चेतनावश ही मैंने ठीक उस कुत्सित आँख पर रोशनी डाली हो।

और अब क्या मैंने आपको यह नहीं बताया कि जिसे आप गलती से पागलपन समझते हैं, वह पागलपन न होकर चेतना की अत्यधिक तीव्रता है। यह भी बता दूँ कि मेरे कानों में एक हलकी और अस्पष्ट, किंतु तेज आवाज आई—वैसी ही जैसी कि घड़ी को कपड़े में लपेट लेने पर सुनाई देती है। मैं उस आवाज को भी जानता था। यह थी बुड्ढे के हृदय की धड़कन। इससे मेरा क्रोध और भी बढ़ गया, जैसे नक्कारे की आवाज सैनिक में हिम्मत का संचार कर देती है।

लेकिन फिर भी मैं बचता और खामोश रहा। साँस भी शायद ही ली हो। लालटेन को मैं बिना हिलाए-डुलाए साधे रहा। किरण को उसकी आँख पर स्थिर रखने का मैंने प्रयत्न किया। इसी बीच हृदय की भयानक धड़कन और भी तीव्र हो गई। प्रतिक्षण वह भारी और तेज होती गई। बुड्ढे का आतंक अपनी पराकाष्ठा को पहुँच गया होगा! यह ध्वनि तेज होती गई—प्रतिक्षण अधिकाधिक तेज। मेरा आशय आप ठीक से समझ रहे हैं न? मैंने आपसे पहले ही कहा कि मैं बेचैन हूँ, वास्तव में बात ही ऐसी है।

और अब रात्रि के इस शांत प्रहर में—पुराने घर की भयप्रद खामोशी में, इस आश्चर्यजनक शोर ने मुझमें दुर्दम आतंक संचारित कर दिया। फिर भी कई मिनट तक मैं बचता रहा और शांत रहा। बोला नहीं। किंतु वह शोर तीव्र से तीव्रतर होता गया और मुझे लगा, जैसे मेरा हृदय फट जाएगा। इसी समय एक नई दुश्चिंतता मुझे सताने लगी—कहीं इस शोर को कोई पड़ोसी न सुन ले!

बुड्ढे का वक्त आ पहुँचा। जोर से ललकारते हुए मैंने लालटेन को आवरण-विहीन कर दिया और लपककर उस कमरे में घुस गया। उसके मुँह से चीख निकली—केवल एक ही बार। क्षण भर में मैंने उसे फर्श पर घसीट लिया और भारी

पलंग को उसके ऊपर डाल दिया।

अब तक किए काम को देख मैं प्रसन्नता से मुसकराया। किंतु कई मिनट तक मेरा हृदय एक दबी ध्वनि से स्पंदित होता रहा। पर तो भी, मुझे कोई घबराहट नहीं हुई—क्योंकि यह आवाज दीवालों के पार कहाँ जा सकती थी। बाद में यह भी बंद हो गई। बुड्ढा मर चुका था।

चारपाई को हटाकर मैंने लाश का निरीक्षण किया। जी हाँ, वह जड़वत् थी—पत्थर की तरह निर्जीव। उसके हृदय पर कोई तीन मिनट तक मैं हाथ रखे रहा। धड़कन नहीं थी। प्राण-पखेरू उड़ चुके थे। उसकी कुत्सित आँख भी मुझे दुखाने के लिए न थी—सदा के लिए बंद हो चुकी थी।

अब भी यदि आप मुझे पागल समझते हैं तो कुछ देर में आपकी यह धारणा बदल जाएगी—जब मैं उन चातुर्यपूर्ण ऐहतियातों की चर्चा करूँगा, जिनसे मैंने शव को छुपाया था। रात ढल रही थी और मैं उस खामोशी में बड़ी तेजी से अपना काम किए जा रहा था।

सबसे पहले मैंने लाश के टुकड़े किए। सिर, बाँहें और टाँगें मैंने धड़ से अलग कर दीं। इसके बाद मैंने उस कमरे के खोखले फर्श में से तीन तख्ते निकाल लिये और उस खोखली जगह में लाश के टुकड़े भर दिए। तख्तों को मैंने फिर से इस होशियारी और चालाकी से लगाया कि कोई भी इनसानी आँख—शायद उसकी कोई खामी न पकड़ पाए। धोने-धाने के लिए कुछ था नहीं—न किसी तरह के दाग और न खून के कोई धब्बे। मैं इससे पहले ही से सजग था। एक टब में यह सब भर गया था।

जब मैं यह काम पूरा कर चुका, तब चार बज रहे थे—अभी भी रात का अँधियारा शेष था। जैसे ही घड़ी में घंटे बजे, सड़कवाले दरवाजे पर दस्तक सुनाई दी। मैं बड़ी मस्ती से उतरकर दरवाजा खोलने चला गया, क्योंकि अब डरने के लिए था ही क्या? तीन आदमियों ने प्रवेश किया और अपना परिचय देते हुए स्वयं को पुलिस अधिकारी बताया। रात में एक पड़ोसी ने चीख की आवाज सुन ली थी; उसे किसी दुष्कृत्य का संदेह हुआ और थाने में सूचना पहुँचा दी गई। अतएव इन पुलिस अधिकारियों को मौके की जाँच के लिए भेजा गया।

मैं मुसकराया—क्योंकि डरने के लिए था क्या? मैंने उन सभी का स्वागत किया। "चीख तो," मैंने कहा, "सपने में मेरे ही मुँह से निकल गई थी।" बुड्ढे के बारे में मैंने बताया कि वह आजकल है नहीं। आगंतुकों को लेकर मैंने घर भर में घुमाया। मैंने उनसे तलाशी लेने को कहा—अच्छी तरह तलाशी लेने को। मैं

उन्हें आखिर में उस कमरे में भी ले गया। मैंने उन्हें बुड्ढे की तिजोरियाँ आदि भी दिखा दीं कि वे पूर्णतः सुरक्षित हैं।

आत्मविश्वास के जोश में मैं कुरसियाँ उठाकर वहीं ले आया और उन लोगों से सुस्ताने को कहा। विजयोन्माद में मैंने अपनी कुरसी उस स्थान पर रखी, जहाँ कि मृतक का शव छिपाया गया था।

अधिकारी संतुष्ट हो गए। मेरे तौर-तरीके से उन्हें पूरा विश्वास हो गया। मैं भी बिल्कुल बेफिक्र था। वे लोग भी जम गए। और जबकि मैं खुशी-खुशी जवाब देता जाता था, वे अत्यंत ही साधारण विषयों पर बातचीत करने लगे। किंतु कुछ ही देर में मुझे लगा, जैसे मैं पीला पड़ता जा रहा हूँ और यह चाहने लगा कि वे लोग चले जाएँ।

मेरा सिर भिन्ना रहा था और कानों में सन-सन सी अनुभव हो रही थी; पर तो भी वे बैठे ही रहे और बातें करते रहे। कानों की झनझनाहट और भी स्पष्ट हो गई थी। वह होती ही रही, बल्कि एकदम साफ सुनाई पड़ी। इस अनुभूति से छुटकारा पाने के लिए मैंने और भी उन्मुक्त ढंग से बातचीत की; पर यह बंद न हुई, बल्कि बिल्कुल सुनिश्चित जान पड़ी, जब तक कि अंत में मुझे यह विश्वास न हो गया कि आवाज कानों में नहीं है।

इसमें संदेह नहीं है कि मैं काफी पीला पड़ चुका था। पर फिर भी धाराप्रवाह और ऊँचे स्तर से बातचीत करता रहा।

इतने पर भी आवाज बढ़ती रही—और मैं कर भी क्या सकता था? आवाज काफी हलकी, स्पष्ट, किंतु तेज थी—वैसी ही, जैसी घड़ी को कपड़े में लपेटने पर होती है। साँस लेने के लिए मैंने मुँह भी फैलाया, किंतु पुलिस अधिकारियों ने उसे नहीं देखा।

मेरी बातचीत की जल्दबाजी और धाराप्रवाह बढ़ गया था; किंतु आवाज सतत रूप से बढ़ती ही रही। मैं उठ खड़ा हुआ और तुच्छ-तुच्छ सी चीजों पर बड़े ऊँचे स्वर में बोलने और भावभंगिमा बदलने लगा। किंतु वह स्वर निरंतर बढ़ता ही गया।

वे जा क्यों नहीं रहे? फर्श पर बड़े-बड़े कदम रखकर मैं तेजी से टहलने लगा—जैसे उन लोगों को देखकर उत्तेजित हो उठा था। पर यह ध्वनि बराबर तेज होती गई।

हे ईश्वर! अब क्या करूँ? मैं झाग की तरह उबल पड़ा; बड़बड़ाया; मनौती की! मैंने उस कुरसी को, जिस पर मैं बैठा था, खिसकाया और उन तीन तख्तों पर जमा दिया। किंतु इसके बावजूद वह शोर लगातार बढ़ता ही रहा—वह बढ़ता

रहा—अधिकाधिक। और वे लोग मजे से बातचीत कर रहे थे, मुसकरा रहे थे।

क्या यह संभव था कि उन्होंने इसे सुना न हो? हे सर्वशक्तिमान! हे ईश्वर! नहीं, नहीं, उन्होंने सुन लिया! उन्हें संदेह हो गया! वे समझ गए! वे मेरे भय का मजाक उड़ा रहे थे! यही मैंने सोचा। यही मैं सोचता हूँ।

इस मानसिक वेदना से कोई भी यातना अच्छी! इस यंत्रणा की अपेक्षा तो कुछ भी सहा जा सकता है! मैं उनकी दंभपूर्ण मुसकराहट को और अधिक सहन नहीं कर सकता था। लगा जैसे मुझे चीखना चाहिए या फिर मर जाना चाहिए। मुझे अब पुनः सुनिए—तेज-तेज! अधिकाधिक तेज।

"बेशरमो!" मैं चीख उठा, "अब और मत बनो! मैं अपना जुर्म इकबाल करता हूँ—तख्ते फाड़ डालो। यहीं-यहीं! यहीं है उसके दिल की धड़कन!"

□□□